C000231578

Marcello Orrù – Maurizio Piras

Il più grande è Gigi Riva

Sommario

PREFAZIONE

Certo saremmo stati più originali se avessimo proposto un libro su Adriano Reginato o su Corrado Nastasio, questo lo sappiamo bene anche noi. Adriano e Corrado noi li amiamo così come amiamo tutti gli altri quattordici ragazzi che hanno regalato lo Scudetto alla nostra città, Cagliari. E state pur certi che porteremo avanti il nostro progetto (*"Crescendo in rossoblù"*), che ha già visto il suo primo vagito nel gennaio scorso e che parlerà molto anche di loro. E' una minaccia! Al tempo stesso una promessa per chi fosse interessato. Potete quindi scegliere se augurarvi la nostra salute o meno. Noi tocchiamo ferro, in ogni caso!

Ma Riva è Riva! Lo sapete già: M. ed io siamo nati uno nel 1960 e l'altro nel 1961. A Cagliari. E avere un dio vivente in città, un mostro sacro dello sport, un campione di correttezza, è per un bambino qualcosa di simile a un'adorazione dal sapore vagamente mistico. Riva non è il solo il n° 11 della nostra squadra, lui è il nostro Achille. Achille che però altro non era che un semplice semidio. Venerazione pura, che vi spiego solo con un esempio, per fare della retorica. Al termine degli allenamenti, all'Amsicora, era possibile entrare sul terreno di gioco. Bastava essere in pochi e discreti. Gigi, come al solito, si tratteneva più degli altri, per allenare il suo micidiale tiro in porta. Poi, se conosceva l'adulto con cui eri, si avvicinava a parlare e a far delle foto, per la gioia di noi bambini. Ecco, io non compaio in nessuna di quelle foto. Dove per esempio ci sono fratelli, zii, etc. Stavo a debita distanza perché avevo un timore reverenziale che mi faceva tremare dalla paura. Paura anche di infastidirlo solo per la mia presenza lì, che, ok che ero bambino, ma ero nel bel mezzo del prato verde dell'Amsicora, dove lui voleva, secondo me, solo essere lasciato in pace. Potete immaginare incontri forse più famosi, avvenuti in Francia ai piedi dei Pirenei o in Portogallo dove si svelavano segreti. Ecco, io, come quella ragazzina, come quei bambini, mi sentivo davanti a una divinità. Lo dico col massimo della serietà e del rispetto.

Il libro. È l'ennesima storia della vita di Riva? Nemmeno per sogno! Qui è diverso. Questo testo è diviso in due parti. Nella prima, la più ampia, faremo un viaggio insieme con Gigi. Non parleremo solo di lui, ma facciamo con lui tutto il percorso in maglia azzurra. Vedremo una per una tutte le partite in Nazionale giocate dal nostro Campione. Ci interessa poco la cronaca della partita. Prevalentemente ci occuperemo della vigilia, come si arriva alla partita, dando uno sguardo, per esempio, alla situazione in campionato o alle convocazioni. E non potremo resistere nel raccontarvi eventuali curiosità che ci verranno in mente strada facendo, attinenti con la partita in questione o con i giocatori coinvolti. Siamo dei raccontatori, solo questo.

Per ogni partita abbiamo pensato di mettere l'immagine della squadra azzurra, i tabellini, un commento sintetico. Segue il cuore del capitolo, dedicato proprio all'avvicinamento alla gara, gli umori, le eventuali polemiche. L'ultima parte del capitolo, separata del resto del testo, è un breve resoconto della partita.

La seconda parte del libro è quella che ci ha impegnato di più. Perché un conto è scrivere a ruota libera. Colleghi lo spinotto dal tuo cervelletto alla tastiera e i ricordi vengono giù da soli. Sono capaci tutti. Certo che se non li hai vissuti, quei tempi, ti attacchi lo spinotto e scarichi una montagna di spazzatura: è solo roba che ti hanno riferito, non vale niente. Anche se lo scrive Ken Follett. Un altro conto è invece quando ti imbatti in un mondo più contorto da un lato ma anche più approssimativo dall'altro: i numeri, i dati, la statistica. Più contorto, perché i tabellini della Nazionale li troviamo anche su Topolino o su Novella 2000, ancora un po'. Invece non è così facile come sembra: per alcune partite abbiamo dovuto fare il giro del mondo, per avere dei dati quanto più precisi possibili. Più approssimativo, perché noi, fans sfegatati di San Tommaso, non ci fidiamo di prendere per buono il primo dato che ci troviamo davanti. Cerchiamo di sviscerarlo, prove e controprove, poi lo pubblichiamo. Non mi riferisco tanto ai numeri, quanto principalmente ai nomi. Ci è capitato di impiegare una settimana prima di riuscire a trovare traccia di un portiere bulgaro, per esempio. Fino a quando abbiamo finalmente scoperto che non è mai diventato professionista per il semplice fatto che agli esordi prese cinque goal in un quarto d'ora e lasciò il calcio, dandosi alla carriera militare. Oppure un allenatore macedone. Su tutti i testi c'era un nome che però al momento della verifica non risultava per niente. Un perfetto sconosciuto. Ma non puoi allenare la squadra più importante del tuo paese, se sei un signor nessuno. Dieci giorni di ricerche e niente, sembrava impossibile trovare la soluzione. Il libro fermo e stavamo per entrare in depressione. Un libro monco, del resto, non lo volevamo, con dei nomi palesemente sbagliati. Improvvisamente, quando le speranze erano ormai quasi a zero, abbiamo trovato in un ritaglio di giornale sfuocato, ovviamente in lingua macedone, e che ci ha fatto perdere ulteriori diottrie, un indizio. Alcune lettere, solo alcune, erano leggibili. Alla fine, provando e riprovando combinazioni, sostituendo vocali e consonanti, il nome è saltato fuori. E, infatti, si trattava di un allenatore molto famoso nel suo paese. Solo che nei vari libri, siti, blog italiani, tutti sono andati appresso, come pecore, al primo giornale che scrisse malamente quel nome inesistente, solo perché evidentemente riportato oralmente da qualche giornalista del posto e suonava quasi simile a come scritto.

Non diciamo tutto questo per vantarci. Figuriamoci! Non ci interessano proprio per niente eventuali applausi. Ma quando vedrete da altre parti i nomi corretti, sappiate che la fatica (mi sembrava poco fine usare altri termini) l'hanno fatta i sottoscritti, M.O. e M.P. Quindi, siate clementi con i giudizi. Ci contiamo!

Vi auguriamo una buona lettura!

Marcello Orrù e Maurizio Piras

NAZIONALE A - N° 01 - UNGHERIA-ITALIA - 27/06/1965

Budapest (Népstadion) – Domenica – h 18.00

UNGHERIA-ITALIA 2-1 – Amichevole

UNGHERIA: Gelei, Szepesi, Mátrai, Sóvári, I. Nagy, Sipos (cap.) (53' Solymosi), A. Nagy (57' Kuti), Bene, Albert, Rákosi, Fenyvesi.

C.T: Lajos Baróti

ITALIA: Albertosi, Poletti, Facchetti, Rosato, Salvadore (cap.), Fogli, Mora, Bulgarelli, Mazzola, Rivera (46' Lodetti), Pascutti (8' Riva).

C.U: Edmondo Fabbri

Arbitro: Friedrich Mayer (Austria)   Spettatori: 20.000

Marcatori: 37' Albert, 46' Mazzola, 81' Bene

Ultima partita di una piccola tournée. Dopo appena 8' si infortuna Pascutti e inizia così la carriera azzurra di Gigi Riva, il più grande cannoniere italiano di tutti i tempi, ancora oggi miglior realizzatore in maglia azzurra. Primo tempo scialbo, ma i magiari passano in vantaggio. Secondo tempo con Lodetti in campo. Ed è lui che passa a Mazzola un pallone che non può sbagliare: uno a uno. Lo stesso Mazzola, servito da benissimo da Riva, sbaglia un'altra occasione e sul contropiede sono gli ungheresi a segnare. A 5' dalla fine, ancora Mazzola non segna il pareggio: bravissimo il portiere Gelei.

Da metà giugno la nazionale italiana si trova in Scandinavia per una serie di test e allenamenti, che vede nella partita contro la Finlandia del 23/06 il suo incontro più importante, essendo valido per la qualificazione ai campionati del mondo del 1966.

Il 16/06 si disputa a Malmö l'amichevole contro la Svezia. Partita che termina in pareggio per 2-2, con reti azzurre realizzate da Ezio Pascutti e Sandro Mazzola (doppio vantaggio, poi annullato dalla rimonta dei padroni di casa).

In vista della partita contro la Finlandia, il Commissario Unico, Edmondo Fabbri, prova alcune variazioni e alternative allo schema e alla formazione che, pur comportandosi egregiamente, non ha entusiasmato contro gli svedesi. E allora Fabbri, nell'allenamento di Fredensborg, Danimarca, contro una squadra giovanile di Lyngby, si è sbizzarrito provando Bulgarelli nientemeno che da ala destra. Dato che c'era, poteva magari provare Poletti ala sinistra o, perché no, Salvadore centrattacco.

Il nostro Gigi Riva fa parte del gruppo azzurro. In Italia le voci di mercato sul suo conto si susseguono. La nostra ala sinistra è richiesta soprattutto da Bologna e Juventus. La sua valutazione è superiore ai duecento milioni. Il presidente, dott. Enrico Rocca, prende tempo e attende magari qualche goal in nazionale del suo gioiello, affinché il prezzo possa salire ancora. Del resto, Riva convince sempre più anche negli allenamenti degli azzurri e il suo debutto in nazionale appare imminente. La Juventus offrirebbe in cambio il restante 75% di Nene, il portiere Carlo Mattrel e l'attaccante Traspedini (in alternativa, Bercellino II o Zigoni).

I giocatori italiani, guidati da Fabbri, si recano a Copenaghen (sono circa 40 km da Fredensborg), per assistere alla partita amichevole fra Danimarca e Svezia. La partita termina 2-1 per i padroni di casa. In seguito, la comitiva italiana lascia la capitale danese e raggiunge Helsinki.

Come detto, la partita contro la Finlandia è valida per la qualificazione ai Mondiali di Inghilterra del 1966. Importantissimo per gli Azzurri centrare la vittoria, in modo da poter raggiungere, in testa al girone "Europa 8", la Scozia, che, seppur con una partita in più, comanda la classifica con 5 punti (3 partite giocate). Seguono Italia con 3 punti (2 partite), Polonia 2 punti (2 partite), chiude il girone la Finlandia con 0 punti in 3 partite. Una curiosità: il presidente della FIGC, dott. Giuseppe Pasquale, ha raggiunto Helsinki in treno da Stoccolma. Il convoglio a un certo punto ha perso una ruota, cosa vuoi che sia, con conseguente apprensione da parte dei passeggeri. Comunque tutto ok: Pasquale ha raggiunto la comitiva azzurra incolume, solo con qualche ritardo.

Fabbri annuncia la formazione anti-Finlandia. Ancora si preferisce Pascutti a Riva. Eh, vabbè: siamo fiduciosi! Magari, pregando bene, Pascutti prima o poi si infortuna.

L'Italia, il 23/06 batte 2-0 la Finlandia con due goal di Mazzola. I padroni di casa, tutti dilettanti tranne uno, avevano lavorato sino a mezzogiorno. Non abbiamo pregato bene: Pascutti non si è fatto male. Poveraccio, ovviamente non gli auguriamo niente di che. Basta un'unghia incarnita, un mal di pancia... Niente di grave, insomma! No, perché altrimenti Fabbri non lo toglierà mai! Che poi, per carità, forte è forte, il buon Ezio. Ma il confronto con Gigi è improponibile. Se fossimo tifosi del Bologna, diremmo la stessa cosa, giuro!

Il giorno dopo la partita contro la Finlandia non c'è un gran clima in Nazionale. Corso e Guarneri, autorizzati a lasciare la comitiva, sparano a zero contro Fabbri, reo di considerare poco o niente i giocatori interisti. Non si spiegano, in particolare, la presenza nella squadra titolare di soli due nero-azzurri (e sarebbe stato uno, Facchetti, se non si fosse fatto male in extremis De Paoli), campioni d'Europa e d'Italia, mentre sono stati impiegati quattro giocatori del Bologna che ha chiuso il campionato al sesto posto. Beh, in effetti, non hanno tutti i torti. A questo punto, se la preferenza va alle seste classificate, doveva far giocare anche quattro giocatori del Cagliari, no?, dato che Bologna e Cagliari hanno chiuso il campionato appaiate in classifica. Fabbri è nato a Castel Bolognese. Forse, ma dico forse, una piccola percentuale di simpatia verso la squadra felsinea mi sa che ce l'ha. Del resto come dargli torto. Se l'allenatore fosse uno di Pirri, uno a caso, in nazionale oltre a Riva porterebbe mezzo Cagliari, anche tre quarti. Non porti gente come Cera, Martiradonna, Greatti, Rizzo, etc.? Preso dall'entusiasmo, avrei convocato anche Tonino Congiu, Bertola e Mazzucchi, probabilmente!

Finalmente arriva il trasferimento verso Budapest, in vista della partita di domenica 27/06 al Népstadion contro l'Ungheria. Si passa in poco più di due ore da una temperatura di 14-15 gradi di Helsinki a un asfissiante 31-32° nella capitale magiara. Viaggio, fra l'altro, da fare invidia a Omero: l'Odissea è una barzelletta, a confronto. Due scali: Francoforte e Zurigo. Due aerei che fanno guasto. Pranzo durante uno scalo a Zurigo proprio nel ristorante del campo di aviazione, dove non ci si sentiva l'un l'altro. Solo a Francoforte si è bighellonato. Che non fa ridere solo il verbo, ma nella realtà i nostri sono stati, lì sì, in perfetto relax, girando nei grandiosi impianti dell'aeroporto tedesco. A Francoforte sono rimasti due ore, al Meno. Poi l'areo svizzero, di solito precisissimo, che doveva portare la truppa a Zurigo, ha fatto cilecca. Capita a tutti, alla fine. E non è una bella figura! E meno male che non si è insistito con quell'aereo. E si è scelto di sostituirlo con uno francese. Certo che la vita è tutto un susseguirsi di attimi e concomitanze. Vi immaginate se si fosse detto: ok, l'aereo è mezzo scassato ma si può tentare il volo ugualmente. E se poi fosse venuto giù? Il problema principale è: noi ora, in questo preciso momento, di che diavolo staremmo scrivendo? Di un supercampione mai sbocciato? Di uno scudetto mai vinto? Dell'ala sinistra più forte in Italia, perita in un incidente aereo? E, dramma nel dramma, il peggio è che quest'ultima frase sarebbe stata, agli occhi/orecchie di tutti, un riferimento a Pascutti. Un vero incubo!

E sono soddisfazioni, scoprire che finalmente Fabbri apporterà delle novità nella partita di domenica contro l'Ungheria. Bravo, Edmondo! Cambia l'ala sinistra? Mai, nemmeno morto! Lui è innamoratissimo di Ezio: non lo toglierà mai. I cambi ipotizzati riguardano gli eventuali impieghi di Albertosi, Rivera, De Paoli, forse Bedin.

Fra gli ungheresi sarà schierato Fenyvesi, autore del goal col quale, mercoledì scorso, il Ferencvaros ha battuto la Juventus mercoledì nella finale di Coppa delle Coppe (gara unica, disputata a Torino). Potrebbe bastare questo per dire che questo Fenyvesi è un eroe. Non solo per i tifosi delle "aquile verdi", ma anche per buona parte dei tifosi italiani.

Magyarország-Olaszország (o Ungheria-Italia, per voi che non masticate solitamente magiaro) termina per 2-1 per i padroni di casa. Comunque buona, la partita della nostra squadra. Così come buona è la prestazione di Riva, finalmente al suo esordio, "grazie" allo strappo muscolare occorso a

Pascutti dopo otto minuti di gioco. Avete visto che serve pregare? Bella prestazione da parte dell'ala sinistra del Cagliari, in campo con la maglia numero 18. Riva gioca una bella partita, vivacizzando l'attacco italiano e fornendo due limpide palle goal a Mazzola (che le sbaglia). La partita è iniziata alle 18.00 ed è stata trasmessa in diretta TV e commentata da un imbarazzante Nicolò Carosio. Il quale non si accorge minimamente dell'ingresso di Riva, né della sua presenza in campo. E per tutto il primo tempo continua a chiamarlo Pascutti. Eppure Pascutti è proprio l'unico giocatore italiano che non potresti mai sbagliare nel riconoscerlo, data la sua fronte parecchio alta…

Finalmente, fra il primo e il secondo tempo, Carosio si accorge che quell'ala sinistra no, non era Pascutti e prende a chiamarlo… Simoni!

Riva tenta di eludere l'uscita bassa del portiere Gelei

Riva si destreggia a centrocampo

RIVA IN NAZIONALE

GOAL DI RIVA NELL'ALLENAMENTO

Riva: «per me si tratta di un divertimento andare in giro per l'Europa assieme ai più grandi giocatori italiani»

Solo Carosio non ha visto Riva

1-2 BEFFATI GLI AZZURRI

VIVACIZZATO DALL'ALA SINISTRA DEL CAGLIARI IL GIOCO INCONCLUDENTE DELLA PRIMA LINEA

Mazzola segna l'unico goal azzurro ma ne sbaglia due su passaggi di Riva

RIVA (40)

NAZIONALE A - N° 02 – FRANCIA-ITALIA – 19/03/1966

Parigi (Stadio "Parco dei Principi") – Sabato – h 15.00

FRANCIA-ITALIA 0-0 - Amichevole

FRANCIA: Aubur, Bosquier, Chorda, Artelesa (cap.), Budzinski, Péri, Baraffe, Herbin, Gondet, Simon, Hausser.

C.T: Henri Guérin

ITALIA: Albertosi, Burgnich, Facchetti, Rosato, Salvadore (cap.), Pirovano (46' Lodetti), Domenghini (46' Meroni), Rivera, A. Mazzola, Corso, Riva.

C.U: Edmondo Fabbri

Arbitro: Joseph Hannet (Belgio)   Spettatori: 35.000

Marcatori: -

Prima partita di preparazione dei Mondiali non positiva, in particolare nella prova dei due interni Rivera e Corso. Negativo anche l'esordio di Pirovano, che non vedrà mai più la

Nazionale. Esordio in azzurro per Gigi Meroni, che aveva rifiutato in precedenza una chiamata di Fabbri, perché si rifiutava di tagliarsi i capelli, come richiedeva invece il C.U.

Alla vigilia del match di Parigi, non è per niente scontata la formazione che Fabbri metterà in campo. Le assenze per infortuni importanti o meno sono quelle di Mora, Pascutti, Fogli. Anche Bulgarelli è acciaccato, benché convocato. La squadra sostiene una partita di allenamento contro la Reggiana, rinforzata dalla presenza in porta dei due portieri azzurri: Negri nel primo tempo e Albertosi nella ripresa. Per la cronaca, vittoria azzurra per 2-1, con reti di Rivera e Domenghini. Buone sono state le prove soprattutto di Pirovano e Riva. Per la Reggiana goal di Giampiero Calloni. E buona è stata anche la prova del diciannovenne Alessio Badari.

Per lo schieramento iniziale, Fabbri propende di rinunciare a William Negri, che non attraversa un buon periodo di forma. Al contrario di Albertosi. Il portiere della Fiorentina appare in forma smagliante. Per la mediana, Lodetti viene sacrificato a vantaggio di Pirovano. Dalla Nazionale B (guidata da Ferruccio Valcareggi) sono stati fatti arrivare in Francia anche Meroni, De Sisti e De Paoli, che hanno fornito un'ottima prestazione a Charleroi contro il Belgio B (3-3 il risultato finale). Fra gli altri la Nazione B schierava Poletti del Torino, Tiberi del Vicenza, Rizzo del Cagliari, giusto per fare i primi nomi che attirano la nostra attenzione. A questo punto, perché ormai ne abbiamo citati sei, cosa ci impedisce di menzionare anche gli altri cinque giocatori schierati? Niente! Eccoli: Anzolin, Ardizzon, Tumburus, Janich, Barison. Prima di chiudere la parentesi Nazionale B, riportiamo solo il palo colpito da Rizzo su punizione e gli applausi a scena aperte che il pubblico tributava alle giocate di Meroni.

La grossa novità è data dalla presenza a centrocampo dei gettonatissimi (dalla stampa, da chi sennò) Rivera e Corso. Mi sbaglierò io, ma mi sa che quello non è il ruolo occupato abitualmente da Corso nella sua squadra. Qui pur di far giocare i grandi nomi si assegnano numeri a caso. Però, attenzione: il grande mago dell'Inter, H.H., avvisa i francesi: "Attenti a Corso!". Vedremo se alla luce dei fatti certi giocatori, tanto osannati in Italia, sono davvero capaci di fare la differenza in campo internazionale.

La partita è stata molto scialba e deludente per i colori azzurri. Pochi i lanci verso la nostra ala sinistra. Degna di nota la prova di Albertosi, che ha risposto bene quando chiamato in causa dai francesi. Fabbri, tanto per non smentire il suo "filo-bolognismo", dice che se ci fosse stato Bulgarelli sarebbe stata tutt'altra musica. E continua anche a piangere per l'assenza di Pascutti. Come se al suo posto avesse giocato Ignazino Pollollo dell'Uragano… Intanto Riva torna malconcio dalla trasferta di Parigi. Non è che la maglia azzurra porterà un pochino di sfortuna? No, perché dopo questa partita si temeva nientemeno che la frattura del perone per il nostro attaccante. Un esame all'ospedale di Busto Arsizio parla invece solo di contusione al terzo distale della gamba destra. Dovrebbe riuscire a essere disponibile per il prossimo impegno di campionato, il 27 marzo, contro l'Inter a San Siro.

La tanto osannata coppia Rivera-Corso, come volevasi dimostrare, è andata malissimo. Il duo non può funzionare. Del resto lo stesso Fabbri sosteneva che, da mezze ali, i due non potevano coesistere. Quindi, di fatto, pensi una cosa e ne fai un'altra. Tutto questo per dare retta ai poteri forti.

Si rimprovera agli Azzurri soprattutto quella sorta di menefreghismo a fine partita, della serie "se andava bene ok, altrimenti si tratta pur sempre di un'amichevole, chi se ne…" Questo è quel viene attribuito agli "assi" Corso e Rivera. Cosa vuoi che sia per loro un'anonima partita in Nazionale… Loro giocano a grandi livelli nell'Inter e nel Milan. Non annoiamoli con questa storia di una partitina amichevole contro la Francia. In questa occasione la maglia azzurra l'ha sentita certamente molto di più l'esordiente Pirovano. Arrivi a ventinove anni in Nazionale, quasi un sogno ormai insperato, e cosa ti succede? L'emozione ti paralizza le gambe. Non combini niente di apprezzabile. Fai una partitaccia. Dopo 45', azzarderei quasi un bel "impietosamente", Fabbri lo sostituisce. Pirovano a fine partita non riesce a nascondere né la sua grande amarezza né tantomeno le lacrime che solcano il suo volto.

Gigi Riva ha fatto il suo esordio come titolare. Prima volta per lui e anche prima volta in assoluto di un giocatore del Cagliari. Riva è stato ben controllato dal terzino destro Bosquier, ma non ha demeritato. Appuntiamoci, comunque, il nome di questo difensore francese. Dico davvero! Quindi: Bernard Bosquier. Ok, fatto! No, perché magari arriverà un giorno che Riva lo ritroverà per strada e, sportivamente parlando, attuerà la sua vendetta. Capiterà! E' come se lo sentissi. Per colpa sua, magari ci passerà pure Herbin, che, poverino, in questa partita non ha fatto niente di male nei confronti del nostro Campione.

Il perché della brutta prova fornita dagli Azzurri, lo spiega il C.U. Fabbri: "Tutta colpa dell'assenza di Bulgarelli". Lascio a voi le valutazioni su questa frase. Io mi censuro. Per rispetto, sia verso chi non c'è più, ma soprattutto perché chi dice queste frasi è molto più titolato a esprimerle che non un semplicissimo tifoso. Il quale però è anche libero, in cuor suo, di pensarla in altro modo, ovviamente. Finirà che, se si insiste con queste scelte tecniche, magari poi, quando tornerà sano Pascutti, si rimetterà in campo anche lui, e allora non vorrei che ai mondiali inglesi andassimo incontro a una figuraccia mega-galattica. Il bello di scrivere un libro è che puoi far finta di non saperle, le cose.

Riva poco prima del calcio d'inizio che sarà dato dai francesi Philippe Gondet e Jacky Simon

20

Riva stacca di testa alle spalle del capitano francese Marcel Artelesa

**FORSE GIOCHERA' A PARIGI
SABATO CONTRO LA FRANCIA**

RIVA
AZZURRO

SOVERCHIATA DALLA FOGA DEI FRANCESI

LA NAZIONALE SPERIMENTALE DI FABBRI

0-0 A PARIGI:
CHE DELUSIONE!

**Ieri in allenamento
ha convinto più di tutti
ed ha colpito un palo!**

RIVA
titolare
a Parigi

IMPRECISI (PER FORTUNA) GLI ATTACCANTI FRANCESI

Pochi lanci
verso Riva

NAZIONALE A - N° 03 – ITALIA-PORTOGALLO – 27/03/1967

Roma (Stadio Olimpico) – Lunedì – h 15.00

ITALIA-PORTOGALLO 1-1 - Amichevole

ITALIA: Sarti, Nardin, Facchetti (cap.), Lodetti, Guarneri, Picchi, Rivera (46' Domenghini), A. Mazzola, Riva (59' Cappellini), Bulgarelli, Corso.

C.T: Helenio Herrera e Ferruccio Valcareggi

PORTOGALLO: Américo, Morais, Raúl, Hilário, Jaime Graça, José Carlos, José Augusto, Eusébio, Jorge, Coluna (cap.) (83' Vitor Campos), Simões (81' Peres).

C.T: José Gomes da Silva

Arbitro: James Finney (Inghilterra)   Spettatori:65.000

Marcatori: 24' Eusébio, 74' Cappellini

Contro i vincitori del bronzo ai Mondiali, gli Azzurri giocano senza Burgnich, infortunato. Splendido goal di Eusébio poco prima della mezz'ora. Italia che si butta in avanti, ma niente di fatto. Secondo tempo con Domenghini al posto di uno spento Rivera.

Grave infortunio a Riva e ingresso in campo di Cappellini, che segnerà il goal del pareggio. Nel finale grave infortunio anche per il capitano portoghese Mário Coluna.

Dopo la deludente partita pareggiata internamente dal Cagliari per 0-0 con la Juventus (record di spettatori per Cagliari: 32.000 persone), Riva lascia l'Amsicora di tutta fretta per prendere l'aereo che lo porterà a Roma per il ritrovo con gli altri convocati per il raduno della Nazionale. La delusione per lo 0-0 con la Juventus è dovuta soprattutto alla perdita di smalto della squadra, che ha prodotto, così come gli avversari, una prestazione scialba. E' vero che la Juve occupava la seconda posizione in classifica e il Cagliari la quinta, ma è convinzione comune che il Cagliari di qualche giornata prima sarebbe riuscito a battere i seppur forti bianconeri. Del resto non solo il Cagliari vanta con Riva il capocannoniere del campionato, che è a quota 18 reti, ma ha anche un centravanti strepitoso che risponde al nome di Roberto Boninsegna (a quota 8 reti fino a questo momento). Oltre ad una mezzala con un tiro micidiale come Franco Rizzo.

Gli azzurri si sono recati a? Nicosia. Sì, perché non vi avevo detto che prima del Portogallo c'era una partita contro Cipro? Ora lo sapete. Herrera e Valcareggi non vedranno l'ora di schierare il bomber dei re in attacco, giusto? Invece niente! Gli viene preferito non più Pascutti. Questo perché Fabbri sta ancora correndo, inseguito dai pomodori lanciati dagli Italiani, dopo l'intervento senza anestesia propinatoci dello pseudo-dentista (in realtà fa tutt'altro nella vita) coreano Pak Doo-Ik in quel di Middlesbrough. No, ora al posto di Fabbri (che vedeva solo il Bologna), ora c'è Helenio Herrera. Che vede solo l'Inter. Fra i convocati per Nicosia, H.H. ha convocato ben dieci interisti: Burgnich, Cappellini, Corso, Domenghini, Facchetti, Guarneri, Landini, Mazzola, Picchi e Sarti. E tanto per non sbagliare è dell'Inter anche il massaggiatore, Giancarlo Della Casa. E quindi chi facciamo giocare al posto del capocannoniere del campionato? L'esordiente Renato Cappellini. E chi sennò!

Con Cipro, partita giocata mercoledì 22 marzo, valida per il Gruppo 6 della Coppa Europa delle Nazioni, e partita d'esordio sotto la guida di Helenio Herrera, l'Italia ha fornito una pessima prestazione. I goal del 2-0 finale sono stati segnati solo nell'ultimo quarto d'ora da Domenghini e Facchetti. Il campo pesante (causa pioggia la partite è stata in dubbio sino alla vigilia) è una scusante che non regge, per la nostra squadra. Unanimi i commenti: la Nazionale non può fare a meno di Riva e Mazzola (fermo per un problema di natura fisica). Vediamo che formazione ha schierato Herrera: Sarti, Burgnich, Facchetti, Lodetti, Guarneri, Picchi, Domenghini, Rivera, Cappellini, Juliano, Corso. Solo Corso e Picchi sono apparsi all'altezza della situazione (questo il parere espresso da fonte molto autorevole: Vittorio Pozzo).

Conscio degli errori commessi, "Il Mago" pensa di correre ai ripari convocando anche Bulgarelli e Trapattoni. Alla vigilia del match, Herrera sembra arrendersi: lunedì contro il Portogallo, partita amichevole, ci sarà Riva al centro dell'attacco. Qualche polemica in tal senso, poiché nel Cagliari ricopre il ruolo di ala sinistra. Riva martedì dovrà partire per Barcellona, dove il Cagliari affronterà la squadra spagnola il giorno successivo. Fra gli esperimenti di H.H. è previsto l'impiego di Stelio Nardin (del Napoli) o di Spartaco Landini, al posto di Burgnich, che contro Cipro è apparso affaticato. Il Portogallo rappresenta in bel test per gli Azzurri. Ricordiamo che i lusitani sono arrivati terzi agli ultimi Mondiali. E che hanno in squadra il fuoriclasse Eusebio, "La Perla Nera del Mozambico", asso del Benfica, Pallone d'Oro nel 1965 e secondo, dopo Bobby Charlton, nel 1966. Hanno inoltre il giovane e promettente Arthur Jorge (in forza all'Acadèmica di Coimbra), nuovo perno d'attacco, che sinora ha realizzato 18 goal in campionato, contro le 23 di Eusebio.

Purtroppo sarà una partita maledetta. Riva, schierato con n° 9, al 13° minuto del secondo tempo, è vittima di un grave incidente. Dopo uno scambio al limite dell'area con Mazzola, il nostro campione si scontra col portiere Américo Lopes (portiere del Porto, chiamato semplicemente Américo… ma soprattutto occhio all'accento!), uscitogli incontro a valanga. Il responso è grave e impietoso: frattura del perone sinistro. Due mesi di stop previsti, che in sostanza significa campionato finito. Il Cagliari viene raggiunto dalla notizia quando già si trova a Barcellona. Anche Scopigno, lui che ha sempre la risposta pronta e tende a sdrammatizzare tutto, rimane interdetto, senza parole. Come stordito da un pugno in pieno volto. Con un filo di voce, poi dirà che no, non ci voleva, è una notizia tremenda. Proprio ora che il Cagliari era diventata una macchina da guerra, con quell'attacco stratosferico che è certamente il migliore che qualsiasi squadra italiana abbia mai avuto. Le conseguenze tecniche ma soprattutto psicologiche saranno molto gravi, esclama il nostro Mister. E noi tifosi? Scopriamo che si lacrima anche col cuore. Ma il nostro Campione tornerà. Ne siamo certi! E sarà ancora più forte!

Nel corso della partita si è verificato un altro grave infortunio. Mário Coluna, forte perno del centrocampo e capitano portoghese, in uno scontro con Nardin, riporta la rottura dei legamenti del ginocchio destro. Sempre Nardin, due minuti prima, aveva messo fuori causa Simoes sempre con un intervento durissimo.

La partita si è svolta come detto di lunedì. Alle 14.55 tutti davanti alla tv. Strano? Non tanto: era il giorno di Pasquetta. E grave peccato si commette nel bestemmiare in questo giorno. Questo lo dico ai tifosi del Cagliari per tutto quello che hanno riversato contro il mondo e i Piani Celesti quando è avvenuto l'infortunio di Riva. Ah, questa volta Carosio l'ha chiamato incredibilmente davvero Riva, nella diretta televisiva. Chi non ha potuto vederla in tv, ha avuto modo di vederla alla radio. Sì, con Enrico Ameri alla radiocronaca, le partite si immaginano benissimo, sembra di vedere le azioni, i dettagli. Impareggiabile!

 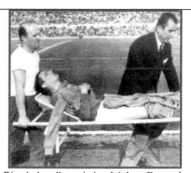

Lo scontro che ha causato il grave infortunio   Riva in barella assistito dal dott. Ferrando

HERRERA SI ARRENDE RIVA CENTRATTACCO

Il momento di Riva

SI È CONCLUSA DRAMMATICAMENTE L'ESPERIENZA IN NAZIONALE DELL'ALA SINISTRA DEL CAGLIARI: NON POTRÀ GIOCARE PER DUE MESI

Per Riva il campionato è finito

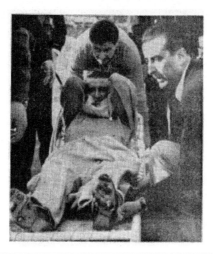

NAZIONALE A - N° 04 – ITALIA-CIPRO – 01/11/1967

Cosenza (Stadio San Vito) – Mercoledì - h 14.30

ITALIA-CIPRO 5-0 - Qualificazioni Europei 1967-1968 - Gruppo 6

ITALIA: Albertosi, Burgnich, Facchetti (cap.), Fogli, G.C. Bercellino, Picchi, Domenghini, Juliano, A. Mazzola, De Sisti, Riva.

C.T: Ferruccio Valcareggi.

CIPRO: "Varnavas" Christofi, Christou "Kattos", Koureas, "Ploutis" Pallas, "Kostas" Panayiotou (cap.), C. Christofi "Tofis", "Nikakis" Kantzilieris, "Stavrinos" Konstatinou, Sofoklis Kotrofos, Krystallīs, Stylianou.

C.T: Argyrios Gavalas

Arbitro: Antoine Queudeville (Lussemburgo)   Spettatori: 22.059

Marcatori: 12' e 22' A. Mazzola, 46', 55' e 59' Riva

Quarto successo consecutivo degli Azzurri. Prima partita della Nazionale giocata in Calabria. I nostri partono alla grande sospinti dal pubblico cosentino. Subito una doppietta di Mazzola e nella ripresa tripletta del rientrante Riva, dopo l'incidente di marzo. Esordio di De Sisti.

Sono tre i giocatori del Cagliari convocati da Ferruccio Valcareggi per la partita contro Cipro, valido per la Coppa Europa per Nazioni: Roberto Boninsegna, Franco Rizzo e Gigi Riva. Per Rizzo è la seconda bellissima notizia in due giorni, dopo quella, di certo mille volte più importante, della nascita della sua bambina. Che stress però, aver saputo del lieto evento mentre era col Cagliari a Ravenna. Qui i rossoblù sosterranno una partita amichevole contro la squadra locale, in avvicinamento all'impegno di campionato a Mantova. Immaginiamo che Rizzo, in quel momento si sarebbe voluto vicino a moglie e figlia, è indubbio.

La lista completa dei convocati è la seguente: Albertosi, Bercellino, Boninsegna, Burgnich, De Sisti, Domenghini, Facchetti, Fogli, Juliano, Mazzola, Picchi, Riva, Rizzo, Rosato, Salvadore e Zoff. Restano a casa, rispetto alla lista dei ventidue a suo tempo consegnata all'Uefa: Anquilletti, Ferrini, Pace, Poletti, Vieri e Zigoni.

E' uno show, quello del nostro Riva a Cosenza. Fantastica tripletta!

A livello statistico, solo quattro giocatori hanno segnato più reti di Riva in una partita della Nazionale. Tutti con quattro reti:

- Carlo Biagi, contro il Giappone, nel vittorioso incontro disputato a Berlino contro il Giappone e vinto per 8-0, valido per i quarti di finale dei Giochi Olimpici 1936 (tre goal li segnò Annibale Frossi)
- Francesco Pernigo, sempre Olimpiadi, ma siamo nel 1948, nel 9-0 contro gli U.S.A., ottavi di finale, partita giocata a Brentford, Inghilterra
- Omar Sivori (italianissimo!!??), siamo nel 1961, vittoria a Torino contro Israele per 6-0, incontro di ritorno dello spareggio per la qualificazione ai Mondiali, Gruppo 7
- Alberto Orlando, in Italia-Turchia 6-0, Qualificazione Europei, incontro giocato a Bologna nel 1962

Molto deluso invece Rizzo, che, essendo di Cosenza, sperava in un suo impiego davanti ai suoi concittadini. Essendo ammessa la sola sostituzione del portiere, era chiaro già al momento dell'annuncio della formazione da parte di Valcareggi, due giorni prima della partita, che Rizzo avrebbe seguito la partita dalla tribuna.

Sulla partita c'è veramente poco da dire, talmente è stata evidente la disparità di valori tra le due squadre. Del resto si sapeva già dalla vigilia. Nessuna sorpresa, quindi. Qualche riflessione viene fatta invece sulla posizione in campo assunta da Riva. Gli "esperti" dicono che converge un po' troppo. Oggi le tre reti le ha segnate tutte da posizione centrale. Guardando la formazione, la domanda sorge spontanea, diceva il poeta: chi è l'unico vero attaccante della squadra? Anche la risposta è ovvia e spontanea: Luigi Riva. Non è quindi possibile chiedere all'unico vero attaccante di sfondamento, che, quando vede la porta, altro che toro con la muleta, dirgli stai lontano dalla porta e parti da sinistra. Semmai quel problema ce l'ha il Cagliari. Ha due attaccanti uguali per caratteristiche. I più forti veri bomber in circolazione che sovente si pestano i piedi. Ad averne però di questi problemi. Le altre squadre stanno schiattando dalla rabbia e dalla gelosia. Nessuna squadra si è potuta mai permettere una bocca di fuoco di quella portata. E, noi che leggiamo il futuro, sappiamo che mai nessun'altra squadra italiana di club potrà mai vantarsi di aver schierato, insieme, i due più forti attaccanti di tutti i tempi. Poi imbrogliateci pure e rubateci scudetti, ma questa coppia, vederla giocare assieme per tante partite davanti ai nostri occhi, e noi lì a darci pizzicotti e niente, era tutto vero, beh, questo privilegio è capitato solo ai tifosi di una squadra: la sua maglia è rossoblù, il suo nome è Cagliari Calcio. Mi perdonerà da Lassù il buon Mario Ferretti, se gli ho preso in prestito questa famosa frase e l'ho adattata al mio caso.

I goal di Riva sono arrivati nella ripresa e nell'arco di tredici minuti. Al 46' il nostro cannoniere ha sfruttato un ottimo cross dal fondo effettuato da Juliano ed ha battuto il portiere cipriota, portando il punteggio sul 3-0. Nove minuti più tardi, Koureas intralcia inopinatamente il proprio portiere, facendogli sfuggire il facile pallone, interviene Riva che appoggia in rete a porta vuota. La terza rete di Riva, la quinta per gli Azzurri, è frutto di un preciso centro di Domenghini, sempre dalla destra. Riva spara al volo di sinistro e niente da fare per Varnavas.

Appunto Varnavas. Una curiosità su di lui. In realtà di cognome fa Christofi. Varnavas è il suo nome di battesimo. Ma anche altri suoi compagni, sognando magari di diventare famosi come alcune stelle brasiliana, utilizzano diminutivi, nomi fittizi, nomignoli. Sono sempre dell'idea che dovrebbe essere obbligatorio per tutti farsi chiamare col proprio cognome. Ma io sono un rompi, lo ammetto. Per me sarebbe molto più elegante dire che so, Olinto o Carvalho (giusto per non dirlo tutto intero), anziché Nené. Oppure Nascimento per Pelè (sfido chiunque a dirmi che sapeva che Arantes è il cognome della mamma!). Vero che della costruzione dei cognomi brasiliani non si capisce un bel niente. Si può prendere solo quello del padre, ma se vuoi anche quello di tua madre allora può precedere quello paterno. "Se vuoi", tanto per dire. Perché tu ovviamente non scegli un bel niente: la scelta la fanno per te i tuoi genitori. Visto che ci siamo, vogliamo dire del cognome che devono portare le donne quando si sposano? Oltre a quelli della nascita, ora c'è anche quello del marito. E quindi c'è la possibilità, e la necessità, direi, di mollarne qualcuno per strada, fra quelli di tuo padre, di tua madre, di tuo marito… Un bel casino, insomma!! Ma almeno un cognome, comunque, lo porti sempre. E con quello l'arbitro ti deve identificare e il pubblico ti deve conoscere. Basta, con questi soprannomi!

Abbiamo spaziato un po'. L'avevamo detto che di questa partita c'era da dire veramente poco.

Nel girone di qualificazione ora la situazione è la seguente: l'Italia guida a punteggio pieno, con 8 punti in 4 partite; segue la Romania con 6 punti in 6 partite; la Svizzera è terza, con 2 punti in 2 partite; quarto ed ultimo Cipro, con 0 punti in 4 partite. Se l'Italia vince uno dei due prossimi incontri con la Svizzera, si qualifica al turno successivo degli Europei.

La sequenza dei tre goal di Riva

Show di Riva

Facile vittoria azzurra a Cosenza

Tre goal di Riva

Riva felicissimo dopo la clamorosa affermazione in maglia azzurra

Berna (Wankdorfstadion) – Sabato – h 14.45

SVIZZERA-ITALIA 2-2 - Qualificazioni Europei 1967-1968 - Gruppo 6

SVIZZERA: Kunz, Pfirter, Michaud, Perroud, Tacchella (cap.), Dürr, Fuhrer, Odermatt, Künzli, Blättler, Quentin.

C.T: Alfredo Foni

ITALIA: Albertosi, Burgnich, Facchetti (cap.), Rosato, G.C. Bercellino, Picchi, Domenghini, Juliano, Boninsegna, De Sisti, Riva.

C.T: Ferruccio Valcareggi

Arbitro: Istvan Zsolt (HUN)   Spettatori: 53.138

Marcatori: 34' Quentin, 66' Riva, 68' Künzli, 85' Riva (rig.)

Coppia d'attacco del Cagliari, Boninsegna e Riva, ma non convince. La difesa non gioca bene e gli svizzeri passano meritatamente in vantaggio. All'inizio della ripresa splendido goal di Riva, uno dei più belli della storia azzurra. Un paio di minuti e svizzeri di nuovo

avanti. Ma un fallo su Riva determina il rigore del pareggio, che lo stesso rossoblù trasforma.

Reduci dalla netta vittoria in campionato contro i Campioni d'Italia della Juventus, netta nel gioco, ancor più che nel punteggio di 2-0, gli alfieri del Cagliari si apprestano ad affrontare in maglia azzurra la Svizzera, incontro di Qualificazione Europei 1968. Confermata, infatti, la convocazione di Boninsegna, Rizzo e Riva. Da notare, per continuare a parlare dell'attuale situazione in campionato, l'incredibile classifica. Si è giocata l'ottava giornata. Ebbene, il Cagliari con la vittoria sulla Juventus (goal di Greatti e Rizzo, con quest'ultimo giudicato nettamente migliore in campo), ha scavalcato in classifica Inter, Bologna e la stessa Juve. Tre squadre di altissimo livello e fama, così come di altissimo livello è ormai il Cagliari. Ebbene: il Cagliari è settimo in classifica. Bologna, Inter e Juventus sono al nono posto, in compagnia di Atalanta e Brescia. Cinque squadre. Significa che dopo loro ce ne sono solo altre tre. Hanno un solo punto in più della terzultima, che è la Sampdoria, e poi chiudono Mantova e Spal. Curioso anche il primato della Roma, non certo formazione di primo livello in questi anni. I giallorossi guidano la classifica con 12 punti. Il Cagliari, come detto al settimo posto, ha un ritardo di quattro punti. Fra due giornate il Cagliari andrà all'Olimpico a sfidare quelli che ancora saranno i leader della classifica, seppur in comune con altre squadre. Immaginiamo sarà un brutto pomeriggio per i romanisti!

Purtroppo, nonostante la maiuscola prestazione, Valcareggi non intende impiegare Rizzo. C'era stato un piccolo spiraglio per le speranze del cosentino, al momento in cui si è saputo che De Sisti non era in perfette condizioni fisiche. Ma ora la gamba del giocatore della Fiorentina è a posto e giocherà lui. Si preferisce far giocare Juliano e De Sisti insieme, che sono la copia l'uno dell'altro, piuttosto che far giocare Rizzo, assoluto dominatore dell'ultima di campionato. Buone notizie invece per Boninsegna che farà il suo esordio in azzurro (solo sfiorata l'idea dell'impiego di Zigoni, col n° 9). Nella partita di allenamento sostenuta a Coverciano, mercoledì 15, contro l'Antella (Antella, è giusto, non rompete!) i tre cagliaritani sono parsi scatenati. Dei quindici goal segnati dalla nazionale, ben dieci sono stati segnati dai rossoblù: cinque da Boninsegna, quattro Riva, uno Rizzo. Splendida la prova dei nostri tre, sicuramente fra i migliori in campo. Il povero Vieri, che difendeva la porta dell'Antella, ha fatto di tutto per limitare i danni, ma i nostri lo hanno proprio bombardato da tutte le posizioni. Curiosità: nell'Antella ha giocato il figlio di Valcareggi.

Svizzera-Italia è l'incontro chiave del Girone 6. Gli Azzurri hanno vinto finora tutte le partite, gli Svizzeri hanno perso solo contro la Romania. Quindi vietato perdere per i nostri. Anche se gli svizzeri, per impensierirci, dovrebbero non solo vincere a Berna sabato, ma anche nella partita di ritorno in programma a Cagliari il prossimo 23 dicembre. E battere anche Cipro. Ma questo non è un problema, sulla carta.

L'elenco dei convocati comprende: Fogli del Bologna; Boninsegna, Riva e Rizzo del Cagliari; Albertosi e De Sisti della Fiorentina; Burgnich, Domenghini e Facchetti dell'Inter; Bercellino, Salvadore e Zigoni della Juventus; Rosato del Milan; Juliano del Napoli; Ferrini, Poletti e Vieri del Torino; Picchi del Varese.

Lo stadio è quello del "Miracolo di Berna". Finale del Mondiale del 1954 fra la favoritissima Ungheria e Germania Ovest. Vittoria per 3-2 dei tedeschi, dopo essere stati in svantaggio per 2-0. Le due finaliste si erano affrontate anche nella fase a gironi, la "Aranycsapat", la "Squadra d'oro" magiara (che schierava campioni del calibro di Ferenc Puskás, Gyula Grosics, Nándor Hidegkuti, Zoltán Czibor e Sándor Kocsis), si impose per 8-3. In finale invece, un campo in condizioni indecenti, a causa della forte pioggia, e l'inaspettato vigore atletico dei tedeschi, ribaltarono i pronostici.

Nello schieramento azzurro sono due le novità rispetto alla formazione di Cosenza. Boninsegna, al suo esordio in azzurro, al posto dell'infortunato Mazzola. Roberto Rosato come mediano al posto di Romano Fogli. Quest'ultima decisione dovuta principalmente al fatto che la Svizzera schiera un doppio centravanti. Rosato ha certamente caratteristiche difensive più spiccate rispetto a Fogli, oltre al fatto che il suo Milan in campionato sta viaggiando come un treno, mentre il rendimento di Fogli tentenna come il suo Bologna. Quindi Valcareggi ha preferito il doppio stopper: Bercellino e Rosato.

E' sempre il bomber del Cagliari a risolvere i problemi dell'Italia. Spettacolare il primo goal con una strepitosa rovesciata al volo. Stranamente, ma qui posso essere cieco io, nessuno dice che ha calciato col piede destro. Mi sbaglio? Visto e rivisto mille volte. Perché davvero incredibili sono riflesso e gesto atletico, ma ancora più apprezzabile il fatto che in un nanosecondo abbia calciato con l'unico piede con cui poteva colpire. Impossibile prendere il pallone col sinistro, la velocità del pallone lo aveva già superato. Per me nessuna rovesciata futura, seppur osannata in tutte le tinte, è paragonabile a questa come bellezza.

Riva firma la doppietta su calcio di rigore assegnato a cinque minuti dal termine dall'arbitro Zsolt, per fallo di Michaud sullo stesso nostro attaccante, fallo avvenuto nettamente dentro l'area, anche se non credo fosse questo il motivo delle proteste degli elvetici. Credo sostenessero che proprio non ci fosse il fallo. Non è stato un fallo fra quelli classici, in effetti. È stata più che altro una sorta di mossa di judo, gamba dietro a far da perno, braccio di Gigi afferrato e tirato giusto il tanto per farlo volare gambe all'aria all'indietro. Sfido chiunque a simulare un fallo del genere e rischiare di rompersi l'osso del collo cadendo in quel modo. Quindi fallo netto, rigore sacrosanto, che Riva piazza di precisione col piattone, all'angolino basso alla destra di Kunz.

La splendida rovesciata-goal di Riva

Riva inseguito dal capitano svizzero Ely Tacchella

Riva Boninsegna
tandem azzurro

Unanimi i consensi per l'attaccante rossoblù

RIVA ha pareggiato da solo a BERNA

Due preziose reti del goleador cagliaritano

Riva ha salvato
la nazionale azzurra

Riva salva l'Italia

Pareggia due volte il goleador rossoblu con una spettacolare rovesciata e su rigore

NAZIONALE A - N° 06 – ITALIA-SVIZZERA – 23/12/1967

Cagliari (Stadio Amsicora) – Sabato – h 14.30

ITALIA-SVIZZERA 4-0 - Qualificazioni Europei 1967-1968 - Gruppo 6

ITALIA: Albertosi, Burgnich, Facchetti (cap.), Ferrini, G.C. Bercellino, Picchi, Domenghini, Rivera, A. Mazzola, Juliano, Riva.

C.T: Ferruccio Valcareggi.

SVIZZERA: Kunz (82' Grob), Pfirter, Michaud, Perroud, Tacchella (cap.), Dürr, Fuhrer, Odermatt, Künzli, Quentin, Bernasconi.

C.T: Alfredo Foni.

Arbitro: Tiny Wharton (Scozia)   Spettatori: 24.743

Marcatori: 3' A. Mazzola, 13' Riva, 45' e 67' Domenghini

Azzurri per la prima volta in Sardegna, accolti dal caloroso entusiasmo del pubblico. L'uno-due della coppia d'attacco, con Mazzola che torna al posto di Boninsegna, stende gli elvetici, poi battuti anche da Domenghini prima del riposo. Nella ripresa ancora goal di Domenghini, nonostante una distorsione. Italia qualificata ai Quarti di Finale.

Sono diciotto i convocati da Valcareggi per la sfida contro la Svizzera da disputarsi all'Amsicora di Cagliari: Albertosi, Vieri, Burgnich, Facchetti, Bercellino, Castano, Salvadore, Rosato, Picchi, i tre cagliaritani Boninsegna, Riva e Rizzo, De Sisti, Domenghini, Mazzola, Rivera, Juliano, Ferrini. Dalla lista dei ventidue giocatori comunicati all'UEFA sono stati depennati Zoff, Pascutti, Fogli e Poletti. Polemica per la convocazione di Rivera e Ferrini. Valcareggi si era espresso contrario all'eventualità di un loro rientro in Nazionale. Qualcuno gli ha fatto cambiare idea? Qualcuno dice che ci sia lo zampino di Mandelli nelle convocazioni. L'incontro è valido per l'ammissione ai quarti della Coppa Europa delle Nazionali 1968. All'Italia basta un pareggio per essere ammessa alle finali di Coppa Europa.

Orologi NICOLET WATCH vengono offerti durante l'intervallo della partita ai capitani e ai portieri delle due squadre. Gli altri, probabilmente figli di nessuno, se vogliono, possono accomodarsi in gioielleria e acquistarli a loro spese.

Cancelli aperti dalle ore 10.00. Ancora qualche biglietto disponibile nel giorno della partita e disponibili presso il Bar Marius.

Gli arbitri, pubblica un giornale locale, potranno accedere allo stadio dal cancello numero 15, lato saline. Se non comprano il giornale sono rovinati. Magari tenteranno di entrare dai cancelli della Curva Ovest di Via della Pineta e si ritroveranno sugli spalti a guardare con gli altri 28.000 presenti una partita fra due nazionali, ventidue giocatori, ma senza arbitro e segnalinee.

Intanto, per quanto riguarda proprio gli Europei, da segnalare la miracolosa, imprevedibile qualificazione della Jugoslavia, dovuta all'incredibile pareggio per 0-0 in Albania dei vice-campioni del mondo della Germania Occidentale. Bastava un golletto ai tedeschi per qualificarsi in base alla differenza reti. La Germania in Albania (partita giocata domenica scorsa, 17/12/1967), ok che era priva di gente come Seeler, Beckenbauer, e i due "italiani" Schnellinger e Haller, ma intanto giocava contro una modestissima squadra e poi schierava comunque in campo calciatori del calibro di Weber, Schultz, Höttges, Patzke, Overath, Netzer, Held, Löhr. Anche la Germania Ovest ha conosciuto quindi la sua "Corea". Se ci qualifichiamo, nel girone finale ci ritroveremo quindi non la Germania Ovest, ma la Jugoslavia. Ricordiamocelo!

L'Italia domina e batte nettamente la Svizzera. Il protagonista principale della recita azzurra è certamente Riva. Dopo appena tre minuti, Juliano vince un contrasto con Tacchella, serve Riva, che dal limite dell'area lascia partire un bolide che Kunz non riesce a trattenere: irrompe Mazzola ed è 1-0. Ancora la nostra ala sinistra, e siamo al 13', è servito da Rivera in area, si libera della guardia di due avversari e calcio con la solita e devastante potenza. Il portiere riesce solo sfiorare di piede, ma non può impedire che il pallone termini in rete. Ormai Riva è scatenato, e potrebbe incrementare il suo tabellino, ma sia una bella uscita di Kunz che successivamente la traversa, gli impediscono una nuova realizzazione personale. Ottimo anche il suo traversone per Mazzola, che, tutto solo, manda di testa a fil di palo. Completa il 4-0 finale la doppietta di Angelo Domenghini.

Con questa vittoria l'Italia si qualifica per la fase finale dell'Europeo. Gli azzurri chiudono in testa il girone con 11 punti nelle sei partite previste. Segue, per ora, la Romania, che ha 6 punti in 6 partite. Resta da giocare la sola Cipro-Svizzera, che si disputerà nel prossimo febbraio, per determinare la classifica finale. Cipro e Svizzera hanno infatti finora giocato 5 partite ed hanno rispettivamente 0 (zero) e 5 punti.

Azzeccatissimi e condivisibili i commenti a fine partita. Soprattutto perché, sì, bellissimo il risultato, ottimo l'attacco, ma il centrocampo non ha certo entusiasmato. E quindi c'è chi propone, fra il serio e il faceto, di impiegare in nazionale l'intero Cagliari, "pitturando" di bianco il brasiliano Nené. Ora, non essendo percorribile quest'ultima opzione, la proposta del blocco Cagliari non è mica pellegrina. La squadra diretta da Puricelli è attualmente seconda in classifica, a tre punti dalla capolista Milan, dopo dodici giornate di campionato. Ha senza alcun dubbio la più forte coppia d'attacco del campionato (e poco importa se per ora il capocannoniere è Savoldi dell'Atalanta), un centrocampo fortissimo, una difesa all'altezza della situazione, ma soprattutto un'organizzazione di gioco da fare invidia a tutti, talmente il meccanismo è oliato e perfetto.

Il selezionatore della nazionale svizzera, Alfredo Foni, dice che Riva è il settanta per cento dell'Italia. Ci può stare. Ci sembra poco ma non ci offendiamo. Markus Pfirter, il suo marcatore diretto odierno, giudica il nostro attaccante inarrestabile, impossibile da tenere.

43

I rossoblù presenti sugli spalti guardano con soddisfazione la partita. Hitchens, Vescovi, Greatti, Longoni, commentano ogni azione. Longoni dice che Riva in queste condizioni è la migliore ala sinistra al mondo. Ironicamente Greatti, lo contraddice: "Per me è Pascutti". E giù risate. Non certo per prendere in giro Pascutti, che è certamente un fortissimo attaccante, ma per scherzare un po' polemicamente con le scelte passate di Mondino Fabbri. I nostri parlano a turno dei rossoblù meritevoli di nazionale. Perché non far giocare insieme Riva, Mazzola e Boninsegna? In effetti, qualcuno pronostica, Mazzola può giocare benissimo da mezzala. Rizzo è già in nazionale e non ha bisogno di sponsor. Ma c'è che vedrebbe meglio Greatti al posto di Juliano, o certamente Cera al posto di Ferrini, e una coppia di terzini formata da Burgnich e Longoni. Hitchens, dice che è questione di tempo: prima o poi la nazionale italiana avrà l'intelaiatura del Cagliari, prevede.

Sabato a Cagliari la tappa forse decisiva
del difficile rilancio del calcio italiano

Arrivano
gli azzurri

Valcareggi entusiasta di Riva

È STATO L'ARTEFICE DELLA VITTORIA AZZURRA

RIVA MATTATORE
ALLO STADIO AMSICORA

4-0

Riva
doma
la Svizzera

VALCAREGGI NON HA RISOLTO I PROBLEMI DEL CENTROCAMPO

Mazzola Riva e Domenghini (2)
hanno ridimensionato gli elvetici

NAZIONALE A - N° 07 – ITALIA-JUGOSLAVIA – 10/06/1968

Roma (Stadio Olimpico) – Lunedì – h 21.15

ITALIA-JUGOSLAVIA 2-0- Finale Europei - Ripetizione

ITALIA: Zoff, Burgnich, Facchetti (cap.), Rosato, Guarneri, Salvadore, Domenghini, A. Mazzola, Anastasi, De Sisti, Riva.

C.T: Ferruccio Valcareggi

JUGOSLAVIA: Pantelić, Fazlagić (cap.), M. Damjanović, M. Pavlović, B. Paunović, Holcer, Aćimović, Trivić, Musemić, Hošić, Džajić.

C.T: Rajko Mitić

Arbitro: José María Ortiz de Mendíbil (Spagna)　　　　Spettatori: 32.886

Marcatori: 12' Riva, 31' Anastasi

È un'altra Italia, decisamente diversa da quella della prima finale. Diversi i cambi. Riva, che ha preso il posto di Prati, segna il primo goal (regolare, nonostante le proteste degli avversari). La Jugoslavia non reagisce e gli azzurri raddoppiano con Anastasi alla

mezz'ora. Da qui in poi l'Italia controlla la partita e al fischio finale si scatena la festa per la conquista del titolo.

Una settimana prima di questa partita, tutti gasati. Il Campionato d'Europa per Nazioni entrava nel vivo. La fase finale, che comprende le due semifinali e la finale, è stata assegnata dell'Uefa all'Italia. Si sono qualificate Italia, Inghilterra, Unione Sovietica e Jugoslavia. Negli ottavi, con incontri di andata e ritorno, hanno eliminato rispettivamente Bulgaria, Spagna, Ungheria e Francia. In casa Italia i dubbi per Valcareggi riguardavano i ruoli portiere, stopper, centravanti e ala sinistra. Albertosi, simpaticissimo!!!, è giù di morale per il suo trasferimento al Cagliari. In questo momento gli si preferisce Zoff. Guarneri e Bercellino si giocano il posto di stopper titolare. In attacco il troppo modesto Anastasi si dice già contento di fare la riserva a Mazzola, mentre, pur di fare giocare il milanista Prati, ci si inventa che Riva è giù di forma. Prati, si dice, dà più sicurezza. Andiamo bene!

Intanto già alla vigilia della semifinale contro l'URSS, gira la voce che Riva sia già della Juventus. Sarebbe stato acquistato in cambio di Vastola (prelevato dal Varese) e di una somma imprecisata di denaro. Così, i poveri tifosi del Cagliari, già hanno le… hanno il morale a terra perché Albertosi fa il prezioso scambiando il Cagliari per una società di appestati, e ora ci manca solo la solita strisciata che viene a insidiare il nostro supercampione. E fioccano le maledizioni all'agnello con la "R" moscia, a lui e ai suoi dannati soldi. Ma poi Vastola, dai. Scherziamo? Ci vogliono prendere un mostro di 23 anni e darci in cambio un pur discreto attaccante ma di trent'anni. Follia!

Torniamo alla Coppa Europa. Nel giorno in cui il mondo è scosso per l'attentato a Bob Kennedy, si svolgono le due semifinali, Italia-Unione Sovietica e Jugoslavia-Inghilterra. L'Italia passa fortunosamente il turno. La partita termina 0-0. Anche dopo i due tempi supplementari il risultato non si sblocca. A decidere è la monetina, che fortunosamente favorisce l'Italia.

Nell'altra semifinale, una rete di Dragan Džajić a quattro minuti dal termine consente alla Jugoslavia di batter i campioni del mondo dell'Inghilterra.

La finale viene giocata sabato 8 giugno. E' una partitaccia, quella giocata dalla nostra Nazionale, per lunghi tratti dominata dagli jugoslavi, che segnano col solito Džajić e sprecano un paio di favorevoli occasioni. Il pareggio che ci porta alla ripetizione è di Angelo Domenghini su calcio di punizione a dodici minuti dal termine. È disastrosa la prestazione delle due punte, Anastasi e Prati. Appare evidente anche a chi non voleva capirlo, che Riva non può essere ancora lasciato fuori. Valcareggi ha schierato: Zoff, Burgnich, Facchetti, Ferrini, Guarneri, Castano, Domenghini, Juliano, Anastasi, Lodetti, Prati.

La finale-bis ha, infatti, tutta un'altra trama. Gli Azzurri, con cinque nuovi uomini in campo rispetto a due giorni prima, sono trasformati. Con brio e freschezza da vendere impongono il loro ritmo agli slavi e due reti capolavoro di Riva e Anastasi ci portano sul tetto d'Europa.

In pochi sono a conoscenza di un dato fondamentale: Gigi Riva è stato il capocannoniere di questa edizione del Campionato d'Europa per Nazioni. Nel curriculum del nostro Campione, quasi mai viene citato questo importante trofeo. Sette reti segnate, fra l'altro in sole quattro partite. Il secondo classificato Farkas, giusto per fare un esempio, i sei goal li ha fatti in otto partite.

Vediamo il dettaglio:

7 – Luigi Riva (Italia)

6 – Janos Farkas (Ungheria)

5 – Gerhard Muller (Germania Ovest), Henning Frenzel (Germania Est), Constantin Fratila (Romania), Fritz Kunzli (Svizzera), Angelo Domenghini, Alessandro Mazzola (Italia), Fleury Di Nallo (Francia), Robert Charlton, Geoffrey Hurst (Inghilterra)

4 – Giorgios Sideris (Grecia), Rolf Blattler (Svizzera), Paul van Himst (Belgio),

Martin Peters (Inghilterra), Petar Jekov (Bulgaria)

3 – Inge Danielsson (Svezia), Dinko Dermendijev (Bulgaria), Juhani Peltonen (Finlandia), Leopold Grausam (Austria), Anatoliy Banishevski, Igor Chislenko, Eduard Malofeev, Jozsef Sabo (Unione Sovietica), Johannes Lohr (Germania Ovest), Dragan Dzajic, Vahidin Musemic, Slaven Zambata (Jugoslavia), Florian Albert, Kalman Meszoly (Ungheria), Kresten Bjerre (Danimarca), Rene Pierre Quentin, Karl Odermatt (Svizzera), Emil Dumitriu, Mircea Dridea (Romania), Janusz Zmijevski (Polonia), Georges Lech, Charly Loubet (Francia), Jacques Stockman (Belgio)

2 – Ogun (Turchia), Pirri (Spagna), Adamec (Cecoslovacchia), Eriksson, Turesson (Svezia), Eusebio, Graca (Portogallo), Kotkov, Tsanev (Bulgaria), K. Hasund, Iversen, Nilsen (Norvegia), Alexiadis (Grecia), Siber (Austria), Petkovic, Osim (Jugoslavia), Bene (Ungheria), Cruijff, Mulder, Suurbier (Olanda), Pankau (Germania Est), Sondergaard (Danimarca), Dobrin, Lucescu, I. Ionescu (Romania), Brychczy, Lubanski, Grzegorczyk (Polonia), Herbin (Francia), Claessen, Devrindt, Thio (Belgio), J. Charlton (Inghilterra), R.T. Davies, R.W. Davies (Galles), Gilzean, Law, Lennox (Scozia), Bishovets, Khurtsilava (Unione Sovietica)

1 – Treacy, O'Connor, Cantwell, O'Neill, McEvoy (Eire), Ayhan (Turchia), Amancio, Garate, Grosso, Gento, Jose Maria (Spagna), Kuna, Horvath, Jurkanin, Szikora, Masny (Cecoslovacchia), Svensson, Nordahl (Svezia), Torres, Pinto (Portogallo), Mitkov, Asparuhov (Bulgaria), Berg, Birkelund, Sunde (Norvegia), Papaioannou, Haitas (Grecia), Syrjavaari, Makempar (Finlandia), Flogel, Hof, Wolny (Austria), Maslov, Streltsov (Unione Sovietica), Seeler (Germania Ovest), Spreco, Lazarevic, Skoblar (Jugoslavia), Israel, Keizer, Swart, Van der Kuylen, Pijs (Olanda), Korner, Lowe, Vogel (Germania Est), Dyreborg (Danimarca), Martinovici (Romania), Durr (Svizzera), Bertini, Facchetti, De Paoli, Anastasi (Italia), Asprou, Pamboulis, Kostakis (Cipro), Szoltysik, Jarosik, Liberda, Sadek (Polonia), Guy, Herbet, H. Revelli (Francia), Puis (Belgio), Klein (Lussemburgo), Ball, Hunt, Hunter (Inghilterra), Rees, Durban (Galles), Hughes, McKinnon, McCalliog, Murdoch (Scozia), Clements, Nicholson (Irlanda del Nord), Varga, Molnar, Gorocs (Ungheria)

Autogoal:

Dempsey (Eire) per Cecoslovacchia

Kostas (Cipro) per Svizzera

Hennessy (Galles) per Inghilterra

Solymosy (Ungheria) per Unione Sovietica

Penev (Bulgaria) per Italia

Disastrosi Anastasi e Prati
non si può ignorare Riva

Riva polemico:

«L'avete capito che sono sano!»

Dopo la grande vittoria nella finalissima bis

Gli azzurri con Riva
sono campioni d'Europa

2-0

La Jugoslavia si è arresa alla nazionale azzurra, che, corretta, sconfessa clamorosamente Valcareggi

Un goal di Riva
vale
il campionato
d'Europa

NAZIONALE A - N° 08 – GALLES-ITALIA – 23/10/1968

Cardiff (Ninian Park) – Mercoledì – h 19.30

GALLES-ITALIA 0-1 - Qualificazioni Mondiali – Gruppo 3

GALLES: Millington, Thomas, G. Williams (cap.), Burton, Powell, Hole, Rees, W. Davies, R. Davies, Green (62' B. Jones), C. Jones.

C.T: David Bowen

ITALIA: Zoff, Burgnich, Facchetti (cap.), Rosato, Salvadore, Castano, Domenghini, Rivera, Anastasi (52' A. Mazzola), De Sisti, Riva.

C.T: Ferruccio Valcareggi

Arbitro: Joaquim Fernandes de Campos (Portogallo)   Spettatori: 18.558

Marcatori: 44' Riva

Il girone per i Mondiali ci vede contrapposti a Galles e Germania Est. Con i gallesi gli Azzurri sono contratti e segnano nell'unica vera occasione. C'è la novità che da ora è permessa la sostituzione di un giocatore diverso dal portiere. Il primo cambio nella storia della Nazionale è quello fra Anastasi e Mazzola.

Per la Nazionale, è la prima partita di qualificazione per i Mondiali di Messico '70. Per quanto assurdo possa sembrare, ancora viene posto il dubbio se schierare contro il Galles l'attacco della vittoriosa finale-bis della Coppa

Europa, oppure non sia invece poco opportuno rinunciare a Prati. Poco opportuno in base a quale concetto non è dato sapere. Sarà questione di maglia a strisce? No, anche perché poi non è che Prati sia il supercannoniere del campionato. In testa alla classifica dei marcatori c'è, del resto, un certo Riva Luigi, con cinque reti in tre partite. E che Prati di goal ne ha fatto finora due. E comunque tutti lì a dire: "Attento, Valcareggi! Occhio che se lasci fuori Prati potrebbero nascere delle polemiche". Veramente follia!

I convocati per Cardiff sono diciotto: Albertosi, Anastasi, Bertini, Burgnich, Castano, De Sisti, Domenghini, Facchetti, Guarneri, Juliano, Lodetti, Mazzola, Prati, Riva, Rivera, Rosato, Salvadore, Zoff. Esclusi dalla prima lista di ventidue: Agroppi, Anquilletti, Francesco Morini, Lido Vieri. Ho omesso di scrivere le squadre di appartenenza, tanto siete tutti esperti, li conoscete. Proviamo? Uno a caso: Guarneri. In che squadra gioca Guarneri? Semplice, vero? Invece no. Sbagliato! Non è quello che pensate. Gioca nel Napoli. Dove è arrivato quest'anno. E quindi la domanda successiva, dalla risposta scontata è: da dove è arrivato al Napoli? No. Sbagliato di nuovo! E' arrivato dal Bologna. 10 e lode, nel caso, a chi ha risposto bene a entrambe le domande. Bene, bravo, 7+, a chi ha indovinato una delle due. Non era facile!

Sulla carta potrebbe sembrare una partita di nessuna difficoltà per l'Italia. Fra i gallesi mancheranno: il capitano Mike England (infortunio alla caviglia), colonna del Tottenham; il mediano Terry Hennessey del Nottingham Forrest; il portiere titolare Gary Sprake, che il Leeds non ha lasciato libero perché impegnato, proprio mercoledì 23, nella partita di Coppa delle Fiere contro lo Standard Liegi. Alcuni giocatori gallesi militano addirittura in terza (il terzino destro Thomas) e quarta divisione (il portiere Millington).

Posso aprire una parentesi su Sprake e il Leeds, visto che li abbiamo citati prima? La partita contro lo Standard Liegi è valida per il primo turno della Coppa delle Fiere 1968-69. Il Leeds è detentore della coppa. L'ha conquistata stranamente solo nel settembre 1968, quindi non nella stagione calcistica di competenza. Il Ferencváros era la sua avversaria. La finale si è svolta esattamente su due partite. L'andata il 7 agosto, vinse il Leeds per 1-0. Il ritorno si è giocato in data 11 settembre. Ma il 20 agosto le truppe sovietiche invasero la Cecoslovacchia. Ci fu una spaccatura fra il mondo occidentale e quello orientale. Fu chiesto a Don Revie, manager della squadra inglese, di boicottare la partita di ritorno. Ma arrivare sino a quel punto e poi non disputare la partita decisiva avrebbe significato una delusione enorme per la squadra inglese, società e tifosi. Ci sono cose più importanti, certo, ma il Leeds decise di recarsi a Budapest e affrontare lo squadrone magiaro (che in semifinale eliminò il Bologna). Fu una partita mitica per il Leeds. Fu 0-0 nella bolgia del Népstadion (76.000 spettatori). Vero che il Ferencváros schierava fior di giocatori (su tutti Flórián Albert), ma anche il Leeds non è che in quella finale presentasse gli ultimi arrivati: Billy Bremner, Jack Charlton, lo scozzese Peter Lorimer (fra i tiratori più potenti di sempre). Ma il vero eroe della partita chi fu? Proprio Sprake. Sapete quando si dice le parate più belle di sempre e si citano sempre gli stessi? Zamora, Plánička, Yashin, Banks, etc. Ma la parata di Sprake su un siluro di Novak su punizione è qualcosa di incredibile. Se potete cercatela su qualche video. Lo so, siamo nel 1968, scriviamo in tempo reale, e quel che è più avanti di noi non ci interessa e non possiamo prevederlo. Non rimane che sperare che la Rai la riproponga.

Di sabato, a quattro giorni dalla partita, la Nazionale effettua un test contro la De Martino della Fiorentina. 6-0 il risultato finale con tre goal per tempo. I goal nel primo tempo di Riva (su azione di calcio d'angolo), De Sisti e Anastasi. Tripletta di Mario Bertini nella ripresa. La porta dei giovani della Fiorentina era difesa nel primo tempo da Albertosi e nella ripresa da Zoff. Fra i viola, l'unica presenza degna di nota, appare quella del n° 11 Raffaello Vernacchia.

Si prevede l'esclusione di Mazzola dalla formazione titolare. Ma non è questo che ci interessa. Siamo qui per Riva e non per Mazzola. Ci interessa invece, o almeno interessa me, quanto detto dal bravo Sandro in un'intervista. Valcareggi gli ha spiegato la sua esclusione e lui dice che non l'ha capita. Ha detto che ha un nome da difendere. Ha pure detto di avere una famiglia e che se l'intento del C.T. era quello di non farlo giocare, avrebbe preferito stare a casa con moglie e figlie. Per carità, ognuno dice quel che gli pare. Ma da tifoso mi chiedo il perché un allenatore debba spiegare le sue scelte a un giocatore. La spiegazione è già nella scelta. Se fa giocare un altro al mio posto, io che non ho certo l'intelligenza di Einstein, penserei che magari il mister pensa che reputa l'altro più bravo di me. O anche solo più adatto alla bisogna del momento. Non avrei bisogno di una spiegazione. Le spiegazioni, poi, sono state date anche a Bertini, Lodetti, Guarneri, etc? Anche loro hanno un nome da difendere e magari pure moglie e figli a casa.

In realtà non è andata proprio come nelle aspettative. Bene il risultato, ma i gallesi hanno fatto una buona partita e nei minuti finali hanno fallito un paio di favorevoli occasioni. Ma anche gli Azzurri, del resto, hanno avuto l'opportunità di raddoppiare più di una volta.

Il goal della vittoria è stato segnato da Riva con un preciso tiro dal limite dell'area. Niente da fare per il pur bravo Millington. Ottimi, comunque, alcuni interventi dell'estremo difensore gallese, nonostante, come detto, militi in quarta serie (esattamente nel Peterborough United, retrocesso dalla terza divisione proprio alla fine della stagione 1967-68 per irregolarità finanziarie).

Riva calcia a rete il goal vittoria

Riva non può essere discusso
per Prati difficilmente ci sarà posto

Valcareggi conferma ufficialmente la scelta di Riva e la rinuncia a Prati

PER LA PRIMA VOLTA LA NAZIONALE HA VINTO IN GRAN BRETAGNA!

RIVA
bombardiere
azzurro

1-0 SUL CALLES

É DI RIVA la vittoria

NAZIONALE A - N° 09 – MESSICO-ITALIA – 01/01/1969

Città del Messico (Stadio Azteca) – Mercoledì – h 16.30 (h 23.30 in Italia)

MESSICO-ITALIA 2-3 - Amichevole

MESSICO: Calderón, Vantolrá, Sánchez Galindo, González (cap.), Pérez, Nuñez, Díaz, Albino, Borja, Cisneros, Padilla.

C.T: Ignacio Trelles Campos

ITALIA: Zoff, Burgnich, Facchetti (cap.), M. Bertini, Rosato (72' Anquilletti), Castano (67' Malatrasi), Domenghini, Rivera, Anastasi, De Sisti, Riva.

C.T: Ferruccio Valcareggi

Arbitro: Abel Aguilar Elizalde   Spettatori: 65.000
(Messico)

Marcatori: 44' Borja, 57' Riva, 59' Anastasi, 71' Gonzalez, 89' Riva

In vista del probabile Mondiale, Valcareggi porta l'Italia a testare la reazione dei giocatori all'altura. È la prima volta dell'Italia in Messico. Partita combattuta e ben giocata e gli Azzurri la spuntano nel finale col solito Riva.

A pochi giorni dalla scomparsa di Vittorio Pozzo, C.T. della Nazionale campione del mondo nel 1934 e nel 1938, nonché oro alle Olimpiadi di Berlino 1936, l'Italia si prepara alla trasferta in Messico, dove dovrà sostenere due incontri con la nazionale di casa. Rispetto alle ultime scelte di Valcareggi, mancheranno Mazzola, Juliano e Salvadore. Quest'ultimo paga la sua squalifica in campionato. Giustamente chi viene squalificato in Italia non è degno di rappresentarci in Nazionale: è questa la regolina. Salvadore durante Napoli-Juventus dell'1 dicembre si è preso a pugni con Dino Panzanato. Il tutto durante una rissa scatenata da Sivori, che simpaticamente aveva reagito a un leggero fallo ai suo danni commesso da Favalli. Morale della favola: 9 giornate di squalifica a Panzanato, 6 a Sivori, 4 a Salvadore. Quindi, avendo il difensore bianconero scontato solo tre giornate sinora, dovrà stare a casa. La commissione disciplinare ha respinto il reclamo della Juventus e quindi niente sconto e niente Messico.

Questa volta viene convocato anche Boninsegna del Cagliari, che ha all'attivo sette reti in campionato. Nella classifica marcatori lo precede solo Riva, che di goal ne ha all'attivo dodici. Dodici sono anche le giornate di campionato giocate finora. Con due attaccanti del genere, chi volete che comandi la classifica? Il Cagliari, mi pare scontato. I rossoblù hanno un punto di vantaggio su Milan e Fiorentina. Nell'ultima giornata di campionata il Cagliari ha pareggiato a Verona, mentre il Milan e la Fiorentina hanno vinto in casa rispettivamente contro Torino (goal all'ultimo minuto di Rosato) e Palermo (rigore di Maraschi).

Il viaggio per raggiungere il Messico, della durata prevista di diciotto ore, è stato parecchio avventuroso. Da Roma, partenza per Parigi. Dove una bufera di neve faceva ritardare di un'ora il decollo per New York. Volo abbastanza piacevole e tranquillo sino a sorvolare la regione del Labrador, dove l'aereo, seppur si trattasse di un mastodontico Boeing 707, ha cominciato a ballare. In più, la fitta nebbia ha causato la chiusura dell'aeroporto di New York, costringendo il comandante a virare verso Moncton, Canada. Qui tre ore e mezza senza nessun tipo di comfort in un freddo polare e tanta neve. Poi via libera per New York. Qui pioggia torrenziale e altre tre ore e mezza di sosta. Quando finalmente si arriva a Città del Messico, sono passate trenta ora dalla partenza da Roma.

Certo che per andare in Messico a fine dicembre, non ci voleva un campione di sagacia, per capire che forse sarebbe stato meglio fare un altro giro. Se passi da Parigi, Irlanda, New York o Canada, non penserai mica di trovare bel tempo in quel periodo. Forse forse, sarebbe convenuto da Madrid e poi Miami, l'altra rotta più logica e disponibile per raggiungere la capitale messicana.

È interessante dare uno sguardo agli assetti tattici ipotizzati alla vigilia. Non tanto il nostro, che è quello solito, standard del momento: un libero, stopper, ala destra, mediano di spinta, etc. Sentite i messicani: giocano in un modo parecchio strano. Una sorte di rivisitazione del Sistema ideato negli anni Trenta da Herbert Chapman, chiamato anche **WM** (la disposizione in campo dei giocatori richiamava queste lettere), e successivamente leggermente modificato dallo squadrone ungherese degli anni Cinquanta, chiamato anche **MM**. Pensa che questi arretrati di messicani giocheranno col **4-3-3**!!!

Chi ha deciso la partita? Gigi Riva! E non solo per il goal a un minuto dal termine. Riva ha segnato una doppietta e a tratti è parso davvero inarrestabile per i poveri messicani. Il Messico si è portato in vantaggio con un bellissimo goal del centravanti Borja sul finire del primo tempo. In seguito, lanciato da De Sisti, Riva ci porta sul pareggio con un forte sinistro in corsa da una ventina di metri, che il portiere/attore Calderón non vede neanche. Dopo i goal di Anastasi e Gonzalez, Riva mette la firma sul goal della vittoria con un preciso colpo di testa, su cross di Rivera, all'altezza del dischetto del rigore, che si infila all'incrocio alla sinistra del portiere di casa.

Con questa doppietta, Riva raggiunge Riccardo Carapellese a quota dieci goal in azzurro. Meazza, Piola e Baloncieri sono ancora molto lontani. Ma noi attendiamo fiduciosi.

Vogliamo dirle due parole su Adolfo Baloncieri? Perché tutti sanno chi sono Meazza, Piola. Ma di Baloncieri, tu che leggi, sai dirmi qualcosa? Perché qui si sta parlando realmente di un grandissimo campione. Certo, pochi di noi l'hanno visto giocare. Ma dai racconti che abbiamo sentito in passato, da chi l'ha visto all'opera, emerge che siamo di fronte a uno dei più grandi talenti che abbia mai avuto il calcio italiano. Il primo vero regista. Fra i più grandi di sempre, se non il più grande, secondo alcuni. Eccellente rifinitore, ma anche giocatore capace di puntare a rete a proprio piacimento.

Messico-Italia si è giocata nell'imponente Stadio Atzeca, uno degli stadi più grandi, ma soprattutto più belli, del mondo. Fu inaugurato nel 1966, amichevole fra i padroni di casa del Club América e il Torino di Nereo Rocco. 2-2 il risultato finale. Il primo marcatore nella storia dell'Azteca è stato il brasiliano Arlindo dos Santos Cruz, poco conosciuto ai più, ma che noi ricordiamo benissimo (non è vero?) come elemento del Brasile vincitore del torneo calcistico dei Giochi Pan-Americani del 1963. Brasile che schierava assi quali Carlos Alberto Torres, Jair Ventura Filho, che altri non è che Jairzinho, ma soprattutto (anche per ragioni di cuore) il grandissimo Claudio Olinto de Carvalho (detto Nené, come amano scrivere i Panini). Per il motivo opposto, è entrato nella storia anche Lido Vieri, primo portiere ad aver subito goal nel mitico stadio. In campo, e gran parte del merito del primo goal va riconosciuto proprio a lui, il bi-campione del mondo Vavà (dai familiari meglio conosciuto come Edvaldo Izídio Neto). Per la cronaca, l'América si portò poi sul 2-0, grazie a un goal di José Alves dos Santos, anche lui brasiliano. E anche lui un "noto come". Si faceva chiamare, o lo chiamavano senza il suo permesso, Zague. Facile capire il perché. Il soprannome glielo mise la zia (della quale ignoriamo il nomignolo), perché il nipotino amava correre a zig-zag lungo le spiagge di Salvador da Bahia. Zague da grande, nonostante il soprannome della zia, non diventò una sorta di Garrincha II. Al contrario, diventò il centravanti più statico di tutti i tempi. Segnò tantissimi goal, soprattutto con la maglia del Corinthians, ma la sua prerogativa era quella di star lì al centro dell'area, non rientrando in concreto mai per dare una mano ai compagni o alla manovra. Niente, lui stava fisso isolato in avanti. Per questo, anche se non gli cambiarono il nome, si beccò l'ulteriore soprannome di "Lupo Solitario".

I goal del Torino, che schierava calciatori del calibro di Ferrini, Puia, Simoni, furono entrambi segnati da Ulisse Gualtieri, tre sole presenze in campionato, ma certamente protagonista di questa bella avventura in terra messicana.

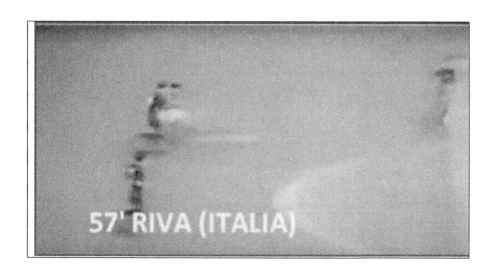

BATTUTO IL MESSICO: 3-2

Ancora una volta
Riva ha salvato
la nazionale azzurra

Il miracolo
di Riva

L'ala sinistra rossoblù ha confermato a Città del Messico
di essere l'elemento base della formazione azzurra

DOPO LA VITTORIA AZZURRA

Il Pelè
italiano

Cosi è stato battezza-
to dalla stampa mes-
sicana il formidabile
goleador del Cagliari

NAZIONALE A - N° 10 – MESSICO-ITALIA – 05/01/1969

Città del Messico (Stadio Azteca) – Domenica – h 12.00 (h 19.00 in Italia)

MESSICO-ITALIA 1-1 - Amichevole

MESSICO: Mota, Vantolrá, Sánchez Galindo, González (cap.), Pérez, Nuñez, Díaz, Morales, Borja, Cisneros (62' Fragoso), Padilla.

C.T: Ignacio Trelles Campos

ITALIA: Albertosi, Anquilletti, Facchetti (cap.), M. Bertini, Burgnich, Malatrasi, Prati, Merlo, Anastasi, De Sisti, Riva.

C.T: Ferruccio Valcareggi.

Arbitro: Antonio Sbardella(Italia)   Spettatori: 65.000

Marcatori: 62' Padilla, 89' M. Bertini

Nella seconda esibizione in terra messicana, gli Azzurri faticano a tener testa ai padroni di casa: forse patiscono i 2.000 metri. L'imbattibilità la manteniamo grazie a un bolide da trenta metri di Bertini a un minuto dalla fine. Esordio per Anquilletti e Merlo, che però vedono qui condensata la loro carriera in Nazionale.

Come sembrava inevitabile, prima di questa partita, ci sono ancora strascichi di polemica intorno alla seppur vittorioso primo incontro col Messico. In particolare ci si interroga sull'apporto che Rivera dà a questa squadra. Non basta avere piedi buoni. Gli si chiede anche un minimo di carattere. Che sembra mancargli in particolare nei duelli con gli avversari.

E ci si chiede anche del perché in Nazionale le prestazioni di Anastasi sono buone, mentre nella sua squadra di club, la Juventus, non ha ancora reso al massimo. Fra l'altro non ho capito cosa pretendano: Anastasi ha fatto sette reti in dodici partite, che non sono mica pochi. E comunque, fatta la domanda, arriva anche la risposta degli esperti: in Nazionale c'è Riva e nella Juventus no. Riva viene visto come compagno ideale per il tipo di gioco dell'attaccante catanese. Gigi impegna lui da solo tutti gli uomini della difesa, apre varchi più di una rompighiaccio, crea spazi anche perché di solito non basta un marcatore per fermarlo, sovente il libero diventa il secondo stopper su Gigi. E in questi spazi Anastasi si butta dentro a meraviglia. In bianconero Heriberto Herrera si è accorto di questo aspetto ed ho provato a far giocare Haller come prima punta. Ma Haller, seppur prestante, non ha certo la forza d'urto di Riva. Per cui ai tifosi juventini non rimane che guardarsi il duo giocare insieme in azzurro, oppure, tanto è gratis, sognare di avere prima o poi Gigi in bianconero. Mi piace molto che vivano sperando. Scontato l'esito.

La stampa messicana chiama Riva "Il Pelè bianco", "Il Pelè Italiano". E' ormai un dato di fatto che Gigi è il pilastro della Nazionale Italiana. Senza di lui, seppur in una squadra infarcita di grandi campioni, non saremmo così temuti e considerati. Così come senza di lui, c'è la prova provata, non saremmo diventati campioni d'Europa. Riva fra l'altro è in forse per questa partita, poiché nel match del 1 gennaio ha rimediato una botta alla caviglia. Scalpita l'altro bomber rossoblù, Roberto Boninsegna.

Si ragiona, in Messico, anche sull'operato dell'arbitro della partita del giorno di Capodanno, il messicano Abel Aguilar Elizalde. Non perché abbia arbitrato male, ma perché, sempre secondo la stampa locale, per paura di essere accusato di parzialità, ha finito per favorire gli Azzurri in alcune situazioni. Si teme quindi che lo stesso possa accadere, al contrario, in questa partita del 5 gennaio, dato che la direzione di gara sarà affidata al nostro Antonio Sbardella. Perché quindi, propongono, non affidare l'arbitraggio a uno dei due segnalinee designati, il peruviano Yamasaki? Per carità! A parte il fatto che Yamasaki è un nippo-peru-messicano, quindi sarebbe di nuovo un arbitro eventualmente di parte, dato che dal 1967 fa parte della federazione messicana. Ma poi, qui ci viene in soccorso la lampada del futuro, lo sappiamo cosa sarà capace di fare in futuro questo arbitro nei confronti della nostra Nazionale.

Ma senza fare i "futuristi", diamo uno sguardo invece al passato. Yamasaki è per esempio l'arbitro che nella semifinale del mondiale cileno del 1962, fra Brasile e Cile, espulse Garrincha a sette minuti dalla fine (reo, oltre ad aver rifilato un calcione a Rojas e di insulti allo stesso arbitro), ma che poi nel referto scrisse che trattavasi di ammonizione, in modo da non far saltare la finale alla funambolica ala brasiliana. Di fatto Garrincha abbandonò il campo, altro che ammonizione (magari sarà il caso di inventare i cartellini gialli o rossi da mostrare anche al pubblico, no, perché poi è facile dire che era ammonizione e quello se ne è andato lo stesso). Ennesima vergogna del calcio che tende sempre ad avvantaggiare i più forti, i più famosi.

Questa volta, fra i messicani in porta non c'è Ignazio Calderón, accusato di avere grosse responsabilità sui tre goal subiti mercoledì scorso. Oltretutto viene accusato di scarso impegno, troppe distrazioni extra-calcio. Si dice abbia intenzione di lasciare l'attività agonistica per dedicarsi alla carriera di attore di cinema, attività che in parte ha già intrapreso.

Purtroppo, per i tifosi locali, non è che il suo sostituto, Antonio Mota, abbia fatto una bellissima figura. Infilato da Bertini, va bene che è stato un gran tiro, ma sferrato da una circa quaranta metri.

Questa partita, pareggiata all'ultimo minuto, ha detto che questa voglia matta di far giocare a tutti i costi Prati, qualcuno è necessario se la faccia passare. Prati è il vice di Riva, stop! Non è adatto a giocare in altri ruoli. L'esperimento del tridente è stato fallimentare. Quando gioca Rivera si dice che Rivera gioca male. Quando invece manca, ci si accorge che puoi mettere tutte le punte che vuoi, ma serve anche qualcuno che dia loro il pallone e che li lanci decentemente a rete. Chi lo sa fare in Italia? Solo Rivera. E siamo al punto di partenza.

Il nostro centrocampo ha deluso in tutti i suoi uomini. Anonima la prestazione di De Sisti. Bertini ha fatto un gran goal, ma non ha fatto altro. Merlo, tradito forse dall'emozione dell'esordio, ha deluso profondamente.

In fin dei conti i messicani non hanno meritato di essere raggiunti, e in modo quasi beffardo. Meritavano assolutamente la vittoria.

Per tornare al discorso portieri, non per essere di parte, ma è da sottolineare l'ottima prestazione del portiere rossoblù Albertosi, autore di grandi interventi. Come suo solito, del resto. Sarà un bel problema per Valcareggi dover scegliere il titolare per i Mondiali.

Una nazionale tutta d'attacco

Pareggio degli azzurri nella rivincita

Imbattuti in Messico

PAREGGIO SOLO AL 90'

Riva segna con la mano,
ma la rete verrà giustamente annullata

NAZIONALE A - N° 11 – GERMANIA EST-ITALIA – 29/03/1969

Berlino Est (Walter Ulbricht Stadion) – Sabato – h 15.00

GERMANIA EST-ITALIA 2-2 - Qualificazioni Mondiali – Gruppo 3

GERMANIA EST: Croy, Frässdorf, Urbanczyk (cap.), Bransch, Seehaus, Körner, Löwe, Nöldner (76' Stein), Frenzel, Kreische, Vogel.

C.T: Harald Seeger

ITALIA: Zoff, Burgnich, Facchetti (cap.), M. Bertini, Salvadore, Castano, Prati, Rivera, A. Mazzola, De Sisti, Riva.

C.T: Ferruccio Valcareggi

Arbitro: Johan Einar Boström (Svezia)   Spettatori: 52.117

Marcatori: 26' Vogel, 54' Riva, 75' Kreische, 82' Riva

Probabilmente l'Italia sottovaluta i tedeschi e tra le altre cose gli Azzurri attraversano un periodo involutivo. Ci salviamo grazie al solito Riva in gran spolvero. Positiva comunque la reazione che dimostra la squadra. È battagliera e ha carattere.

L'avvicinamento a Germania Est-Italia è abbastanza problematico per il nostro C.T. Ferruccio Valcareggi. Anastasi è fuori causa e lo stesso Riva non è al meglio della condizione. Si dice che in campionato continui a giocare solo perché il Cagliari è ancora in lizza per lo scudetto. Cagliari ora terzo, a due punti dalla vetta, dopo aver perso un altro punto dalla capolista Fiorentina nell'ultima giornata. Il Milan ha sopravanzato il Cagliari grazie alla netta vittoria (4-0) sul Bologna. Viola vittoriosi sull'Inter con goal del ritrovato Chiarugi. Mentre il Cagliari è stato bloccato sullo 0-0 a Torino dai granata. Non si trattava, del resto, di un ostacolo facile da superare: i torinesi sono ora imbattuti da undici giornate.

Quindi si torna al tormentone Pierino Prati, che questa volta si presenta all'appuntamento azzurro forte della tripletta rifilata al Bologna. Per "fortuna" a togliere le castagne dal fuoco al nostro C.T. ci pensano gli infortuni. Detto di Anastasi, mancheranno anche Roberto Rosato in difesa e Angelo Domenghini. Formazione praticamente fatta, quindi, dall'infermeria del campionato. Deve rinunciare alla convocazione anche Enrico Albertosi, che a Torino, benché zoppicante, abbia stretto i denti ed è rimasto in campo anche per salvaguardare la sua convocazione in azzurro. Invece niente da fare, ha dovuto dare forfait. Al suo posto convocato d'urgenza il milanista Fabio Cudicini.

La Nazionale, a tre giorni dalla partita di Berlino, ha sostenuto a Bergamo un allenamento contro una formazione mista composta da ragazzi della squadra juniores dell'Atalanta, rinforzati da alcuni "azzurabili": Cudicini (Zoff), Poletti, Lodetti, Juliano, Maraschi Boninsegna. Da segnalare, fra i ragazzi atalantini, la presenza dei promettenti Doldi, Donina, Adelio Moro, Mutti, Perico, Zaniboni. Gli Azzurri si sono imposti per 5-1. Goal di apertura per la squadra allenatrice, con Maraschi, su calcio di punizione, che sorprendeva Zoff fuori posizione. Pareggio, dopo molti sforzi, di Prati. E ancora goal di Rivera, Mazzola, Bertini e Riva. La prova effettuata ha principalmente testato le posizioni degli attaccanti. Riva stazionava principalmente al centro, Prati che si posizionava ora a destra e ora a sinistra, con Mazzola che copriva lo spazio libero dai due. Nemmeno presa in considerazione la possibilità di schierare in Germania l'unico vero centravanti disponibile: Boninsegna.

In serata, sempre mercoledì, la Nazionale ha assistito a Brescia all'incontro della Under 23 (guidata anch'essa da Valcareggi), contro i pari età dell'Irlanda del Nord. Vittoria dei nostri ragazzi per 2-1 (dopo esser stati sotto) con reti di Reif e Bob Vieri. Gli altri giocatori impiegati sono stati: Superchi, Roversi, Pasetti, Esposito, Niccolai (autore di un'ottima prova), Santarini, Bobo Gori, Corrado Nastasio (autore dell'assist vincente a Vieri, a un minuto dalla fine), Merlo e Chiarugi.

Il giorno della partenza, giovedì, si parla nuovamente di calciomercato. E via di nuovo i giornalisti a stuzzicare Boninsegna e Riva. Sul fatto che se il Cagliari non vincerà lo scudetto si deciderà finalmente a cederli. Trattano il Cagliari come si trattano gli intrusi. Una vera indecenza. Se vogliono sempre vincere loro, senza tanti fastidi, potrebbero tranquillamente fare un campionato da soli, i soliti club con la puzza sotto il naso. Boninsegna alla domanda fa spallucce. Riva, lì vicino, dà un'occhiataccia al giornalista, che farà bene a non tornare sull'argomento. Si parla anche di Mazzola alla Juventus. E sorprendentemente lui dice che, sì, gli piacerebbe molto giocare a Torino in coppia con Anastasi. Roba che se lo sente un presidente che conosco io lo manda a giocare fra i rincalzi per il resto della sua carriera. E qualcuno vorrebbe che in porta, in Germania, giocasse Cudicini, dato lo splendido momento di forma attraversato dal "ragno nero" del Milan.

Il risultato finale soddisfa solo parzialmente. Può anche andar bene il pareggio, ma è la qualità del gioco che latita. Si salvano, su tutti, Mazzola e il solito Gigi Riva, autore della doppietta azzurra. Tuttavia Riva appare rammaricato per un'altra occasione capitatagli e mancata nel finale, che avrebbe consentito di vincere la partita.

La partita inizia al piccolo trotto da parte di entrambe le squadre. C'è anche la curiosità che i tedeschi hanno fatto un po' di caos con la numerazione delle maglie e schierano inizialmente Bransch e Seehaus che portano entrambi la "4". Il primo goal dei tedeschi è segnato da Vogel, con la parziale complicità di Facchetti, Salvadore, Burgnich e Zoff: ognuno ha la sua percentuale di responsabilità nell'azione e nella realizzazione del goal. Dopo una decina di minuti Riva sbaglia una favorevole occasione, ma il pallone su cui si avventa, dopo una respinta di Croy su gran tiro di Bertini, colpisce la linea bianca della linea di porta, fa un rimbalzo irregolare che inganna il nostro cannoniere. Riva comunque ristabilisce la parità con un bel tiro su passaggio di Bertini.

Dino Zoff prima fa un grande intervento, ma più tardi si lascia sfuggire un pallone su un tiro da lontano di Frässdorf, irrompe Kreische ed è il 2-1 per la DDR. E' sempre Riva che ci porta sul 2-2 sfruttando di testa un perfetto lancio di Rivera. A tre minuti dalla fine la buona occasione mancata da Riva a causa di un ottimo intervento di Croy. Al fischi finale pacifica invasione dei tifosi, tedeschi e italiani. I nostri sostenitori corrono verso Riva, per stringerlo in un affettuoso abbraccio.

Riva-Prati tandem azzurro

Discutibili le scelte di Valcareggi

I tedeschi temono Riva

ANCHE A BERLINO EST

Per due volte Riva salva gli azzurri

2-2

Riva raggiunge due volte i tedeschi

Gli italiani strappano il pareggio a Berlino est con la Germania orientale grazie alle prodezze irresistibili del goleador rossoblu

NAZIONALE A - N° 12 – ITALIA-BULGARIA – 24/05/1969

Torino (Stadio Comunale) – Sabato – h 17.00

ITALIA-BULGARIA 0-0 - Amichevole

ITALIA: Zoff, Burgnich (46' Poletti), Facchetti (cap.), M. Bertini, Puia, Salvadore, Domenghini, A. Mazzola, Anastasi, De

 Sisti, Riva.

C.T: Ferruccio Valcareggi

BULGARIA: Simeonov, Alagiov, Gaganelov (cap.) (68' Gaidarski), Ivcov, Zhecev, Penev, Dermendzhiev, Bonev, Asparuhov, T. Kolev, Kotsev.

C.T: Stefan Bozhkov

Arbitro: James Finney (Inghilterra)   Spettatori: 60.000

Marcatori: -

Amichevole disputata senza i giocatori del Milan, impegnati nell'imminente finale di Coppa dei Campioni. Nel primo tempo gli Azzurri sbagliano l'impossibile e l'unico a salvarsi è Mazzola. La stanchezza e la poca concentrazione (siamo a fine stagione) hanno fatto il resto. Secondo tempo da dimenticare.

Il campionato è appena terminato con la vittoria della Fiorentina. Al secondo posto, appaiate, Cagliari (che ha vinto l'ultima di campionato a Bergamo per 2-1, reti di Riva e Boninsegna) e Milan. Gigi Riva è il capocannoniere del campionato con 20 reti in 29 partite, davanti, non ai tanto osannati attaccanti delle squadre "strisciate", ma all'ottimo Gianni Bui del Verona, che ha chiuso il torneo con 15 reti all'attivo (fra l'altro in 26 partite e senza rigori). La partita amichevole contro la Bulgaria è l'occasione propizia per effettuare degli esperimenti. In difesa ci sono due possibilità: Salvadore libero e Puia stopper; provare il duo centrale della Fiorentina composto da Ferrante e Brizi. Fra i convocati sono assenti i giocatori del Milan, impegnati nella finale di Coppa dei Campioni a Madrid contro l'Ajax. I tre assi del Cagliari, Albertosi, Boninsegna e Riva, sono stati autorizzati a raggiungere la comitiva azzurra dopo l'incontro di Coppa Italia contro il Foggia di Tommaso Maestrelli. Intanto nel raduno azzurro c'è un clima abbastanza sereno anche in relazione al calciomercato in corso.

L'unico giocatore un po' sul chi vive è Domenghini, che appare anche abbastanza seccato quando gli si prospetta l'eventualità che l'Inter possa privarsi delle sue prestazioni. Sembra che per averlo in bianconero, la Juventus abbia offerto in cambio Haller all'Inter.

C'è pure chi prova a spianare la strada a un eventuale impiego di Chiarugi. Ma questa volta Valcareggi risponde secco che a sinistra il posto è di Riva e non ci sono possibilità di discussioni. Così come a destra la Nazionale è più che a posto con Domenghini. Per Chiarugi la convocazione è già un premio sufficiente. Anche perché, si diceva della partita del Cagliari contro il Foggia, Riva ha realizzato un bellissimo goal di testa, una vera prodezza, in tuffo "a pesce", sul quale il portiere di casa Trentini non ha potuto far niente. Anzi, dirà egli stesso, che niente e nessuno avrebbe potuto fermare Riva in quel frangente. E' arrivato come un fulmine su cross da sinistra di Longoni ed ha girato a rete come solo lui sa fare. E' stato il goal del pareggio. 1-1 il risultato finale. Ottima la prova anche degli altri due nazionali, Albertosi e Boninsegna.

Fra i bulgari mancheranno alcuni giocatori per infortunio: Dimitrov, Popov, soprattutto Shalamanov, infortunato gravemente al ginocchio e che non gioca da un anno. Ma, fra gli ospiti, è presente l'indiscusso asso del calcio bulgaro: Georgi Asparuhov, ventiseienne centravanti del Levski Sofia. Un campione noto, ma non quanto merita, dato il campionato in cui milita, non frequentemente al centro dell'attenzione. Ma quando Asparuhov gioca con la sua rappresentativa nazionale o in Europa col Levski, ha fatto e fa vedere di che pasta è fatto. Tanto da attirare su di sé le attenzioni di grandi squadre quali Benfica (Eusebio sogna di giocarci insieme, dopo una grande prestazione di Georgi nel doppio incontro di Coppa dei Campioni 1965/66), Inter e Milan. Ma Asparuhov non ha mai manifestato il desiderio di lasciare la Bulgaria. Certo che anche il solo esprimersi liberamente in un paese comunista non è agevole, ma non esitiamo a credere alla parola e all'amore per la sua nazione e per la sua squadra di club di questo leggendario campione. Le sue non sono mai sembrate frase di circostanza, come vedremo. Non ci piace guardare il futuro quando commentiamo le partite, ma in questo caso faremo un'eccezione. Asparuhov morirà in un terribile incidente stradale nel 1971, insieme col compagno di squadra Nikola Kotkov. Al suo funerale sono accorsi più di mezzo milione di persone distrutte. Ci piace ricordarlo con una sua frase, che, per quanto ci riguarda, lo fa somigliare al nostro grande Gigi Riva. Gli chiesero se sperasse di essere ceduto per giocare all'estero. E lui: *"C'è un paese che si chiama Bulgaria. E c'è una squadra che chiamata Levski. Forse non ne avete mai sentito parlare, ma io sono nato in questa squadra, e in questa squadra morirò"*.

Con grande "fregatura" per tutti i tifosi italiani, la partita non è stata trasmessa in diretta televisiva, a causa di un improvviso sciopero della sede RAI di Torino. Alle 16,54 tutti belli tranquilli davanti alla tv, carichi, sereni e speranzosi. Alle 16,55 tutti in piedi davanti alla tv, furibondi, nervosi e meno male che siamo un popolo pio e devoto, altrimenti anche qualche bestemmia sarebbe scappata.

Comunque non abbiamo perso granché. Partita deludente. Uno 0-0 piuttosto scialbo. E meno male che ci ha salvato un grande Zoff, autore di splendidi interventi su Asparuhov e Bonev, altrimenti avremmo pure perso. Buone anche le prestazioni di Puia, Poletti, Mazzola e Anastasi. Anche se quest'ultimo ha fallito un'ottima occasione nella prima parte dell'incontro. Addirittura fischi da parte del pubblico per Domenghini. Di sicuro sottotono la prestazione di Bertini e De Sisti a centrocampo. Bertini, curiosità, che durante il ritiro era stato beccato da Valcareggi mentre fumava una sigaretta. E si è dovuto sorbire una ramanzina mica da poco.

Non entusiasmante la prova di Riva, ripetiamo, reduce dalla partita di Foggia di appena tre giorni prima, dove era stato nettamente il migliore in campo, non solo per lo splendido goal, ma offrendo una prestazione globale superlativa, fatta di un furore agonistico incredibile, oltre che, come detto, inarrestabile. Riva che comunque ha sfiorato il goal con un bel colpo di testa.

Riva spera di segnare
il suo solito goal azzurro

«Anche se dovessi rimanere all'asciutto la media di una rete per partita rimarrebbe. Ma non vedo perchè non dovrei migliorarla»

LA BULGARIA IMPONE IL PAREGGIO ALL'ITALIA

0-0
DELUSIONE AZZURRA

NAZIONALE A - N° 13 – ITALIA-GALLES – 04/11/1969

Roma (Stadio Olimpico) – Martedì – h 14.30

ITALIA-GALLES 4-1 - Qualificazioni Mondiali – Gruppo 3

ITALIA: Albertosi, Burgnich, Facchetti (cap.), Bertini (87' Juliano), Puia, Salvadore, Domenghini, Rivera, Anastasi (46' A. Mazzola), De Sisti, Riva.

C.T: Ferruccio Valcareggi

GALLES: Sprake, Thomas, Derret, Durban, England (cap.), Moore, Yorath, Toschak, Hole, Krzyzwicki, Rees (69' Reece).

C.T: David Bowen

Arbitro: Todor Bechirov (Bulgaria)   Spettatori: 67.481

Marcatori: 37' Riva, 55' A. Mazzola, 67' England, 73' e 81' Riva

Gallesi particolarmente combattivi, colpiscono la traversa a porta vuota, ma resistono solo mezz'ora: lancio di Rivera per Riva e goal. Nel secondo tempo dentro Mazzola ed è suo il raddoppio. England accorcia su corner. Ma ci pensa ancora Riva a sistemare tutto, prima su passaggio di Puia e poi su lancio di Facchetti.

I giorni di avvicinamento a questo importante appuntamento contro il Galles vedono i calciatori azzurri reduci da un interessante turno di campionato. La capolista Cagliari ha vinto per 2-0 a Napoli, con doppietta di Gigi Riva (seppur febbricitante) e allunga il passo sulle inseguitrici (ora i punti di vantaggio sulle seconde sono tre), anche grazie alla vittoria dell'annaspante Juventus (in piena zona retrocessione) ai danni dell'Inter che inseguiva il Cagliari a un solo punto di distanza. Sono anche giorni di calciomercato di autunno. Vengono conclusi affari minori. Uno di questi riguarda il passaggio dell'alghese Cuccureddu dal Brescia alla Juventus. Il passaggio definito sulla carta già a fine ottobre, diventerà ufficiale il 10 novembre. Sei giorni dopo i bianconeri faranno visita alla capolista Cagliari. Ma figuriamoci se ci dobbiamo preoccupare di questo ragazzotto sardo... Nemmeno giocherà, magari!

En passant: Enzo Tortora non condurrà più La Domenica Sportiva e dalla prossima puntata verrà sostituito da Lello Bersani. Perché? Perché Tortora ha affermato che la TV è serva del potere politico. Ma va? Non lo sapeva nessuno!

Nazionale. Siamo qui per questo. Riva si avvicina all'appuntamento azzurro con un leggero mal di gola. E' disponibile per la partita ma dovrà farsi operare di tonsille. Chi c'è sempre pronto per, eventualmente, sostituirlo? Prati. Giusto! Fra i convocati i nomi più simpatici che notiamo sono quelli di Riva, Albertosi, Domenghini, Cera. Se pensiamo che contemporaneamente a quest'impegno altri tre rossoblù, Niccolai, Tomasini e Gori, sono impegnati in Spagna con la Under 23 di Enzo Bearzot (alla sua prima esperienza in Nazionale), ce n'è abbastanza per darsi un po' di arie nell'essere tifosi del Cagliari.

La lista completa dei convocati della Nazionale maggiore comprende: Albertosi, Cera, Domenghini e Riva del Cagliari; De Sisti e Ferrante della Fiorentina; Bertini, Burgnich, Facchetti e Mazzola dell'Inter; Anastasi e Salvadore della Juventus; Prati e Rivera del Milan; Juliano e Zoff del Napoli; Poletti e Puia del Torino.

La partita fra Napoli e Cagliari nell'ultimo turno di campionato è stata anche l'occasione di un confronto diretto fra i due portieri azzurri, Albertosi e Zoff. Confronto vinto ampiamente dal portiere rossoblù, sia per la sua impeccabile prestazione ma anche per la cattiva giornata in cui è incappato il portiere napoletano.

Tre giorni prima della gara col Galles, la Nazionale ha affrontato in allenamento la De Martino della Fiorentina. Fra i giovani più promettenti dei viola citiamo Fabrizio Berni, Raffaello Vernacchia ed Emiliano Macchi (figlio della sorella di Luciano Chiarugi). In campo anche il sardo, di Sorso, Giovanni Marongiu. 4-0 il risultato per la Nazionale. Riva apre le marcature battendo Zoff (a difesa della porta viola nel primo tempo) con un fortissimo destro (!) su punizione. Ma poiché è impossibile battere con forza a rete di destro per un mancino puro (vale anche il contrario per i destri, chiamateli destrorsi se volete) è chiaro che si tratta di una punizione calciata di sinistro, ribattuta dalla barriera e pallone scagliato poi in fretta e furia di destro prima dell'arrivo degli avversari. Gli altri goal, nella ripresa, fatti ad Albertosi, sono stati segnati da Mazzola, Prati e Poletti.

La vittoria è stata netta. E il protagonista è sempre lui: Gigi Riva. Autore di una tripletta che ha messo ko la squadra gallese. In ogni caso il gioco dell'Italia non si è visto. La prestazione è stata decisamente insufficiente. Ha giovato l'innesto di Mazzola nella ripresa, al posto di Anastasi. Riva fa reparto da solo, soffre se ha un'altra punta "fra i piedi". Gigi preferisce giocatori che gli girano intorno. Anastasi non ha (modesto avviso) l'umiltà di dire "questo è più forte di me come attaccante puro, lasciamogli l'onere di sfondare le difese avversarie, giriamogli intorno". Anastasi dovrebbe giocare, per intenderci, come Bobo Gori nel Cagliari. Gori che ha sì il numero 9 sulle spalle, ma che non gli passa nemmeno un attimo per la testa di piazzarsi al centro dell'area a fare il centravanti puro.

Tecnico e giocatori gallesi, al termine della gara non hanno potuto che osannare il nostro bomber. Il mister Bowen, alla vigilia della partita, nutriva giustamente delle speranze di fare risultato. Parlava della debolezza del centrocampo italiano, ed effettivamente lì si è sbagliato di poco. Forse definirlo debole è esagerato ma, di fatto, non è certo il reparto migliore della Nazionale italiana. A conti fatti però si è dovuto arrendere allo strapotere di Riva. Bowen ha definito Riva come attaccante di livello mondiale. Per noi non è certo una frase sorprendente, ma ci fa piacere che anche il signor

Bowen la pensi ora come tutto il mondo calcistico internazionale. Rod Thomas, il suo marcatore, difensore dello Swindon Town, onestamente ammette che, sì, ce l'ha messa tutta, ma Riva è davvero troppo forte, non c'è stato niente da fare. Si comincia a dire che Riva è il nuovo Piola. Non so, noi non abbiamo mai conosciuto Silvio Piola. Sicuramente era fortissimo, non è che la gente racconta storie inventate. Ma non avendolo visto all'opera di persona è difficile per noi fare un confronto di natura tecnica. Si dice invece che Piola sia arrivato a giocare ad alti livelli sino ai 41 anni di età perché conduceva uno stile di vita tranquillo e che fosse un antidivo. Non beveva, non fumava, non andava a donne, non amava comparire nelle pubblicità. La pubblicità Gigi l'ha sempre rifiutata. Gli altri tre punti, bere, fumare, andare a donne, sono sua vita privata che noi non conosciamo minimamente. Ma, tanto per dire: vale la pena non fare almeno una di queste tre cose, per giocare a pallone sino a 41 anni? Non so. Solo domando. Da astemio, da persona che non ha mai fumato, da calciatore che ha smesso a 22 anni.

Riva scatenato (un goal e un palo)
è una garanzia per battere il Galles

Come sempre la nazionale si affida ai goal di Riva

Con tre goal ha travolto il Galles

Ancora Riva il mattatore

4-1
Tre goal di Riva: se non ci fosse lui...

Tutti gli elogi per Riva: è uno stoccatore di classe mondiale, si consolano i gallesi

RIVA TRAVOLGE IL GALLES

NAZIONALE A - N° 14 – ITALIA-GERMANIA EST – 22/11/1969

Napoli (Stadio San Paolo) – Sabato – h 14.30

ITALIA-GERMANIA EST 3-0 - Qualificazioni Mondiali – Gruppo 3

ITALIA: Zoff, Burgnich, Facchetti (cap.), Cera (50' Juliano), Puia, Salvadore, Chiarugi, A. Mazzola, Domenghini, De Sisti, Riva

C.T: Ferruccio Valcareggi

GERMANIA EST: Croy, Frässdorf (69' Rock), Urbanczyk, Seehaus, Bransch (cap.), Körner, Stein, Löwe (46' P. Ducke), Frenzel, Irmscher, Vogel.

C.T: Harald Seeger

Arbitro: Paul Schiller(Austria)   Spettatori: 84.293

Marcatori: 7' A. Mazzola, 25' A. Domenghini, 36' Riva

Si stacca il biglietto per i Mondiali. Subito in goal Mazzola, grazie a un errore avversario. Raddoppio di Domenghini su suggerimento di Riva. Quest'ultimo chiude le segnature con un goal in acrobazia da incorniciare. All'80' Croy para un rigore a Riva, concesso per fallo su Chiarugi.

Si arriva alla partita con alle spalle la giornata di campionato in cui il "traditore" (per scherzo, sia chiaro) Cuccureddu ha fatto goal al Cagliari a un minuto dalla fine, proprio al suo esordio in serie A. La rabbia è tanta. "Cuccu" ha solo fatto il suo dovere, ci mancherebbe altro. Fra l'altro non so se è mai stato tifoso del Cagliari. Nel Nord Sardegna è sempre andato di moda tifare per la vecchia Signora. Contenti loro… Non per essere pallosi, ma questa non vittoria del Cagliari non è dovuta al grande gesto balistico di Cuccureddu (controllatelo voi un pallone che ti spiove addosso in un millesimo di secondo e battetelo a rete con una forza inaudita). No, il Cagliari non ha vinto perché non ci ha fatto vincere l'arbitro. Nostra paranoia? Manco per niente! La stessa stampa di fede bianconera ha riconosciuto che per il Cagliari c'erano almeno due netti rigori. Uno anche a 30" dal termine, appena dopo il pareggio bianconero. Quando Riva è stato affossato e buttato giù da ben tre difensori. Ed era già successo nel corso della partita: stessa scena, ma con "soli" due difensori. Uno dei quali è sempre stato Morini, che fra tutti i marcatori di Riva è certamente l'unico che i tifosi cagliaritani detestano, perché veramente troppo duro e scorretto e molto poco simpatico. L'arbitro Bernardis ha vergognosamente chiuso entrambi gli occhi in tutte e due le occasioni. Il solito grande e vergognoso schifo. Il solito cancro del calcio italiano: gli spudorati favoritismi alle squadre ricche.

Altro esempio di sudditanza del movimento calcistico verso le "strisciate" è proprio Cuccureddu. Non giocava da secoli. Il Brescia l'ha tenuto in naftalina dall'inizio del campionato perché se lo avesse schierato, non sarebbe stato possibile cederlo ad altra squadra di seria A. Sapevano già che lo stavano "conservando" per la Juventus, mi pare ovvio. Ebbene: dopo mesi che non gioca, fa una partita nella Juve, e subito chiamata in Under 21. Ok per il bel goal, per carità! Ma se avesse esordito in serie A uno dei giovani rossoblù, che ne so, Cacciatori, Petta, Taddeini, Nocera, i primi che mi sono venuti in mente, secondo voi li avrebbero convocati in nazionale dopo una sola presenza nella massima serie? Ci credo veramente molto poco!

Ma poi, tornando al discorso arbitri: vi ricordate chi è Bernardis? E' l'arbitro che nel dicembre del 1967 rovinò letteralmente il Cagliari, allora secondo in classifica, nella partita di Varese. Fu un arbitraggio scandaloso anche allora. Goal convalidato a Anastasi in netto fuorigioco (fra l'altro segnalato dal guardalinee) e soprattutto rigore incredibile non concesso al Cagliari a pochi istanti dalla fine. Mani in piena area di Borghi su tiro di Boninsegna destinato in fondo al sacco, rigore negato, espulsione di Boninsegna per proteste (gli voleva "giustamente" spaccare la faccia, altroché) e undici giornate di squalifica al nostro centravanti, poi ridotte a nove. Un campionato che il Cagliari avrebbe potuto vincere e che termina di fatto in quel momento. Nella stessa giornata, per rafforzare il concetto, anche il Napoli è stato penalizzato duramente a Milano, contro il Milan, dall'arbitro Toselli. A differenza di Cagliari, dove sopportiamo di tutto, e ci incavoliamo come belve facendoci gonfiare a dismisura il fegato, a Milano un tifoso partenopeo all'ennesima ingiustizia ha perso le staffe ed è entrato in campo per tentare "cortesemente" di chiedere conto all'arbitro delle sue decisioni. Meno male che è stato fermato in tempo. Toselli è stato oggetto di un fitto lancio di bottiglie e frutta, spero marcia. Odio gli sprechi!

In giro per il mondo calcistico apprendiamo che Pelè ha segnato il suo millesimo goal. E' una cifra esagerata anche per un supercampione come lui. Probabilmente, se avesse sempre giocato in Europa, non avrebbe raggiunto quei numeri. Ma è un data di fatto che anche quando incontra le squadre europee ha dimostrato di essere grandissimo. Avessi la sfera di cristallo, invece mi farei un'altra domanda. Quanti goal avrebbe fatto Riva, se avesse giocato lui al posto di Pelè, quelle partite che hanno consentito alla Perla Nera di raggiungere le mille marcature? Lo so, non si sa! Abbiamo solo perso tempo in una discussione inutile. Ma non ci sgrida nessuno. Ci è frullata questa cosa per il cervello e l'abbiamo riportata. Ognuno è libero di farne l'uso che gli aggrada.

I convocati per la partita contro la Germania Est sono Albertosi, Cera, Domenghini, Riva, Chiarugi, De Sisti, Esposito, Merlo, Burgnich, Facchetti, Mazzola, Anastasi, Salvadore, Prati, Rosato, Juliano, Zoff, Poletti, Puia. Manca Rivera, uscito malconcio dal citato incontro a San Siro contro il Napoli.

A tre giorni dal match, viene cambiato l'arbitro designato. Non più lo jugoslavo Josip Horvat, bensì l'austriaco Paul Schiller. Andiamo bene! Sapete il perché di questa esclamazione? Ebbene, siamo al 12 novembre, dieci giorni prima di Italia-Germania Est, e si gioca una partita di Coppa delle Fiere esattamente fra due squadre di Italia e Germania Orientale: la partita è Carl Zeiss Jena-Cagliari. La partita è segnata dalle allucinanti decisioni proprio dell'arbitro, appunto Herr Paul Schiller da Vienna. Riva, per la gioia del portiere Blochwitz, non viene schierato, per riservarlo al meglio per la partita contro la Juventus, ma assiste alle nefandezze di questo arbitro dalla tribuna. Vincerà il Carl Zeiss per 2-0. L'arbitraggio, detto che è stato pessimo in tutto e per tutto, ha caratterizzato anche le due segnature dei tedeschi. Primo goal: Cera protesta per un fallo non assegnato al Cagliari in precedenza. Il pallone si trova da tutt'altra parte e il direttore di gara assegna una punizione del limite ai padroni di casa. Evidentemente la posizione in cui si trovava Cera al momento della protesta. Tiro del terzino (comunque buon goleador) Rock e rete. Ancora più ridicolo l'episodio che ha determinato il secondo goal. Tomasini controlla un pallone che su lancio dei tedeschi sta per andare verso la linea di fondo. Alle sue spalle lo tallona il centrocampista Stein che incespica proprio sui piedi di Tomasini: calcio di rigore! Rimangono sorpresi pure i sostenitori tedeschi. Batte Irmscher e niente da fare per Albertosi. Certo che arbitrare il Carl Zeiss e non vedere bene è un po' il colmo. Non vogliamo mica pensare che al termine della partita se ne sia andato con qualche bella Zeiss Ikon Hologon in valigia. Questo non ci sogneremmo mai di pensarlo. Trovo infatti stranissimo che lo abbiamo scritto senza pensarlo. Per inciso: tutti i giocatori tedeschi citati fanno parte della rappresentativa tedesca per la partita di Napoli. Ecco, se c'è qualcuno che ha fatto richiesta di cambiare l'arbitro non è stata certo l'Italia.

Non viene cambiato, invece, il numero di maglia di Riva. Per l'assenza di Anastasi sarà infatti Riva a giocare al centro dell'attacco, questa volta ufficialmente, e quindi in teoria dovrebbe portare la 9. Lo stesso Valcareggi, annunciando la formazione alla vigilia ha elencato l'attacco con "Domenghini, Mazzola, Riva, De Sisti, Chiarugi". A parte che suona come una poesia senza rima. Una squadra di calcio del cuore, italiana, non può che terminare con "Riva". Lo stesso Gigi si è detto riluttante al pensiero di dover portare il 9 come il giorno in cui, contro il Portogallo, subì il grave infortunio alla gamba sinistra. E quindi Riva 11, come sempre. Non si può rischiare, data la delicatezza della partita, che il fatto di portare quella maglia che lui ritiene iellata gli porti anche un briciolo di condizionamento negativo.

Strano invece, se proprio vogliamo parlare di numeri di maglia, che anche Domenghini non porti il suo solito "7" ma il "9". La maglia numero 7 la indossa invece l'esordiente Chiarugi. Esordio anche del mediano e capitano del Cagliari, Pierluigi Cera.

La Nazionale si impone nettamente per 3-0 e stacca il biglietto per i Mondiali messicani. Vittoria marchiata essenzialmente Cagliari. Apre le marcature Mazzola, per merito di Riva, che si avventa su uno spiovente da destra e viene ostacolato goffamente dal portiere e da un difensore. Il pallone rimane, ballonzolante, a un passo dalla linea di porta, arriva Mazzola in corsa e la butta dentro. Il raddoppio porta la firma di Domenghini, che, servito da Riva dopo una fulminea discesa dei due, partita dal limite della nostra area, spara un esterno sinistro da fuori area che non lascia scampo a Croy. Il terzo goal è molto spettacolare. Il tuffo di testa di Riva, su cross dalla destra di Domenghini, è già nei libri di storia.

Purtroppo Riva e Cera (ottimo il suo debutto) escono malconci dalla sfida e dovranno saltare l'impegno di campionato che vedrà il Cagliari impegnato al Bentegodi contro il Verona. Nonché, ovviamente, la partita di ritorno di mercoledì contro il Carl Zeiss Jena.

Alla fine baci e abbracci per tutti. Arrivano i complimenti anche dei tedeschi che dicono che l'Italia potrebbe far bene in Messico. Addirittura assediato dalla stampa l'arbitro Schiller. Anche a lui molte domande e solite risposte di circostanza. Mai che un giornalista "vero", gli abbia detto: "Ma stavi bene il giorno che hai arbitrato Carl Zeiss-Cagliari?" Se poi il giornalista "vero" fosse stato anche dell'Unione Sarda, gli avrebbe potuto tranquillamente aggiungere un benevolo augurio in puro idioma "casteddaio". Ampio il ventaglio di scelta.

In chiusura: Riva ha sbagliato un rigore. E allora? Problemi?

Riva, pensaci tu

Qualificati per i campionati del mondo

SI CHIAMA CAGLIARI LA VITTORIA AZZURRA

3-0

Ancora una volta ha fatto tutto Riva: il suo goal, il migliore, e i due segnati da Mazzola e Domenghini

È fatta: si va in Messico

Un tandem da goal

RIVA migliore goleador azzurro di tutti i tempi

NAZIONALE A - N° 15 – SPAGNA-ITALIA – 21/02/1970

Madrid (Stadio "Santiago Bernabéu) – Sabato – h 21.00

SPAGNA-ITALIA 2-2 - Amichevole

SPAGNA: Iríbar, Sol, Eladio, Costas (47' Grosso), Gallego (75' Violeta), Uriarte, Lora, Amancio (cap.), Gárate, Arieta-Araunabeña, Rojo.

C.T: Ladislav Kubala

ITALIA: Zoff, Burgnich, Facchetti (cap.), Cera, Puia, Salvadore, Domenghini, Rivera, Anastasi, De Sisti, Riva.

C.T: Ferruccio Valcareggi

Arbitro: Kurt Tschenscher (Germania Ovest)   Spettatori: 80.000

Marcatori: 11' Anastasi, 18' Riva, 23' aut Salvadore, 25' aut. Salvadore

Amichevole in preparazione del Mondiale. Gli Azzurri partono alla grande: subito Anastasi e poi Riva vanno in goal. La partita sembra chiusa, ma a questo punto è il momento di Salvadore che entrerà nella storia. Azione confusa nell'area dell'Italia e su tiro degli spagnoli, c'è una deviazione del libero ed è goal. Passano due minuti e su un tiro-cross Salvadore intercetta malamente depositando nel sacco. Finirà qui la sua carriera in Nazionale.

Si arriva a Spagna-Italia dopo un vergognoso turno di campionato. La solita ladrata strisciata ha consentito all'Inter di battere il Cagliari e di riaprire il campionato. Juventus, Fiorentina, Milan e Inter hanno accorciato di due punti il distacco dalla capolista Cagliari. Il furto: spinta di Facchetti ai danni di Nené al limite dell'area di rigore cagliaritana, e calcio di punizione. In favore dell'Inter. A San Siro funziona così! Se i neroazzurri non riescono a segnare da soli, cosa fa Sbardella, si priva di dare un aiutino? Arbitro che rappresenterà l'Italia ai Mondiali del Messico: andiamo bene! Tiro di Boninsegna e rete. Inutile stare lì a rodersi il fegato. Ma sottolineiamo l'ennesimo atto schifoso a favore delle grandi. Delle ricche, anzi. Perché, sino a prova contraria, sino a questo momento la squadra più grande del campionato è il Cagliari. Al termine della partita il più nervoso di tutti è proprio Riva. A Sbardella non le manda a dire. Sia uscendo dal campo che fuori dalla porta dello spogliatoio dell'arbitro, quando Sbardella esce e si ritrova fra capo e collo le paroline dolci di Riva, Cera e Gori. Gigi si complimenta con l'arbitro per la fresca nomina per i mondiali ai danni di Lo Bello: "Complimenti! Oggi è stato il miglior uomo in campo... Dell'Inter". E l'arbitro era lì, impossibile non abbia sentito. Brugnera vince il premio per il commento più eloquente: "Con quell'arbitro...". Che si permetta, Sbardella, di mettere tutto a referto. Forse gli conviene far finta di niente. In questo modo col tempo tutti dimenticheranno. Ma intanto l'importante è aver fatto vincere l'Inter. O meglio, aver fatto perdere il fastidioso Cagliari. Quel che fa ancora più pena è il comportamento della stampa. Tutti sul carro dei potenti. In particolare la moviola che spiega che sì, è fallo di Nené. Che è una presa per i fondelli ancora più pesante, vedere una cosa e te ne dicono un'altra. Pane per gli idioti, che il giorno dopo ti dicono pure "lo hanno detto quelli della moviola!".

Nessuna novità per quanto riguarda le convocazioni. Presente anche Puia, nonostante la frattura al naso, simpatico ricordo della partita di domenica a Palermo (anche tentata invasione di campo). Martedì, Valcareggi dopo un po' di esercizi fisici ha fatto svolgere una partitina attaccanti contro difensori. Niente di che, 5-5, hanno segnato un po' tutti, Riva e Domenghini compresi. Ah, c'è stato anche un autogoal, di Salvadore: ok, sarà un caso!

Mazzola deve abbandonare il raduno a causa di un problema al piede sinistro. Al suo posto giocherà Rivera. Per questa partita si era parlato di un possibile convocazione di Cuccureddu, autore di un'ottima prestazione, con due reti, domenica contro il Lanerossi Vicenza. Già si innalzavano i cori per portarlo in Messico. Valcareggi ha preferito invece fargli disputare invece la partita che la Under 21 di Azeglio Vicini ha disputato a Reggio Calabria contro la Polonia. E Cuccureddu ha deluso tantissimo. 0-0 contro i pari età polacchi. Pessima prova di tutta la squadra uscita fra i fischi. Buona invece la prova dei polacchi. Anche del portiere: un certo Tomaszewski.

Mentre nella Under 23, impegnata a Genova contro la Spagna, uno degli osservati speciali in previsione Messico, è stato Comunardo Niccolai. Buona la sua prova. Per la cronaca, vittoria azzurra per 1-0 (goal di Savoldi su passaggio di De Petri).

Purtroppo fra l'Italia e la vittoria si è messo di mezzo Sandro Salvadore. Con due autoreti il difensore juventino ha consentito agli spagnoli di recuperare i due goal azzurri segnati da Anastasi e da Riva. I quattro goal della partita se vogliamo sono stati tutti particolari, dovuti tutti a interventi goffi dei difensori. Sul primo goal azzurro il "capolavoro" spagnolo è stato doppio. A centrocampo Eladio ha regalato il pallone a Domenghini, il quale ha lanciato lungo verso Anastasi. Sol è in netto vantaggio, fa scorrere il pallone in area, tenta malamente un passaggio all'indietro verso Iríbar, ma manca clamorosamente il pallone. Anastasi gli ruba palla, scarta anche il portiere e deposita in rete. Il secondo goal, quello di Gigi, è un premio alla determinazione del nostro cannoniere. Il disastro è ancora opera di Sol, non so se maggiore o minore rispetto al precedente, ma comunque sempre di disastro si tratta. Su una lunga azione italiana, Riva lotta su tutte le palle. Ma sul cross decisivo di Rivera verso Gigi, Sol non trova di meglio che calciare il pallone addosso al nostro attaccante, a una distanza di sette-otto metri dalla porta. Il pallone colpisce Riva in pieno petto e per il portiere spagnolo non c'è niente da fare. Sempre nel primo tempo arriva poi l'auto-doppietta di Salvadore. In quel preciso istante, lo ricordo bene, al secondo autogoal, vidi Cera libero titolare ai Mondiali. Il capitano del Cagliari è chiaramente il miglior libero del campionato, ma non si aspettava altro (brutto dirlo, ma a otto anni posso anche permettermi un pizzico di cattiveria) che un pretesto che estromettesse il comunque bravo e forte Sandro Salvadore. Cera ricopre il ruolo di libero nel Cagliari solo da un mese abbondante, ma era chiaro che, seppur in questo partita sia stato schierato da mediano, continuando obbligatoriamente a fare il libero nel Cagliari sino a fine campionato (a causa del grave incidente occorso a Tomasini), non avrebbe potuto concorrere con Bertini per il ruolo di mediano titolare in Nazionale. Del resto era tempo di modernizzare il gioco dalla Nazionale. Perché non portare in azzurro la novità di un libero moderno ed efficace adottata dal Cagliari? Perché rinunciare a un libero fortissimo tecnicamente, capace di interventi puntuali, eleganti e tempestivi in fase difensiva, ma che poi si trasforma in prezioso uomo in più a centrocampo in fase di impostazione della manovra offensiva? Vedremo cosa ne pensa il nostro C.T.

Non bastano Riva e Anastasi

2-2 Buon avvio degli azzurri che puniscono due errori della difesa spagnola; poi il centrocampo si sgretola (Rivera quasi inesistente), la difesa balla paurosamente, regala il pareggio con due autoreti di Burgnich e Salvadore, si salva a stento nella ripresa dall'offensiva iberica grazie a Zoff e a una provvidenziale traversa – Quattro goal fasulli e un consuntivo non incoraggiante

L'abulica prova di Madrid ha indotto
la Federcalcio a rivedere i programmi

Nuovi collaudi per la nazionale prima dei mondiali del Messico

Oeiras (Lisbona) (Stadio Nazionale di Jamor) – Domenica – h 16.00

PORTOGALLO-ITALIA 1-2 - Amichevole

PORTOGALLO: Damas, Pedro Gomes, Humberto Coelho, José Carlos, Hilario (cap.), Rui Rodrigues (46' Matine), Jaime Graça, Nelson (46' Dinis), Torres, Peres, Simões.

C.T: José Gomes da Silva

ITALIA: Albertosi, Burgnich, Facchetti (cap.), Bertini, Puia (46' Niccolai), Ferrante, Domenghini, Rivera, A. Mazzola (46' Anastasi), De Sisti, Riva.

C.T: Ferruccio Valcareggi

Arbitro: Antonio Camacho Jiménez (Spagna)   Spettatori: 20.711

Marcatori: 38' e 67' Riva, 85' Humberto Coelho

Ultima amichevole prima del mondiale messicano. In campo nel primo tempo Rivera e Mazzola, poi sostituito da Anastasi. Manca Cera, infortunato, e gioca Ferrante. Sempre

per infortunio, assente fra i padroni di casa il fuoriclasse Eusébio. Due assist di Domenghini per due goal di Riva. Partita tranquilla, con un leggero sussulto per il goal portoghese.

Eh sì, il Cagliari ha vinto lo Scudetto. Nessuno è riuscito a ostacolare in nessun modo la trionfale marcia dei ragazzi diretti da Manlio Scopigno. Rendiamo omaggio ai sedici Campioni d'Italia 1969-70 citandoli tutti: Enrico Albertosi, Mario Brugnera, Pierluigi Cera, Angelo Domenghini, Bobo Gori, Ricciotti Greatti, Eraldo Mancin, Mario Martiradonna, Corrado Nastasio, Claudio Nené, Comunardo Niccolai, Cesare Poli, Adriano Reginato, Gigi Riva, Giuseppe Tomasini, Giulio Zignoli.

In Italia è tempo di calciomercato. Le solite voci, tutti vogliono tutti, poi alla fine si fa un millesimo di quello che si sente. Ad esempio: Zoff è richiesto anche dal Torino, Napoli che sarebbe pure d'accordo, ma vuole in cambio Superchi. Ma Superchi è della Fiorentina, e quindi magari in cambio si dà ai viola Poletti (che però preferirebbe Juventus o Cagliari). Al "Gallia" di Milano è arrivato anche Andrea Arrica, che ha subito precisato che il Cagliari non cederà nessuno dei suoi titolari. La Roma però ci prova e chiede Domenghini: lo vuole Helenio Herrera. In cambio al Cagliari la Roma offrirebbe Fabio Capello. Non una contropartita da niente. Proprio "Capello! Capello!", è il coro che il pubblico romano ha riservato, seppur in un clima sereno e positivo, alla Nazionale, soprattutto a Valcareggi. Come a significare che il regista della squadra giallorossa avrebbe meritato la convocazione. Arrica a Milano è seguito anche da Manlio Scopigno, che ha lasciato quindi al suo vice Ugo Conti il compito di preparare la partita di Coppa Italia contro il Torino. Partita che vedrà assenti tutti i "messicani" delle due squadre, ma il più contento di tutti è l'allenatore dei granata Cadè, non solo perché gli mancheranno solo due titolari (Poletti e Puia) contro i sei del Cagliari, quanto per il fatto, l'ha affermato lui a chiare lettere, che non si trovi Riva davanti e si debba arrovellare il cervello per decidere da chi farlo marcare. Troppo recente la scoppola (0-4) rimediata nell'ultima di campionato, con un Riva incontenibile.

Il pensiero principale, da parte di tutti gli appassionati, è rivolto ai campionati del mondo messicani. Manca poco, ormai. Alcune squadre sono già arrivate nello stato americano. Per esempio i campioni uscenti dell'Inghilterra. L'Italia affina le armi con un'amichevole in Portogallo, a una ventina di giorni dall'esordio mondiale contro la Svezia. I convocati sono: Albertosi, Zoff, Vieri, Burgnich, Facchetti, Poletti, Cera, Ferrante, Puia, Niccolai, Rosato, Bertini, Lodetti, Furino, De Sisti, Rivera, Mazzola, Juliano, Domenghini, Anastasi, Gori e Riva.

A proposito di Svezia, proprio quattro giorni prima di questa partita, si è disputata a Milano, arbitro Concetto Lo Bello, la finale di Coppa dei Campioni fra gli scozzesi del Celtic e gli olandesi del Feijenoord. Forse a sorpresa ha vinto il Feijenoord. Nei tempi regolamentari la partita era sull'1-1 e si è andati ai supplementari. La rete del 2-1 definitivo è stata segnata da Ove Kindvall. Kindvall è svedese, e ce lo ritroveremo davanti al nostro esordio in Messico. Si tratta di un grande goleador, facile dire il Gigi Riva svedese, ma così è: lo dicono! Ha una media goal nel Feijenoord molto alta. Non è fortissimo fisicamente come il nostro campione, ma ha un grande senso della posizione e un fiuto del goal innato. Nella classifica del Pallone d'Oro 1969 si è piazzato al quarto posto, dietro stelle di prima grandezza quali Rivera, Riva e Gerd Müller, a pari merito con un altro favoloso talento, Johan Cruijff, e davanti a fenomeni quali George Best (Pallone d'Oro uscente) e Franz Beckenbauer. Kindvall sarà quindi una brutta gatta da pelare per lo stopper azzurro, sperando possa essere il rossoblù Comunardo Niccolai.

Valcareggi per la partita contro il Portogallo sceglie una nuova formula: Riva centravanti, quattro centrocampisti e un mediano di appoggio. Tutti a pensare a Riva come colpevole di questa rivoluzione. Ma ovviamente Gigi dice che lui non si permette di chiedere niente a nessuno, che non ha parlato di questo con Valcareggi e che lui gioca dove gli dicono di giocare.

Il protagonista della gara è sempre Riva. Con due goal stende il Portogallo. La Nazionale però non entusiasma. Ed è opinione diffusa che gli Azzurri sono nient'altro che un fuoriclasse e poi tutti gli altri.

La prova degli altri nazionali, come detto, non è stata certo entusiasmante. Albertosi ha avuto qualche incertezza; Domenghini è stato l'ombra di sé stesso; tutto il centrocampo ha giochicchiato senza costrutto e Rivera si è visto molto raramente; persino Niccolai, al suo esordio in azzurro, pur essendo stato autore di un'ottima prestazione, stava per fare un autogoal ma ha preso male la mira.

Lo schieramento del primo tempo, con Mazzola che ormai non è più un centravanti ma una mezzala e tutti gli effetti, si basava su un prolungato fraseggio a centrocampo e poi un lungo lancio o un passaggio filtrante verso Riva. Tutto questo riusciva una volta su dieci. Non si può pensare di andare in Messico e giocare in questo modo. Riva è fortissimo e ce lo invidia tutto il mondo, ma è anche un essere umano che non può avere la pressione di tutta una nazione sulle spalle. Già nel secondo tempo, con la presenza di Anastasi (che pure non è che abbia brillato), la musica è stata diversa. Anastasi almeno un difensore lo porta via, così come fa Bobo Gori nel Cagliari. Se dovesse promosso lo schema tattico del secondo tempo, ecco che andare in Messico con sole tre punte potrebbe rappresentare un problema. Su ventidue uomini, tre soli attaccanti di ruolo sembrano veramente pochi. L'incubo per tutti i tifosi è che Riva possa farsi male o anche solo non possa giocare per un banale attacco influenzale. Che si farebbe? Ormai siamo di fronte a una stella del calcio mondiale che in tanti mettono allo stesso livello di Pelè o di Di Stefano, seppur con caratteristiche diverse. Se dovessero picchiarlo, come già successe a Pelè in Inghilterra o anche a Ricardo Zamora nel 1934, giusto per citare due giocatorini qualsiasi, per la nostra Nazionale sarebbe la fine.

Due prodezze di Riva battono il Portogallo

RIVA
ancora Riva
sempre Riva

2-1

I due goal di Gigi rendono positivo il collaudo di Lisbona

Benissimo Riva
Il gioco non c'è

NAZIONALE A - N° 17 – ITALIA-SVEZIA – 03/06/1970

Toluca (Stadio Luis Gutiérrez Dosal - "La Bombonera")

Mercoledì – h 16.00 (h 24.00 in Italia)

ITALIA-SVEZIA 1-0 – Coppa Rimet – Gruppo 2

ITALIA: Albertosi, Burgnich, Facchetti (cap.), Bertini, Niccolai (37' Rosato), Cera, Domenghini, Mazzola, Boninsegna, De Sisti, Riva.

C.T: Ferruccio Valcareggi

SVEZIA: Hellström, Olsson, Axelsson, Nordqvist (cap.), Grip, B. Larsson (77' Nicklasson), Svensson, Grahn, Kindvall, Cronqvist, Eriksson (57' Ejderstedt).

C.T: Orvar Bergmark

Arbitro: Jack Taylor (Inghilterra)   Spettatori: 13.433

Marcatori: 10' Domenghini

Esordio mondiale contro la squadra che ci eliminò nel 1950. Inizio alla grande con un palo di Boninsegna dopo appena 8' e subito dopo goal di Domenghini, complice il portiere svedese. Riva bloccato bene dagli svedesi. E poco altro. Finisce qui il mondiale di Niccolai: colpito duro, deve lasciare il posto a Rosato.

111

Ci siamo! Iniziano i tanto attesi Mondiali. L'Italia è fra le squadre favorite. Riva fra gli uomini più attesi. C'è Pelè, quello autentico e nero. C'è il Pelè Bianco, dicono i Messicani, che ha la maglia n° 11 azzurra e si chiama Gigi Riva. Il Brasile ha trascorso un bel periodo di adattamento in altura. Città del Messico, giusto per citare solo la capitale, si trova alla bellezza di 2.256 metri sul livello del mare.

Ci pensa Bobby Moore a rendere movimenti di giorni precedenti l'inizio del torneo. Viene accusato di aver rubato un braccialetto nell'oreficeria di un albergo di Bogotà. Trascorre una notte in carcere, il giorno dopo viene affidato a un ricco imprenditore dirigente del Millionarios, si allena con i ragazzi della squadra bogotana. Dopo cinque giorni di disavventura il capitano inglese può finalmente raggiungere i compagni di squadra.

L'Italia prepara la partita contro la Svezia in un test contro la squadra del Club América. E' il momento delle scelte. Dubbi da parte di tutti. Perché Albertosi e non Zoff; Niccolai e non Puia (anche se nelle ultime ore pre-gara, sono salite le quotazioni di Rosato, il solo, dei tre, ad aver marcato e bloccato Kindvall, l'unico fuoriclasse svedese: in Coppa dei Campioni, Milan-Feijenoord); Boninsegna e non Gori; Mazzola e non Rivera. Proprio quest'ultimo non è stato capace di trattenere il proprio malumore ed ha sbottato malamente nei confronti di Valcareggi e Mandelli. Piccolo inciso: ma chi cavolo è questo Mandelli? Il ragionier Walter Mandelli è il capo delegazione dell'Italia, una scelta di Artemio Franchi, giusto per dare un assistente (un badante, dicono i maligni) al "fragile" Valcareggi. Contro l'América è una bella sgambata. Migliore in campo Cera. Riva che quasi controvoglia non trova di meglio da fare che segnare cinque goal. Buona l'intesa fra Riva e Boninsegna.

Rivera ha un clamoroso sfogo contro tutto e tutti, in particolare Valcareggi e Mandelli, perché sa di esser stato tagliato fuori dalla formazione titolare. "Se avessi saputo che non dovevo giocare, sarei rimasto a casa", ha detto il superdivo dello Stivale. Invece gli altri dieci che non giocano, secondo il presunto golden-boy, sono quindi dei (si può dire "pirla" in un libro?)... sarebbero quindi dei pirla che pur sapendo di non giocare sono partiti per il Messico o anche non se ne tornano a casa. Il povero Lodetti, che è stato cacciato come un ladro, avrebbe fatto carte false pur di restare nel gruppo. Invece il vip Giovanni Rivera da Alessandria, dice che lui non è calciatore da dover stare in panchina e mal sopporta di stare nel gruppo azzurro. E poi, visto che ci siamo… Non c'è la controprova, ma io sono certo che se dopo l'infortunio di Anastasi avessero deciso di "rimpatriare" un giocatore del Cagliari, Riva non avrebbe minimamente protestato, no, non è il suo stile. Avrebbe semplicemente fatto la valigia e se ne sarebbe andato con lui. Prima l'amicizia, i valori umani, e poi semmai tutto il resto.

Sappiamo tutti, quindi, chi sono i ventidue che affronteranno i Mondiali. Ma (ora vi interrogo) sapete chi sono i diciotto lasciati a casa, dato che la lista "madre" che è stata diramata in tarda notte il 14 aprile (forse per fare un doppio regalo a uno di loro, che stava anche per diventare papà) prevedeva 40 cosiddetti azzurrabili? Non lo sapete! Ne conoscete per forza due: Anastasi e Lodetti, uno fermo e l'altro fermato. Gli altri sedici sono: Cudicini, Superchi, Roversi, Sabadini, Salvadore, Francesco Morini, Bianchi, Bulgarelli, Brugnera, Capello, Corso, Esposito, Merlo, Chiarugi, Chinaglia e Vitali. Bel regalo (si fa per dire, perché un talento del genere sarebbe titolare fisso in qualsiasi nazionale) per Mario Brugnera. In tre giorni per lui scudetto, inserimento nei 40 e il 15 aprile diventa papà: sua moglie Gianna dà alla luce una splendida bambina di nome Beatrice.

Fra i nuovi iscritti al registro degli scontenti c'è Ugo Ferrante. Che usa parole molto pesanti. Non capisce per quale motivo a lui, che ha giocato più di duecento partite da libero in campionato, debba essere preferito Cera, che solo grazie all'infortunio di un compagno (Beppe Tomasini) si è ritrovato casualmente e ricoprire quel ruolo nel Cagliari, oltretutto da sole quindici partite. Sarà che è più bravo di te? No, perché tutti abbiamo giocato al calcio. E quando un allenatore ti mette fuori squadra, raramente lo fa perché sei brutto, antipatico, vanitoso, superbo. Di solito ti preferisce un altro semplicemente perché pensa sia migliore di te. Che poi è il ragionamento che fa quel gran signore di Giorgio Puia. Ferrante, inoltre, rincara la dose. Si dice che Cera debba giocare perché ha una buona intesa con Niccolai? No. Ferrante dice che anche la scelta di Niccolai titolare fisso non convince nessuno, in Nazionale. Veramente un atteggiamento riprovevole. Una brutta parentesi di un calciatore, anzi di un ottimo calciatore, che è sempre stato buono e tranquillo. Tanto per dire: mai espulso una volta!

Il Mondiale ha preso il via con la partita all'Azteca fra Messico e Unione Sovietica. E' stato uno 0-0 abbastanza deludente, in quanto a gioco, da entrambe le parti. Nella prima partita del nostro girone l'Uruguay batte 2-0, e senza tanti patemi, il modesto Israele. I campioni in carica inglesi battono la Romania per 1-0. Giocata anche Perù-Bulgaria, 3-2, col Perù del C.T. Didì (Waldir Pereira) che ribalta il risultato dopo il goal del parziale 0-2 segnato da Bonev al 49'. Il primo goal peruviano è stato realizzata da Alberto Gallardo, ex Cagliari.

L'Italia batte la Svezia grazie a un goal di Angelo Domenghini e soprattutto grazie a una papera del portiere Hellström, che si lascia passare sotto il corpo il pallone un pallone non impossibile scagliato dall'ala azzurra da una ventina di metri. Gli svedesi si sono rivelati inaspettatamente, se non proprio picchiatori, dei combattenti un po' sopra le righe. Riva è stato costantemente controllato da ben tre uomini. Soprattutto brutale è stata la marcatura di Olsson. Nonostante questo, Gigi è andato vicinissimo al goal, in particolare quando su appoggio di testa di Boninsegna ha sparato un destro in acrobazia che è andato a infrangersi sul palo. Innervositi dall'aver preso il goal dopo soli dieci minuti, gli svedesi la mettono sul piano della lotta senza quartiere. A farne le spese è stato soprattutto il povero Niccolai. Lo stopper del Cagliari, sino a quel momento guardiano implacabile del temuto Kindvall, è dapprima toccato duro da Grahn e in seguito riceve un altro brutto colpo al ginocchio, che lo costringe, fra le lacrime, a lasciare il campo. Piero Cera il migliore in campo.

Gli Azzurri, a parte proprio Gigi Riva e Domenghini, superano agevolmente anche il temuto test dell'altura, la maggiore fra i cinque stadi del Mondiale. Riva confessa che ad un certo punto faticava a reggersi in piedi, mente Domingo è addirittura svenuto negli spogliatoi. Toluca (che poi si chiama esattamente Toluca de Lerdo) sta a 2.665 metri sul livello del mare! Sfido chiunque a dirmi che conosceva Toluca, anche solo per averne sentito parlare, prima di questi Mondiali. E il fatto che si giochi in un piccolo stadio, capienza massima 26.900 spettatori, è depistante, fa pensare a una piccola cittadina. Invece è cinque volte la nostra Cagliari, sia come numero di abitanti sia come estensione.

Nello stesso giorno sono state giocate Belgio-El Salvador 3-0, Brasile-Cecoslovacchia 4-1, Germania Ovest-Marocco 2-1 (dopo che gli africani avevano chiuso in vantaggio il primo tempo).

Inizia la grande avventura

STASERA PRIMA PROVA MONDIALE PER L'ITALIA

AZZURRI IN CAMPO CONTRO GLI SVEDESI

Confermata ufficialmente la squadra prevista da giorni con cinque giocatori del Cagliari - Gori in panchina - Gli interrogativi sul risultato riguardano essenzialmente gli effetti dell'altitudine sul rendimento dei giocatori

L'Italia vince con la Svezia

Gli azzurri vittoriosi

NAZIONALE A - N° 18 – URUGUAY-ITALIA – 06/06/1970

Puebla (Stadio Cuauhtémoc) - Sabato – h 16.00 (h 24.00 in Italia)

URUGUAY-ITALIA 0-0– Coppa Rimet – Gruppo 2

URUGUAY: Mazurkiewicz, Ubiña (cap.), Mujica, Montero-Castillo, Ancheta, Matosas, Cubilla, Cortés, Espárrago, Maneiro, Bareño (70' Zubia).

C.T: Juan Eduardo Hohberg

ITALIA: Albertosi, Burgnich, Facchetti (cap.), M. Bertini, Rosato, Cera, Domenghini (46' Furino), A. Mazzola, Boninsegna, De Sisti, Riva.

C.T: Ferruccio Valcareggi

Arbitro: Rudi Glöckner (Germania Est)   Spettatori: 29.968

Marcatori: -

Pomeriggio afosissimo. L'incontro è tra le due favorite del girone. Gli uruguiani, benché privi di Rocha, macinano più gioco. Gli Azzurri sembrano giocare per il pari. Soli sussulti un tiro a lato di Riva, una parata di Albertosi e un salvataggio in extremis di Rosato su Espárrago.

Dopo il vittorioso esordio contro la Svezia, ci si prepara ad affrontare l'ostacolo più duro del girone, l'Uruguay. La stampa, più che Valcareggi, pensano all'utilizzo di Rivera all'ala al posto di Domenghini, che si dice sia stanco. A parte il fatto che lo stile di Domenghini è quello, un po' caracollante, ma poi quando parte non lo prendi più. A parte questo, dicevamo… E' insopportabile la pressione che fanno tutti per far giocare in un modo o nell'altro il 10 del Milan. Magari per qualcuno al posto di Niccolai infortunato, contro la Svezia, sarebbe dovuto entrare Rivera. Non se ne può più, sinceramente. Che Rivera sia un grande giocatore non lo nega nessuno. Pallone d'Oro 1969, del resto (per soli quattro punti su Riva). Ma se il C.T. ritiene di non doverlo schierare, avrà i suoi motivi, o no? La pretesa di farlo giocare all'ala è veramente ridicola, oltretutto. Anche se, è giusto chiarirlo, le voci di un impiego di Rivera all'ala, solo sorte anche a causa del violento attacco febbrile che ha colpito Domenghini dopo la partita con la Svezia.

Ancora qualche eco arriva sul trattamento riservato a Riva da Olsson, che viene da più parti definito come un gran campione, ma di lotta libera. Vergognoso che l'arbitro non lo abbia protetto per niente, persino ignorando più volte le segnalazioni dei sui collaboratori. Che poi anche il libero svedese più che fare davvero il suo ruolo, faceva da secondo marcatore su Riva. Tutti hanno paura del nostro campione, è risaputo. La sua fama del resto ha attraversato da parecchio l'oceano. I bambini in Messico giocano con la 11 e mentre giostrano in campo immaginano o sognano di essere lui. Come li capisco!

In Svezia la stampa locale riconosce che l'Italia ha meritato la vittoria. Ma critiche feroci vengono riservate al C.T. Orvar Bergmark, per aver schierato fra i pali Hellström, che era dato per essere, fra i tre a disposizione, come il portiere meno in forma. Temiamo che per il povero Ronnie, numero 1 dell'Hammarby IF Fotbollförening (lo sapevate già, ne sono sicuro, ma era giusto per precisare), il mondiale messicano sia finito qui.

Per l'incontro di Puebla contro l'Uruguay, niente da fare per Niccolai, che dovrà stare a riposo per qualche giorno, dopodiché il prof. Vecchiet e il dott. Fini ne valuteranno le condizioni della caviglia sinistra. Data l'insufficiente prestazione di De Sisti nella partita dell'esordio mondiale, i soliti "esperti" si chiedono se non sia il caso di sostituirlo con Rivera (ancora!) o Juliano.

E' uno 0-0 senza troppe emozioni, quello fra Italia e Uruguay. Un risultato che sta bene a entrambe le squadre, in ottica superamento del turno. Maggioranza di tifosi uruguayani sugli spalti, circa tremila, rispetto ai nostri sostenitori. Nostra formazione quella annunciata. Rivera nemmeno in panchina per disturbi gastrointestinali. Là dove non arriva la commissione disciplinare italiana arriva invece Montezuma. Dal quale, oltre alla maledizione diarroica che ha colpito Rivera, ci saremmo aspettati l'attuazione di una spietata punizione nei confronti degli uruguayani, perché si sono permessi di schierare in campo un giocatore di nome Cortés. Pensate che quel furbacchione di Montezuma (che poi è Montezuma II, Il Giovane, ma non importa: significa solo che il primo Montezuma, Il Vecchio, non è stato così famoso come re degli Aztechi) credette alla storiellina che il capo dei Conquistadores, Hernán Cortés, potesse essere nientemeno che il dio Quetzalcoatl, il dio serpente piumato. Gli somigliava, gli disse l'ambasciatore che inviò a incontrarlo. "Zuma" ricoprì Cortés di regali, all'inizio credendolo Dio Serpente (che non è una bestemmia). Ma poi, quando hanno cominciato a comprenderne le intenzioni, i regali servivano per tentare di farlo recedere dai propositi bellicosi. Ottenendo invece il risultato opposto. Vedendo soprattutto tantissimo oro, gli Spagnoli si ingolosirono maggiormente. Insomma alla fine l'impero azteco su abbattuto e Montezuma ucciso (sembra proprio che gli fecero ingurgitare dell'oro fuso).

Fra l'altro, seriamente (non che la tragedia del sovrano sia divertente, anzi… si inquadra nel contesto dello sterminio di nativi americani, dall'Alaska alla Terra del Fuoco, iniziato, qualche anno prima di Cortés, da Cristoforo Colombo, che in tanti qui ancora credono esser stato un'anima candida, passato per l'appunto dai Conquistadores, sino al 1890, anno in cui la "conquista del selvaggio west" poteva dirsi conclusa: i morti? 115 milioni!) la "vendetta di Montezuma" ha colpito tantissimi tifosi italiani. A parte le leggende, sembra la causa sia l'acqua contaminata. Non resta che comprare bottiglie d'acqua "purificata elettricamente": e non so proprio cosa voglia dire, ma immagino non significhi immergere un cavo elettrico collegato alla rete dentro un recipiente pieno d'acqua messicana.

Cortés, quello attuale, che sostituisce, questa volta dall'inizio, Pedro Rocha, il calciatore con più classe della squadra sudamericana, infortunatosi nelle fasi iniziali della partita d'esordio contro Israele.

Buone occasioni da parte dell'Italia, con una gran bordata di Bertini da circa venticinque metri, che obbliga il grande Mazurkiewicz a rifugiarsi in angolo con un tuffo basso alla sua sinistra. Il ritmo della gara non è alto, anche perché Puebla (Heroica Puebla de Zaragoza: mica è colpa mia se ha un nome ufficiale così lungo), è sì più "bassa" rispetto a Toluca, ma sono pur sempre 2.175 metri sul livello del mare. Meglio quindi trotterellare e non dannarsi l'anima per la vittoria. Riva non è maltrattato, come si temeva, dal suo marcatore Ancheta, anche perché viene servito poco dai compagni. Albertosi si disimpegna bene, in particolare su un pericoloso tiro dai trenta metri di Cortés che batte pericolosamente sul terreno un paio di metri davanti al nostro portiere, rendendo così ancora più lodevole la bella deviazione in tuffo sulla destra. Nella ripresa Furino, all'esordio, sostituisce lo stremato Domenghini. A sei minuti dal termine una formidabile punizione di Riva sfiora l'incrocio dei pali alla destra di Mazurkiewicz.

Al triplice fischio dell'arbitro sono trentamila fischi per le due squadre da parte del pubblico che si aspettava certamente di più.

Nella stesso giorno si sono svolte altre partite. L'Unione Sovietica ha surclassato il Belgio di Piot e Van Himst, sconfiggendolo per 4-1. La Romania batte per 2-1 la Cecoslovacchia, priva di uno dei migliori portieri di tutti i tempi, a modesto parere di chi scrive: Ivo Victor. Il Perù batte il Marocco 3-0 (due goal di Cubillas).

MEXICO 70

Controprova per gli azzurri

DELUDONO GLI AZZURRI CONTRO L'URUGUAY

ZERO A ZERO TRA I FISCHI

Con il vuoto alle spalle

non posso fare un goal

MANDELLI DÀ RAGIONE A RIVA

NAZIONALE A - N° 19 – ITALIA-ISRAELE - 11/06/1970

Toluca (Stadio Luis Gutiérrez Dosal - "La Bombonera")

Giovedì – h 16.00 (h 24.00 in Italia)

ITALIA-ISRAELE 0-0 – Coppa Rimet – Gruppo 2

ITALIA: Albertosi, Burgnich, Facchetti (cap.), Bertini, Rosato, Cera, Domenghini (46' Rivera), A. Mazzola, Boninsegna, De Sisti, Riva.

C.T: Ferruccio Valcareggi

ISRAELE: Visoker, Schwager, Primo, Rozen, Bello, Rosenthal, Shum, Spiegel, Feigenbaum (46' Shmulevich-Rom), Spiegler (cap.), Bar.

C.T: Emmanuel Scheffer

Arbitro: Aírton De Moraes (Brasile)   Spettatori: 9.890

Marcatori: -

L'Italia affronta con serenità la partita con Israele perché già qualificata a prescindere dal risultato. Partita vivace e divertente. Al 8' palo di De Sisti e al 35' goal annullato a

Domenghini su assist di Riva per un inesistente fuorigioco. Nella ripresa annullato un goal anche a Riva, sempre per fuorigioco.

Il Mondiale messicano è entrato ormai nel vivo. Dopo il giorno della nostra partita contro l'Uruguay, e prima di questo impegno contro Israele, si sono svolte altre otto partite. Fra le quali quelle che riguardano il nostro girone: Svezia-Israele, terminata 1-1 e, tre giorni dopo, vittoria della Svezia sull'Uruguay per 1-0. Ai nostri basta quindi un pareggio contro Israele per accedere ai quarti di finale. La partita più importante è stata certamente quella disputata domenica a Guadalajara fra Brasile e i campioni uscenti dell'Inghilterra. Hanno vinto i brasiliani 1-0 con goal segnato da Jairzinho. Degne di nota le due triplette segnate da Gerd Müller. La prima contro la Bulgaria, nel 5-2 della Germania Ovest sulla Bulgaria e la seconda, tre giorni più tardi, al Perù di Gallardo e Cubillas (vittoria tedesca per 3-1).

Sono ancora vive le polemiche, per il vergognoso pareggio contro l'Uruguay. Non tanto per il risultato, quanto per la condotta di gara, giocata in chiave difensiva, tanto da avvilire il pezzo forte della nostra Nazionale, che è ovviamente Gigi Riva. Riva che, si sa, quando non segna comincia ad innervosirsi. In più anche il fatto che Boninsegna, e lo si sapeva, gli giochi parecchio vicino, gli porta via molto spazio e molti difensori intorno. Ottima comunque la difesa, in tutti i suoi uomini. Al di sotto delle aspettativa è stato invece il centrocampo. Alcuni di loro sembrano quasi nascondersi per timore di sbagliare la giocata. In ogni caso, la squadra che doveva giocare per il suo asso, gioca invece in difesa. Il che è veramente inspiegabile. Riva in ogni caso si dice sereno. E meno male. Perché quando salta fuori la voce che proprio Riva caldeggerebbe l'impiego di Rivera, proprio per evitare che fra difesa e attacco ci siano cinquanta metri di terra di nessuno e per avere qualcuno che dia a lui, ma anche a Boninsegna, dei palloni giocabili, allora Gigi perde le staffe e si incavola davvero. Lui non ha mai detto una cosa del genere, afferma. Ma è così evidente che a questa Nazionale manca proprio un elemento che supporti le punte. Così è difficile andare avanti.

Prima della partita con Israele, comunque un minimo di timore serpeggia realmente. Se continuiamo a (non) giocare così, ripetere la Corea del precedente mondiale non sarà un qualcosa di impossibile, al contrario di quanto le credenziali delle due squadre farebbero invece prevedere.

La sostituzione, avvenuta alla vigilia, dell'arbitro statunitense di origine ebraica Henry Landauer, ha fatto infuriare i giocatori israeliani, che scenderanno in campo, hanno giurato, col coltello fra i denti. Dai, magari l'arbitro brasiliano sarà imparziale e così pure i segnalinee. Tranquilli!

Fra l'altro, questo scambio di arbitro fra Svezia-Uruguay e Italia-Israele, fa proprio ridere, nella sua tristezza. Non solo salta fuori che sarebbe stato l'Uruguay (e non quindi l'Italia) a chiedere l'inversione, non gradendo per nulla di essere arbitrati da un arbitro brasiliano, in questo caso il sig. De Moraes. Ma poi, detto della rabbia serbata dagli israeliani, questi ultimi ci hanno voluto veder chiaro ed hanno indagato sulle reale "posizione" religiosa del sig. Landauer. Ebbene, hanno scoperto che l'arbitro nordamericano non è ebreo. Nato da genitori tedeschi negli Stati Uniti, ma sua madre era protestante. E, si sa (si fa per dire, perché non siamo per niente forti in materia), che quel che conta è sempre la religione della mamma. Giusta l'osservazione in base alla quale, se anche Landauer fosse stato di religione ebraica, non è detto che avrebbe avvantaggiato la nazionale israeliana. No, perché in quel caso, continua il nostro "osservatore", allora in Marocco, di fede musulmana, avrebbe potuto rifiutare l'arbitro cristiano nella partita contro la Germania, chiedendo un arbitro neutrale di religione buddista. Non fa una piega!

Comunque, tornando all'Italia, c'è anche qualcuno che non segue il gregge delle polemiche. Addirittura, qualcuno, esageratamente pronostica l'Italia addirittura in semifinale. Ma viene preso per pazzo, è ovvio! Altri ancora, dicono chi se ne frega del gioco. Vogliamo il bel gioco e perdere o giocare male e proseguire nel torneo? Anche qui il ragionamento fila.

L'Italia supera il turno. Non vince con Israele, è solo 0-0. Ma se per darci un goal buono ne devi fare tre allora c'eravamo quasi vicini. Inspiegabile come si possano annullare due goal regolarissimi come quelli segnati da Domenghini, su cross di destro di Riva, e da parte dello stesso Riva. Si parla molto del nostro bomber. C'è chi lo critica e chi lo difende a spada tratta. C'è per esempio chi dice che abbia dato tutto per lo scudetto del Cagliari e che ora sia privo di energia. Tutte balle, ovviamente. La pressione psicologica che prova Gigi, solo si può immaginare, deve essere fortissima. E poi, ci ripetiamo, lui il suo goal lo ha fatto. Qualcuno parla di fuorigioco, ma a parte che le immagini non hanno dimostrato niente, ma secondo questi signori un attaccante quando parte un cross, avendo l'avversario davanti non si accorge se è in posizione regolare o meno? No, perché Riva ha protestato e non poco. Conoscendo come è fatto lui, non può essersi incavolato come un drago per niente.

Oltre ai goal annullati, l'Italia ha avuto altre occasioni per segnare, per esempio con Mazzola, con salvataggio in extremis di Visoker in uscita disperata, e con De Sisti che centra il palo con un bel sinistro dal limite dell'area, su una respinta della difesa su tentativo di Bertini.

Nel secondo tempo, saranno stati contenti i suoi fans, entra Rivera al posto di Domenghini. Il solito Rivera: classe, eleganza, precisione, ma nessun peso apportato alla causa azzurra.

Anche Israele ha avuto un'ottima occasione. Spiegler, lanciato a rete, calcia tutto solo, ma è bravissimo Albertosi a respingergli il tiro in uscita. Fra l'altro si trattava, in tutta evidenza, di un fuorigioco questa volta non segnalato. "Dall'etiope"!

Ci qualifichiamo comunque ai Quarti, addirittura vincendo il girone. Ci aspettano i padroni di casa, il Messico, che sono arrivati al secondo posto del Gruppo 1, vinto dall'Unione Sovietica.

Per Riva allenamento senza goals

Scopigno doveva guidare gli azzurri

Gori deluso:
mi lasciano in disparte

Il dramma del cannoniere

Riva: la mia prima rete era davvero regolare

Ed ora ce la vedremo col Messico

ANCHE IL TECNICO DELL'INTER A CITTA' DEL MESSICO

Herrera: troppe rivalità nel clan degli italiani

NAZIONALE A - N° 20 – ITALIA-MESSICO – 14/06/1970

Toluca (Stadio Luis Gutiérrez Dosal - "La Bombonera")

Domenica – h 12.00 (h 20.00 in Italia)

ITALIA-MESSICO 4-1 – Coppa Rimet – Quarti di Finale

ITALIA: Albertosi, Burgnich, Facchetti (cap.), Bertini, Rosato, Cera, Domenghini (84' S. Gori), Mazzola (46' Rivera), Boninsegna, De Sisti, Riva.

C.T: Ferruccio Valcareggi

MESSICO: Calderón, Vantolrá, Pérez, Munguía, Peña (cap.), Guzmán, Padilla, González (68' Borja), Fragoso, Pulido, Valdivia (60' Velarde).

C.T: Raúl Cárdenas de la Vega

Arbitro: Rudolf Scheurer (Svizzera)   Spettatori: 26.851

Marcatori: 13' Gonzalez, 25' aut. Peña, 63' Riva, 70' Rivera, 76' Riva

Dopo 32 anni l'Italia torna a disputare i Quarti di finale di un mondiale. Padroni di casa subito in vantaggio, complice una scivolata di Rosato. Reazione degli Azzurri e su un passaggio di Riva, Domenghini batte a rete e grazie a una deviazione, è pareggio. Secondo tempo con Rivera in campo: due suoi assist consentono a Riva di realizzare una doppietta; suo il terzo gol; all'ultimo minuto coglie anche la traversa.

Arriva il momento clou del Mondiale: la fase a eliminazione diretta. All'Italia, prima classificata del Girone 2, l'abbinamento assegna il Messico, padrone di casa, seconda classificata nel Girone 1. Il Messico ha ottenuto 5 punti, così come l'Unione Sovietica che ha vinto il girone. Pari è stata anche la differenza reti, +5 per entrambe le squadre. Ma il primo posto del girone va all'URSS perché ha segnato un goal in più: 6 reti fatte e 1 subita, contro 5 fatte e 0 subite dal Messico. Messico e Italia, sono a questo punto le sole due squadre a non aver subito reti nel Mondiale.

Si temeva, alla vigilia, la squalifica di Riva, reo di aver mandato ripetutamente al diavolo arbitro e segnalinee. La squalifica non arriva, per fortuna. Viene tramutata in deplorazione in quanto ancora incensurato in questi Mondiali. Ora Gigi deve ritrovare la serenità. Tre partite senza goal per lui sono una malattia. Non segnare poi contro i dilettanti israeliani è quasi un'onta. Non per niente non vuole vedere né parlare con nessuno. I compagni lo difendono con tutte le loro forze, ci mancherebbe. Sanno che se si sblocca poi tornerà quella macchina da guerra che è sempre stato. Fra l'altro Gigi torna a parlare della rete annullatagli dal segnalinee etiope e giura di essere partito da dietro, come volevasi dimostrare.

E finalmente arriva una partita convincente. Con un sonoro 4-1 l'Italia si qualifica per la semifinale eliminando il Messico. E pensare che era iniziata malissimo. Primo goal subito da Albertosi in questo Mondiale: al 13' Fragoso lascia sul posto sulla trequarti Rosato (è scivolato, nessuna colpa, se non quello magari di aver sbagliato tacchetti), si avvia verso il limite dell'area e offre un perfetto passaggio all'accorrente e libero González che porta in vantaggio il Messico. Più che colpa di Rosato, è stato De Sisti a lasciare tutto solo González e consentirgli di battere a rete a colpo sicuro da sei-sette metri. Fa sinceramente ridere che qualcuno dica che Albertosi si è fatto sorprendere dal tiro centrale di González. Un tiro di uno che arriva a impattare un pallone a sei metri da te, arrivando a tutta velocità, cosa vuoi anche avere il tempo di vedere il pallone, in quel millesimo di secondo che ti passa a fianco? Perplesso!

Per fortuna, ma anche per coraggio, l'Italia trova il goal del pareggio al 25'. Caparbia azione di Riva che prova la penetrazione in area su lancio di Boninsegna. Come sempre due avversari su di lui, Guzmán in prima battuta e poi Pérez. Riva allarga sulla destra fuori area per Domenghini, che lascia partire uno dei sui insidiosi tiri di destro. Il pallone non sembra irresistibile, ma il capitano messicano Peña devia inopinatamente il pallone che si infila nell'angolino basso alla sinistra di Calderón. Proteste dei messicani per un rimpallo sul braccio di Riva nel corso dell'azione. Totalmente fortuito e involontario. Proteste ridicole.

Nel secondo tempo Rivera prende il posto di Mazzola. Questa volta la presenza di Rivera si sente, eccome! Finalmente arriva il tanto atteso goal di Riva. C'è il lancio di Rivera, ma Riva, come rinfrancato da qualcuno che finalmente lo lancia come si deve, appare galvanizzato ed il merito del goal possiamo dire che è quasi tutto suo: con una elegante azione riesce a liberarsi, quasi danzando, di tre avversari al limite dell'area e in questi casi per il portiere non c'è niente da fare: 2-1 per noi. Riva ricambia il favore. Appostato al limite della nostra area, raccoglie una respinta di testa di Burgnich, parte in contropiede e lancia perfettamente Rivera. Da lì una serie di tiri e ribattute, poi finalmente Rivera la mette dentro: 3-1. Successivamente stesso schema: questa volta è Rivera che sfrutta un grossolano errore di un centrocampista messicano, avanza, lancia Riva sulla destra e, né il portiere né due difensori, riescono a negare a Gigi il secondo goal personale. Sul finire, palo di Rivera, ancora servito da Riva. Peccato perché avrebbe anche potuto servire Bobo Gori, entrato da poco, che era piazzato sicuramente meglio di lui.

Rivera e Riva si intendono a meraviglia. Fanno notizia non tanto i lanci millimetrici di Rivera per Gigi, ma i tre lanci precisissimi di Riva per il compagno, roba da non farci dormire la notte, dalla preoccupazione che a qualcuno possa venire in mente di farlo giocare più lontano dalla porta. Poi non c'è di sicuro da ricredersi per quel che è stato detto in precedenza in questo contesto su Rivera. Il Rivera calciatore quando è in palla non può essere messo in discussione. Il problema è quando pretende di giocare come se fosse il Padreterno.

Al termine della partita festa grande dei tifosi. In tutte le città italiane ma anche sugli spalti. Il grido "Forza Cagliari!" e anche "Riva! Riva!" è stato scandito più volte da un folto gruppo di tifosi sardi presenti. Presente anche una bandiera del Cagliari Club Gigi Riva.

Gigi Riva si dice felice come un bambino. In effetti più felice di un bambino del 1970 non può esserci nessuno. Certo devi essere fortunato. Devi nascere non solo nel momento giusto, ma anche nella città giusta. Poi se sei proprio un bambino fortunato, non solo la tua squadra è fortissima, porta nel petto il tricolore e ha sei uomini che stanno facendo grande la Nazionale, ma ha un condottiero incredibile che è un simbolo per tutti. A Parigi hanno la Torre Eiffel, a Cagliari abbiamo Gigi Riva.

Negli altri quarti di finale l'Uruguay ha battuto l'Unione Sovietica per 1-0 con un contestatissimo goal di Espárrago a pochi minuti dalla fine dei tempi supplementari; il Brasile ha battuto il Perù per 4-2 (Rivellino, Tostão, Gallardo, Tostão, Cubillas, Jairzinho); la Germania ha eliminato l'Inghilterra battendola per 3-2, dopo essere stata sotto di due goal (Mullery, Peters, Beckenbauer, Seeler, Müller).

Le semifinali saranno Brasile-Uruguay a Guadalajara e Italia-Germania Ovest all'Azteca di Città del Messico.

135

Formidabili l'Italia e Riva

L'ITALIA DI RIVA FULMINA IL MESSICO

4-1

Il grande goleador azzurro si è finalmente svegliato!

Riva: contento come un bambino

NAZIONALE A - N° 21 – ITALIA-GERMANIA OVEST – 17/06/1970

Città del Messico (Stadio Azteca) – Mercoledì – h 16.00 (h 24.00 in Italia)

ITALIA-GERMANIA OVEST 4-3 – Coppa Rimet – Semifinale

ITALIA: Albertosi, Burgnich, Facchetti (cap.), Bertini, Rosato (91' Poletti), Cera, Domenghini, Mazzola (46' Rivera), Boninsegna, De Sisti, Riva.

C.T: Ferruccio Valcareggi

GERMANIA OVEST: Maier, Vogts, Patzke (63' Held), Beckenbauer, Schnellinger, Schulz, Grabowski, Seeler (cap.), Müller, Overath, Löhr (53' Libuda).

C.T: Helmut Schön

Arbitro: Arturo Yamasaki (Messico)   Spettatori: 102.444

Marcatori: 8' Boninsegna, 90' Schnellinger, 94' Müller, 98' Burgnich, 104' Riva, 110' Müller, 111' Rivera

Partita del secolo anche se, dopo il gol iniziale di Boninsegna, fu noia fino al gol dei tedeschi al novantesimo. Supplementari ricchi di colpi di scena che si conoscono a memoria. Gli Azzurri conquistano la vittoria più rocambolesca e sofferta della loro storia.

Dopo la grande vittoria contro il Messico nei Quarti, arriva il momento della semifinale. Ci attende la Germania Occidentale, che nel turno precedente ha eliminato i campioni uscenti dell'Inghilterra (3-2 dopo i tempi supplementari). Ora il clima è decisamente cambiato nei confronti dei nostri ragazzi. Ora anche i Messicani hanno conosciuto, purtroppo per loro, il grande attaccante azzurro. E via con gli appellativi più disparati. Riva ora è "La Más Grande Catapulta", "El Emperador", "El Toro", "El Implacable", "El Tuono". Quest'ultima espressione cattura la nostra attenzione, per un paio di motivi. Giusto per spaccare il capello. "Tuono", lo sanno tutti, si fa per dire, in Spagnolo non esiste. Quindi, o in Messico si sono presi la briga di tradurre in Italiano il loro "trueno", e lo vedo poco probabile, tanto valeva tradurre anche l'articolo, oppure il nostro amico italiano che ce lo ha riferito si è inventato tutto. Ma, a questo punto, salta fuori un mezzo colpo di scena: non c'è ancora il rombo, ma c'è già il tuono. Alla faccia di chi magari un giorno si fregerà di un appellativo storico che in realtà gli apparterrebbe solo per metà.

Da questo mix composto da Lingua Spagnola, e tuoni, e rombi, dalla grandezza di Gigi, mi vengono in mente versi importanti:

"Oí un sonido que venía del cielo, como el estruendo de una catarata y el retumbar de un gran trueno. El sonido se parecía al de músicos que tañen sus arpas".

In Italiano suona più o meno come:

"Udii una voce che veniva dal cielo, come il fragore di una cascata e il rimbombo di un forte tuono... Il suono somigliava a quello dei musici che suonano le loro arpe".

È proprio la sensazione che noi tifosi proviamo quando vediamo Riva, che prende palla e cavalca incontenibile verso la porta avversaria.

Traduzione orribile, vicino alla musicalità dei versi in Spagnolo. Che poi, in realtà non sono versi originali di lingua spagnola. L'autore, un certo Giovanni, di mestiere Apostolo, in realtà scriveva in greco, anche se non era proprio la sua lingua madre. Ma siamo in Messico, no? E allora che Spagnolo sia!

Italia-Germania Ovest è un'incredibile parata di assi di prima grandezza del panorama mondiale. Se l'Italia ha nel suo organico assi del calibro di Riva, Mazzola, Rivera, non è da meno la Germania, che, ricordiamolo, nel 1966 perse solo in finale contro l'Inghilterra. I tedeschi presentano campioni come Beckenbauer, Seeler, Overath, e l'attuale capocannoniere del Mondiale, con 8 reti, Gerd Müller. Karl Heinz Schnellinger, difensore del Milan, giocherà da libero. E, col sorriso sulle labbra, minaccia i compagni di club Rivera e Rosato, dicendo che farà loro un brutto scherzo. Vabbè, cose che si dicono. Si riferirà sicuramente al fatto che secondo lui vincerà la Germania. Non credo pensi di segnare: figuriamoci, gioca da libero e supera raramente la metà campo.

E invece Karl Heinz il brutto scherzo ce l'ha tirato, eccome! Quel suo goal al 90' super-abbondante (maledetto Kawasaki: ci piace storpiare il suo cognome, ci dà soddisfazione!). E' stata una partita palpitante e per certi versi bellissima. Ma chi ci darà nuovamente le energie fisiche e nervose buttate alle ortiche per colpa di un arbitro assurdo, mezzo peruviano, mezzo messicano, mezzo giapponese? Lo so, c'è un "mezzo" di più, fa niente, sono arrabbiato!

C'è da dire, chiaro e tondo, che questa volta la staffetta Mazzola/Rivera non ci stava a fare niente. Vincendo per 1-0 non è possibile mettere un giocatore che è praticamente solo offensivo. Mazzola bene o male l'impegno ce lo mette, si danna l'anima, anche se la copertura non è certo il suo mestiere. I tedeschi nel secondo tempo hanno soverchiato il centrocampo azzurro. Abbiamo retto sino al 90', ma non fino al 92', grazie a un'ottima difesa, e grazie a un meraviglioso Albertosi, finora il miglior portiere del Mondiale.

Il vantaggio dell'Italia è opera di un gran tiro, secco, alla sua maniera, di Roberto Boninsegna. Il centravanti interista è stato fra i migliori in campo, indomabile e anche decisivo in occasione del goal finale. Purtroppo la dormita dell'arbitro sulla chiusura della partita ha contagiato anche la nostra difesa, consentendo a Schnellinger di colpire solo soletto a pochi passi da Albertosi per il goal del pareggio. Lì, obiettivamente sembrava finita. Figuriamoci poi quando Müller al 94' ha portato i tedeschi sul 2-1, sfruttando un gigantesco pasticcio della nostra difesa. Ora sì che serve Rivera: c'è da attaccare. Pennellata in area del milanista, Burgnich raccoglie uno svarione di Held e batte imparabilmente Maier. Il goal del difensore glielo abbiamo restituito. Ora siamo pari. Anche nel punteggio: 2-2. Poi arriva il goal capolavoro di Riva. Dalla nostra metà campo, Rivera serve Domenghini sulla sinistra, Domingo avanza e serve col sinistro un pallone a mezza altezza a Riva che gli correva parallelamente. Gigi con uno stupendo controllo volante, prima di interno, poi con l'esterno ad aggirare Schnellinger, libera il suo sinistro e per Maier la sentenza è scritta. Precisa identica a quella toccata al messicano Calderón, in occasione del goal del 2-1.Ora il nostro campione è nella storia del calcio mondiale, qualsiasi cosa capiti da qui in poi, in questo torneo e negli anni a venire. Purtroppo dobbiamo soffrire ancora. Rivera, appostato sul palo, non riesce a trovare la coordinazione per intervenire su un colpo di testa ravvicinato di Müller. Un sacco di polemiche per niente: come si fa a trovare il riflesso giusto in un istante? Tutti bravi, davanti alla tv. Per mettere tutti a tacere, Rivera inventa un goal che solo un fuoriclasse può fare. Perché conservare la freddezza in quei momenti non è da calciatore normale. Grandissima azione di Boninsegna sulla sinistra, che lascia sul posto, saltandolo come un birillo, il suo marcatore Schulz e a pochi metri dal fondo rimette al centro area all'indietro, verso il dischetto. Irrompe in corsa Rivera: piatto destro che prende in contropiede Maier che frettolosamente cercava di recuperare la posizione al centro della porta, dopo aver coperto il primo palo sull'incursione di Boninsegna. Rivera lo trafigge proprio su quel palo. E' il 4-3! È la vittoria! È finalissima!

Risorto Riva
tutto è possibile

In un clima di
serena vigilia
Gigi Riva
promette altri goal

Con un favoloso 4 a 3
l'Italia in finalissima

Ricorderemo questa vittoria
come una bella favola

NAZIONALE A - N° 22 – BRASILE-ITALIA – 21/06/1970

Città del Messico (Stadio Azteca) – Domenica – h 12.00 (h 20.00 in Italia)

BRASILE-ITALIA 4-1 – Coppa Rimet – Finale

BRASILE: Félix, Carlos Alberto (cap.), Everaldo, Clodoaldo, Brito, Piazza, Jairzinho, Gérson, Tostão, Pelé, Rivellino.

C.T: Mário Zagallo

ITALIA: Albertosi, Burgnich, Facchetti (cap.), Bertini (74' Juliano), Rosato, Cera, Domenghini, Mazzola, Boninsegna (84' Rivera), De Sisti, Riva.

C.T: Ferruccio Valcareggi

Arbitro: Rudi Glöckner (Germania Est)   Spettatori: 107.412

Marcatori: 18' Pelé, 37' Boninsegna, 66' Gerson, 71' Jairzinho, 86' Carlos Alberto

Gli Azzurri in finale arrivano stanchi e sicuramente incontrano il Brasile più forte di tutti i tempi. Splendido colpo di testa di O'Rey e brasiliani in vantaggio. L'Italia si organizza e arriva il pari con Boninsegna. Nella ripresa non entra subito Rivera, la squadra è stanca,

il Brasile gestisce il possesso palla e prima con Gerson, poi con Jairzinho e infine con il capitano Carlos Alberto, chiudono il conto della finale.

Incontenibili scene di gioia nella notte fra mercoledì e giovedì alla conclusione di Italia-Germania. Alle 2,20 di giovedì mattina in tutte le città ci si è riversati per strada, pazzi di felicità. Anche i bambini, che a quell'ora di solito sono a letto, hanno partecipato alla festa. Soprattutto se sei un bambino di Cagliari, soprattutto se sei tifoso della squadra Campione d'Italia, soprattutto se hai un'adorazione smisurata per il tuo eroe che veste la 11, oggi in tinta azzurra. Il rischio di rimanerci tutti secchi è stato reale, non è tanto per dire. Non ci credete? Ordine cronologico: un uomo che nell'ultimo quarto d'ora, sotto l'arrembaggio tedesco, continuava a ripetere "non ce la facciamo, non ce la facciamo", e affannava, affannava e imprecava in continuazione contro il giappo-peru-messicano in giacchetta nera che non fischiava mai la fine, ebbene, al pareggio di Schnellinger è crollato a terra ed è morto; il goal di Gigi Riva è costato la vita a un turista tedesco in Italia; un prete è invece morto al momento giusto, per modo di dire: al 4-3 di Rivera, malore e niente da fare.

I nostri giocatori sono al settimo cielo per l'eroica impresa contro la Germania. Riva, certamente felice, pensa però a non perdere la concentrazione per la finale. Qualcuno gli dice che forse non si rende conto di aver disputato una partita che sarà ricordata per sempre. Gli dicono che anche il soldato Napoleone non sapeva di fare la storia. Lui dà invece una risposta in Scopigno-style: "Io faccio i goal quando riesco. Lasciamo stare i paragoni assurdi". Il nostro cannoniere dice che per la prima volta in vita sua mette il fatto di aver segnato in secondo piano. Molto di più lo esalta la prova di carattere della squadra. Una forza d'animo impressionante. "Siamo stati più tedeschi dei tedeschi", dice.

Purtroppo, vi svelo un segreto, la finale l'abbiamo persa. Manco morto dirò che i brasiliani hanno meritato la vittoria. I nostri non hanno ritrovato le forze dopo la partita contro la Germania e sono crollati nell'ultima mezz'ora. Questa è una partita che, se si fosse giocata con una settimana di riposo per tutti e al livello del mare, l'Italia non avrebbe perso. Siccome il pareggio non è ammesso, traete voi le conclusioni. Il Brasile ha tanti fuoriclasse? E perché, i nostri cosa sono? Albertosi vale dieci Felix, Burgnich, Rosato e Cera non li vorrete paragonare ai difensori brasiliani, spero. Carlos Alberto e Facchetti, come terzini, fluidificanti (si può già dire nel 1970?), seppur uno a destra e l'altro a sinistra, praticamente si equivalgono. Mazzola e Rivera, Boninsegna e Riva, non sono dei fuoriclasse di valore mondiale? E le avete viste le partite del Brasile contro Cecoslovacchia, Perù e Uruguay, per esempio? Non è sembrato quell'armata invincibile che si vuole descrivere.

Ma purtroppo è andata così. Non siamo come i tedeschi che ci hanno maledetto per la vittoria, accampando mille scuse e dicendo che non verranno mai più in vacanza in Italia. Pazienza! Vuol dire che allora noi per dispetto non vi manderemo più le nostre patate. Così morirete di fame. No, noi non siamo così rancorosi. Andremo anche in vacanza in Brasile. E ammettiamo che il Brasile che ci ha battuto è una squadra meravigliosa. Ma per noi (noi chi? facciamo noi che la pensiamo in questo modo) gli Azzurri sono una squadra ancora "più meravigliosa". Non accampiamo scuse più di tanto, però senza Yamazaki e altura la Rimet a quest'ora sarebbe da noi. E, suoni come premonizione, in grado di custodirla decisamente meglio. Ma poi: si può giocare una finale di Coppa del Mondo a mezzogiorno? Che razza di orario è? La finale si deve giocare di sera. Poi se uno abita a Gerusalemme, in Italia o a Reykjavík, se vuole vederla si mette la sveglia e se la guarda. Altrimenti amen, si arrangi!

Il C.T. brasiliano Zagallo sostiene che l'Italia ha commesso due gravi errori: non ha attaccato con convinzione e non coprivano adeguatamente la parte sinistra della difesa. Avessimo avuto la forza, caro Zagallo, certo che avremmo attaccato, lo sapevamo anche noi che avete una difesa di… burro. Purtroppo la stanchezza era tanta, come detto. Il lato sinistro della difesa: detto fra noi, Facchetti non mi ha mai convinto troppo. Contro il Cagliari, per esempio, veniva sempre preso di infilata ora da Nené ora da Domenghini. Zagallo questo l'ha capito, e Giacinto, che già aveva il suo bel grattacapo nel doversi occupare di Jairzinho, si è ritrovato ad avere a che fare anche con le scorribande in avanti di Carlos Alberto (che si chiama Torres ma non è di Sassari).

Non ci soffermeremo tanto nel parlare di questa finale. È un capitolo doloroso per chi l'ha vissuto, conscio che in un altro situazione avremmo anche potuto giocarla alla pari sino alla fine. Ma ormai è andata. Il Brasile è stato messo in difficoltà da Perù e Uruguay, figuriamoci cosa avrebbe potuto fare un'Italia senza i supplementari con la Germania nelle gambe, senza quella maledetta aria rarefatta e, dico io, con un Niccolai e con un Bobo Gori in campo. Perché se è vero che in questi mondiali fra gli azzurri migliori sono stati Rosato e Boninsegna, dobbiamo anche pensare che con Niccolai in campo Pelè quel pallone di testa non lo avrebbe mai preso, e con Bobo Gori in campo Riva avrebbe reso dieci volte di più. Discorsi da ottuso tifoso? Forse!

La partita avrebbe potuto prendere una direzione diversa già al secondo minuto, quando un siluro di Riva dai trenta metri è stato tolto non si sa come da Felix da sotto la traversa. Ancora Riva che sfiora il goal al 15' di testa, sotto lo sguardo attonito di Pelè che da un paio di metri lo osserva mentre si arrampica in cielo, servito da un preciso cross di Mazzola su punizione. Poi Pelè ha approfittato di una disattenzione della difesa per balzare in cielo e schiacciare il pallone alla sinistra di Albertosi. Proprio un istante prima Valcareggi aveva ordinato uno scambio di marcature: Burgnich che inspiegabilmente sino a quel momento era stato su Rivellino, doveva ora prendersi cura di Pelè, mentre, al contrario, Bertini, che altrettanto inspiegabilmente stava facendo lo stopper su Pelè, doveva portarsi sul numero 11. In pratica Valcareggi ho sino a quel momento aveva preso per buoni i numeri di maglia dei brasiliani. Pelè è 10, gli mettiamo un mediano, Rivellino è 11 e gli mettiamo addosso un terzino. Niente di più sbagliato. Errore da bambino. Pelè di fatto è un attaccante, Rivellino un centrocampista. Morale della favola, per niente a lieto fine, è che proprio nel momento in cui i due si scambiavano la marcatura, Tostao su rimessa laterale serva proprio Rivellino, Bertini è in ritardo nel contrasto, traversone a centro area verso Pelè, Burgnich ancora non ha preso posizione e corre a ritroso verso l'asso brasiliano, ma non arriva a recuperare i cinque metri di ritardo di posizione iniziale: la frittata è fatta. Colpe, se ce ne sono? Io dico Bertini: doveva chiudere prima e non lasciarsi sfilare Rivellino sotto il naso. Burgnich, poveraccio, non ha avuto proprio il tempo di riprendere posizione. Bertini sì, si è perso l'11 carioca proprio davanti agli occhi. E pensare che poi Bonimba ha rimesso in piedi la partita. Ma il goal di Gerson, con Albertosi forse poco reattivo nell'occasione, che però avrebbe preteso una chiusura migliore da parte di Cera, è stato l'episodio che ci ha svuotato di ogni energia. Anche la riserva di forze mentali con cui stavamo lottando in quel momento, dato che quelle fisiche erano ormai al lumicino, sono crollate. E allora Jairzinho e Carlos Alberto hanno arrotondato il risultato. Risultato che, ribadiamo, è di un bugiardo spaventoso. Chi si ferma a leggere il punteggio senza aver visto la partita, si fa un'idea completamente sbagliata dell'andamento e dei meriti di questa finale. Ma è andata così. Amen!

**Fra gli azzurri ed i cariocas
in palio il prestigioso trofeo**

GLI AZZURRI PROTAGONISTI DI UN'APPASSIONANTE FINALE

I più forti
dopo il Brasile

Battuta dal Brasile l'Italia
esce a testa alta dai mondiali

Hanno vinto
i migliori

NAZIONALE A - N° 23 – SVIZZERA-ITALIA – 17/10/1970

Berna (Wankdorfstadion) – Sabato - h 15.30

SVIZZERA-ITALIA 1-1 – Amichevole

SVIZZERA: Kunz, Boffi, Perroud, Chapuisat, Weibel, Kuhn, Balmer (46' Jeandupeux, 65' Vuilleumier), Odermatt (cap.), Blättler, Künzli, Wenger.

C.T: Louis Maurer

ITALIA: Albertosi (46' Zoff), Poletti, Facchetti (cap.), Juliano (46' Ferrante), Niccolai, Cera, Domenghini, Mazzola, Gori, De Sisti, Riva.

C.T: Ferruccio Valcareggi

Arbitro: Kurt Tschenscher (Germania Ovest)   Spettatori: 32.271

Marcatori: 15' aut. Cera, 85' A. Mazzola

Italia di nuovo in campo dopo il mondiale, si festeggia la Federcalcio Svizzera, sono diversi gli infortunati azzurri non presenti alla gara. Partenza sprint degli elvetici subito in gol grazie ad una punizione deviata da Cera. Incrocio dei pali colpito dagli svizzeri, ma il pareggio arriva con un gol capolavoro di Mazzola a cinque minuti dal termine.

Primo impegno della Nazionale dopo i Mondiali messicani. Sono già stati giocati tre turni del campionato che vede in testa i Campioni d'Italia del Cagliari e il Napoli. Curioso il fatto che entrambe non sono a punteggio pieno per aver pareggiato l'ultimo turno in casa con due squadre, senz'altro buone, ma non fra quelle che i professoroni inseriscono nel novero delle più forti: Varese e Foggia.

Il Cagliari ha sofferto le pene dell'inferno contro il Varese di Liedholm. Il tecnico svedese ha imbastito una perfetta ragnatela a centrocampo che ha imbrigliato i Campioni d'Italia. Morini, Giorgio, porta degnamente quel cognome, visto come ha fatto ricorso a tutti i mezzi, leciti e non, per fermare Riva. Proprio come il Morini ora alla Juventus, Francesco. Per fortuna, dopo il goal di Bonatti, Comunardo Niccolai per una volta ha segnato nella porta giusta e ha riportato in pareggio la partita.

Il C.T. Valcareggi ha assistito a Bologna-Inter. Gli sono piaciuti, ha dichiarato, Bulgarelli, Rizzo, Liguori dei rossoblù e il mediano Fabbian dei neroazzurri. E, infatti, non ne convocherà nemmeno uno. La lista dei diciotto per l'amichevole di Berna comprende: Albertosi, Zoff, Cera, Niccolai, Ferrante, Burgnich, Facchetti, Rosato, Poletti, De Sisti, Mazzola, Rivera, Juliano, Domenghini, Gori, Riva, Boninsegna e Anastasi. Quindi confermati i sei "messicani" del Cagliari. Dei ventidue della spedizione dei Mondiali sono stati lasciati fuori Vieri, Bertini e Prati. E comunque ci sono tre centravanti e di nuovo sia Mazzola sia Rivera. Per evitare di imbattersi di nuovo in una staffetta fra i due, c'è chi consiglia di mischiare le carte: non più Mazzola/Rivera, ma prima Juliano-Rivera e nella ripresa Mazzola-De Sisti. Siamo prossimi a non capirci più niente. Chi vuol fare polemica ha sempre del materiale ottimo e abbondante, con questa gestione della Nazionale. Burgnich accusa poi un risentimento muscolare prima di partire per Berna e al suo posto viene convocato Furino! Martiradonna il Valca non lo convoca nemmeno sotto tortura. Meglio un mediano, anche se la Juventus lo sta impiegando in campionato da terzino, ma sinistro. Riva poi è giunto in ritiro a Bergamo con un bel po' di ore di ritardo perché ha perso l'aereo in partenza da Cagliari alle sette del mattino. Cose che possono accadere. Valcareggi è apparso piuttosto contrariato, ma ha convenuto che sono cose che possono succedere a tutti.

La squadra ha disputato mercoledì una partita di allenamento contro l'Atalanta "Primavera". Due goal di Riva, due di Boninsegna, una di Domenghini e un'autorete. Uno sguardo come sempre agli "allenatori": da seguire in prospettiva il difensore Antonio Percassi, il sedicenne attaccante Giancarlo Finardi e un centrocampista niente male, il diciassettenne Gaetano Scirea.

Per "fortuna", giusto per togliere dall'impiccio Valcareggi, Rivera accusa il riacutizzarsi di un vecchio stiramento e dà forfait. Per molti non è altro che un malanno immaginario: Rivera non sopporterebbe l'impiego a mezzo servizio. Almeno è stato mandato via. Non si capisce invece perché non si mandi a casa anche Mazzola: non sa, dice, se accetterebbe la staffetta, non gli sta bene il fatto che ora sia stato convocato Merlo, non gli sta bene niente.

Anche Rosato torna a casa a causa di un ginocchio gonfio. Questa volta è Niccolai che potrà trarre vantaggio dalla disavventura del compagno in azzurro. Non è la stessa cosa, non è lo stesso palcoscenico dei Mondiali, ma giocare una partita da titolare è sempre una gran soddisfazione. Al posto di Rosato è stato convocato il difensore della Fiorentina Giuseppe Brizi, con buona pace di Giorgio Puia, che pensava, giustamente o no, di essere lo stopper numero tre nelle gerarchie di Valcareggi, come era stato del resto in Messico.

Nel raduno c'è un clima veramente pesante. Quasi tutti si lamentano a più non posso. Chi è che non rompe? I giocatori del Cagliari. Se ne stanno buoni buonini, anche perché hanno in vista, tra Nazionale, Coppe e Campionato, un vero tour de force: Italia-Svizzera, per l'appunto; mercoledì 21 ottobre si affronta l'Atletico Madrid al Sant'Elia per l'andata degli ottavi di finale di Coppa dei Campioni; domenica 25 ottobre Inter-Cagliari; il 31 ottobre Austria-Italia; il 4 novembre ci sarà il ritorno di Coppa dei Campioni a Madrid; domenica 8 novembre Cagliari-Foggia.

Valcareggi manda in campo sei giocatori del Cagliari. Siamo contenti? Beh, sì. Ma c'è qualcosa che non ci convince. Per esempio il fatto che Boninsegna in Messico è stato uno dei nostri migliori calciatori. Che c'entra ora far giocare Gori al suo posto? E' la stessa situazione, ma ribaltata, rispetto ai Mondiali.

Lì logica avrebbe voluto Gori titolare, dopo l'infortunio di Anastasi. Invece giocò Bonimba. Scelte incomprensibili!

La Svizzera scioglie la riserva se far giocare in porta Mario Prosperi o Karl Grob: gioca Marcel Kunz! Kunz che era dato per infortunato. E invece la mattina della partita si fa male anche Prosperi. Far giocare Grob, no? Maurer fa una scelta alla Valcareggi, dove la logica non conta davvero niente.

Diciamolo francamente: è stata una partitaccia! I nostri hanno rischiato seriamente di perdere e si deve solamente a una gran giocata di Sandro Mazzola se siamo riusciti a non fare una figuraccia, quantomeno nel risultato. Prestazione pessima da parte di molti azzurri. Fra i peggiori anche Riva, che non è riuscito a venire a capo della marcatura del suo marcatore, Pier Angelo Boffi, che di mestiere fa il postino a Lugano, al suo esordio nella nazionale svizzera. Buona la prova dei due portieri, Albertosi e Zoff. Disastrosa la prova di Antonio Juliano, anche se ad onor del vero la colpa non è totalmente sua, visto che Valcareggi gli ha fatto fare il mediano, ruolo non suo, e per di più gli è toccato stare appresso a una finta mezz'ala, Blättler, che di ruolo nel Lugano fa il centravanti. Vero che qui gioca alle spalle di Künzli (marcato da Niccolai), che il centravanti dello Zurigo, ma Blättler ha il passo dell'attaccante, passo che Juliano non può certo contrastare. Non brillantissima nemmeno la partita di Bobo Gori, che ha giocato forse nella partita peggiore, avvelenata dalle mille polemiche della vigilia. Non buona la prestazione anche di Domenghini. Mentre discreta è stata la prova di Niccolai e Cera. Giocare una partita insignificante in Nazionale, quattro giorni prima di un appuntamento di enorme importanza per il Cagliari, non credo sia semplice. Certo che in Nazionale si è sempre onorati di giocare. Ma se permettete fra un'amichevole in Nazionale e una partita di Coppa dei Campioni, beh, direi che non c'è proprio paragone.

Oggi a Berna gridando forza Cagliari si griderà forza Italia

SEI ROSSOBLU CONTRO LA SVIZZERA

DELUSIONE AZZURRA A BERNA

Una nazionale caotica rimedia il pareggio

Le polemiche dilaganti e la mancanza di una vera guida fanno uno a uno con gli svizzeri

L'ITALIA HA RISCHIATO DI PERDERE!

RIMBALZANO
SUL CAGLIARI
LE POLEMICHE
DELLA NAZIONALE

VALCAREGGI SOTTO ACCUSA

NAZIONALE A - N° 24 – AUSTRIA-ITALIA – 31/10/1970

Vienna (Stadio Prater) – Sabato - h 15.00

AUSTRIA-ITALIA 1-2 – Europei – 6° girone eliminatorio

AUSTRIA: Koncilia (46' Rettensteiner), Schmidradner, Pumm, Starek, Sturmberger (cap.), Hof, Parits, Hickersberger, Kreuz, Ettmayer, Redl.

C.T: Leopold Šťastný

ITALIA: Albertosi, Burgnich, Facchetti (cap.), Bertini, Rosato, Cera, Domenghini, Rivera, Mazzola, De Sisti, Riva (76' Gori).

C.T: Ferruccio Valcareggi

Arbitro: Lau van Ravens (Olanda)   Spettatori: 54.953

Marcatori: 27' De Sisti, 29' Parits, 34' A. Mazzola

Il positivo esordio alla qualificazione degli europei, viene offuscato dal grave incidente occorso a Riva al 76', quando Hof, da dietro, gli causa la frattura del perone e il distacco dei legamenti. Per tanti tifosi azzurri, e soprattutto cagliaritani, la partita perde di significato. Cala un velo di angoscia e paura per il futuro del nostro campione e per il Cagliari campione d'Italia in carica.

Vantaggio di De Sisti dopo uno scambio con Riva. Pareggio austriaco su calcio di punizione e azzurri ancora in gol grazie a Riva che semina il panico nella retroguardia avversaria e Mazzola corregge a rete una corta respinta. Albertosi para un rigore all'86' a Ettmayer.

La partita contro la Svizzera non faceva davvero testo, non era questione di forma fisica, per il nostro Campione. E' invece un periodo d'oro per Gigi Riva, incontenibile come non mai. Nulla hanno potuto contro di lui i difensori dell'Atletico Madrid in Coppa dei Campioni e nemmeno i difensori dell'Inter nell'ultimo vittorioso incontro di campionato del Cagliari a San Siro. Anche la velocità con cui gli sono guarite le ben sedici abrasioni alle gambe, ricordo della sfida contro i campioni di Spagna, viene interpretata come segno di evidente salute. Riva è al settimo cielo. A Milano non solo ha segnato una fantastica doppietta ma in occasione del terzo goal rossoblù, pur avendo la possibilità di colpire il pallone calciato da Domenghini prima che varcasse la linea di porta, non lo ha fatto pur di non privare il compagno della gioia del meritato goal. Tutti intorno a lui a fine gara, a chiedergli se ci sia mai un modo per fermarlo. E lui, con una profetica quanto maledetta frase, ne esce con un "Sì, un modo c'è... Mi fermano solo se mi spaccano le gambe". Certo, sono frasi fatte, dette anche per scherzarci su. Ma meno male che i giocatori austriaci non capiscono l'Italiano. Tranne uno, Norbert Hof, che ha la mamma italiana (spiacerebbe doppiamente tirarla in ballo, se qualcosa dovesse andar storto, sabato).

Fra i convocati l'unica novità è rappresentata dell'assenza di Boninsegna, che non ha giocato nemmeno contro il Cagliari. Io centravanti interista però dice di star bene ed è molto deluso per questa esclusione, di fatto si tratta di questo. Valcareggi probabilmente aveva già l'idea di schierare di nuovo entrambi gli eterni rivali Mazzola e Rivera. E quale miglior pretesto il lieve acciacco di Boninsegna per far giocare Mazzola centravanti e Rivera a centrocampo?

Al raduno di Coverciano, Riva ha voluto dare uno schiaffo morale a tutti. Come? Presentandosi per primo. Il raduno era fissato per martedì? E lui è arrivato lunedì sera ed ha dormito lì. Gli rimproverano di dormire sino a mezzogiorno? Lui li prende un po' in giro, dicendo che si è alzato alle 11.55.

Gigi, leggermente raffreddato, non partecipata alla partitella di allenamento contro il Gubbio. Al suo posto è stato schierato Prati, col preciso compito di imitarne i movimenti: una sorta di controfigura, verso il quale Mazzola e Rivera effettuavano i lanci, immaginando fosse il numero 11 per antonomasia, Il Numero 11. Che fra l'altro non è per niente sicuro che sarà della partita. Riva ha un importante raffreddore, una "bronchitella". Nessuna linea di febbre, ma un po' di difficoltà respiratoria. In più Gigi appare irritato dal movimento di giornalisti e tifosi austriaci nei suoi confronti. E' costretto ad allenarsi in camera. Ci mancavano poi le notizie lanciate da un importante magazine internazionale, il Time, no, scusate, è Novella 2000, che pubblica la notizia che Riva è prossimo alle nozze. Tutte balle, dichiara in ritiro Riva.

Se nella nostra squadra c'è il dubbio sulla presenza di Riva, in casa austriaca la formazione appare fatta. Inutile fare dei nomi, ci direbbero poco o niente. Forse qualcuno ricorda i fratelli Hof, figli di un'italiana e di un austriaco. Il più famoso e più talentuoso è Erich, attaccante. Ma ora fa l'allenatore. Anche del fratello minore Norbert, che di mestiere fa il mediano di (brutto presagio) rottura. Norbert ha esordito in nazionale in una serata trionfale per il fratello Erich: cinque goal segnati a Cipro in una partita valida per la qualificazione ai mondiali. 7-1 il risultato finale. Norbert ha ben figurato con gente come Gerd Müller e un mese prima del mondiale messicano ha giocato al Maracanà contro il Brasile (vittorioso per 1-0, goal di Rivellino) e non ha sfigurato contro campioni quali Pelé, Gérson, Tostão, etc. Ma niente paura, Norbert Hof sembra proprio non debba giocare la partita contro l'Italia. Pare che il tecnico austriaco Šťastný (non è difficile, di dice proprio Šťastný) non lo faccia giocare, preferendo centrocampisti più adatti alla manovra. Quindi siamo a posto: non gioca Riva e non gioca Hof. Il secondo scudetto sarà legittimamente nostro e vinceremo la Coppa dei Campioni in finale eliminando in serie Atlético Madrid, Legia Varsavia nei quarti, l'Ajax in semifinale e figurati quanto spavento ci fanno i greci del Panathīnaïkos…

Sappiamo tutti purtroppo che non andrà così. I due giocheranno e sarà un incidente gravissimo, quello di Gigi su fallaccio di Hof. Ma questa storia la conoscete tutti. Inutile farci del male tornandoci su. Troviamo, con molta fatica, anche qualcosa di bello da dire sulla partita del nostro Campione. Riva è stata protagonista dei due goal azzurri. Sul primo goal De Sisti ha cercato il triangolo con Gigi che gli ha reso un pallone al bacio, precisissimo, con un elegante tocco di collo esterno sinistro, mettendo il nostro n° 10 davanti a Koncilia per il vantaggio italiano. In occasione del secondo goal, che ha portato sul definitivo 2-1 i nostri, Gigi ha controllato bene sul secondo palo un pallone proveniente da calcio d'angolo, ha rimesso dalla linea di fondo verso il centro dell'area, dove Mazzola non ha avuto difficoltà a realizzare. Poco prima Riva aveva effettuato un fantastico tiro al volo di istinto dal limite dell'area, sul quale Friedl Koncilia ha compiuto una prodezza.

Protagonista assoluto della partita è stato Albertosi, che ha effettuato diverse parate importanti ed ha respinto, dopo l'infortunio di Riva, un calcio di rigore battuto da Ettmayer.

Per Riva si tratta di "frattura del terzo inferiore del perone e la parziale lacerazione dei legamenti". Dovrà portare il gesso per oltre un mese. Si prevede un'assenza dai campi di circa tre mesi.

E la storiellina del pugno rifilato da Gigi a Hof in Mitropa Cup sul terreno dell'Amsicora due anni prima, la lasciamo da parte? La citiamo, giusto per far vedere che sì, che palle, la sappiamo. Ma non le diamo molto peso. Anche perché chi lo dice che fu Gigi a colpire con preciso gancio sinistro al mento Hof? L'espulso fu Boninsegna (oltre allo stesso Hof). In ogni caso uno non si vendica di un cazzotto spezzando la gamba a un collega. La mamma italiana certo deve avergli fatto un casino al piccolo Norbert, una volta tornato a casa.

Riva a riposo per un raffreddore
ma sabato sarà in campo a Vienna

RIVA CE LA FARÀ?

L'Italia difende il titolo europeo

Riva gioca:
è guarito e si è allenato

Successo e dramma al Prater di Vienna

L'Italia vince, ma perde Riva

Al Prater, una partita "dannata"

Per farcela si è pagato un pedaggio troppo alto

L'Italia vince ma perde Riva

È pericoloso affrettare la ripresa del giocatore

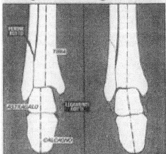

LE PREVISIONI DEL MEDICO SOCIALE

Potrebbe saltare undici partite

Il dott. Augusto Frongia parla di un recupero anticipato e prevede che il 31 gennaio possa essere già in campo

Genova (Stadio "Luigi Ferraris") – Sabato - h 17.00

ITALIA-MESSICO 2-0 – Amichevole

ITALIA: Zoff, Burgnich, Facchetti (cap.), Bertini, Spinosi, Cera, Mazzola, Corso (46' Rivera), Boninsegna, De Sisti (46' Benetti), Riva.

C.T: Ferruccio Valcareggi

MESSICO: Puente, Bermúdez, Peña (cap.), Montes, Pérez (72' Chavarria), Hernández (88' Ramos), Rodríguez (75' Valdivia), Munguía, Borja, Velarde (83' Alvarado), López.

C.T: Javier de la Torre

Arbitro: José María Ortiz de Mendíbil   Spettatori: 43.350
(Spagna)

Marcatori: 60' e 64' Boninsegna

Amichevole con la nazionale impostata sull'Inter campione d'Italia. Primo tempo dai ritmi blandi e centrocampo che stenta. La prima occasione è messicana. Nella ripresa, dentro

Benetti e Rivera, si parte bene. Il protagonista è Boninsegna autore di una doppietta, entrambi i gol di testa.

Il rientro di Gigi in Nazionale dopo il grave infortunio di Vienna. Come si arriva all'appuntamento amichevole contro il Messico? Il campionato non è ancora iniziato, la prima giornata si giocherà il 3 ottobre. Si è giocato invece l'ultimo turno di Coppa Italia. Il Cagliari è stato eliminato. Nel girone 7, infatti, si è qualificata la Fiorentina, che andando a vincere ad Arezzo, ha raggiunto il Cagliari che osservava il turno di riposo ed è passata per miglior differenza reti. Formula vergognosa! Il Cagliari nello scontro diretto, non solo ha battuto la Fiorentina, ma lo ha fatto in trasferta. Ha dimostrato sul campo di essere la squadra più forte del girone (Arezzo, Cagliari, Fiorentina, Foggia, Livorno).

Ma non ha dimostrato, il Cagliari, di essere più forte del Perugia. Perché è vero che i rossoblù non hanno giocato in Coppa Italia ma non sono stati fermi. Hanno disputato un'amichevole nel capoluogo umbro. I padroni di casa, che militano in serie B, hanno vinto per 1-0. Le poche note di rilievo dicono che Riva ha colto una gran traversa e che Albertosi ha voluto giocare a tutti i costi, nonostante fosse stato male per tutta la notte, per non rischiare di essere escluso dai convocati di Valcareggi. Ricky ha giocato solo il primo tempo ma ha giocato. Domenghini è in rotta con il Cagliari per questioni di ingaggio. Di tutta la squadra sinora hanno firmato solo Niccolai e Mancin, ma l'unico che è ricorso all'ammutinamento è Domenghini, che si è rifiutato di seguire la squadra a Perugia. Automaticamente si è posto egli stesso fuori dalla lista dei convocati di Valcareggi, che era stato molto esplicito: "chi non gioca domenica non verrà convocato". Del resto, il primo tempo disputato da un malconcio Albertosi parla chiaro.

I convocati da Valcareggi per questa partita amichevole contro il Messico sono: Zoff, Albertosi, Burgnich, Facchetti, Spinosi, Bet, Cera, Roversi, Bertini, Corso, Bedin, Rivera, Benetti, De Sisti, Mazzola, Boninsegna, Riva e Prati. La novità assoluta è la convocazione di Tazio Roversi, terzino del Bologna.

Questa volta la sfida sembra essere quella di far giocare a tutti i costi Mario Corso. Gli diamo in numero 10 o il numero 8? Ovviamente l'11 che porta nell'Inter se lo scorda, in Nazionale. Il C.T. si è poi detto dispiaciuto dell'assenza di Domenghini e Rosato, non convocati perché non hanno raggiunto l'accordo economico con le loro società e che quindi non hanno giocato in Coppa Italia. Ma ha anche detto che il ruolo di Domenghini sarà ricoperto da un giocatore con le stesse caratteristiche. Voi lo vedete fra i convocati uno con le caratteristiche di Domingo?

Ci pensa Boninsegna, con due bei goal di testa, e battere il Messico. La prestazione di Riva è stata positiva. Giocando da vera ala sinistra, come qualche tempo fa, ha sofferto un attimo la presenza a centro area di Boninsegna, ma nella ripresa l'affiatamento fra i due è notevolmente migliorato. Riva ha sfiorato il goal in due occasioni. Nella prima ha sbagliato la mira di un paio di centimetri. Nella seconda il portiere Puente ha compiuto un grande intervento: Bertini, ricevuta palla da Facchetti, salta facilmente Velarde e calcia a rete di sinistro, quindi abbastanza debolmente. Il pallone rasoterra ha un rimbalzo falso, tocca il ginocchio di Peña e impenna (non fa rima, la farebbe "si impegna"), salta Riva in perfetta coordinazione e colpisce di testa a colpo sicuro dalla linea dell'area di porta (lo sapevate che è a m. 5,5 dalla linea di porta? esattamente a metà strada dei più famosi 11 metri del dischetto del rigore?) verso il "7" alla sinistra di Puente, che ha un riflesso felino e mette in angolo.

Esordio di Romeo Benetti in maglia azzurra e 59^ presenza per Giacinto Facchetti, che così eguaglia il record di Umberto Calligaris, il quale deteneva questo primato, solo soletto, dagli anni '30. Esattamente dall'11/02/1934, Italia-Austria, 2-4, e valida per la Coppa Internazionale.

Lo so, non avete mai sentito parlare della Coppa Internazionale. Nessun problema. Ora lo spieghiamo. La Coppa Internazionale non è altro che le Coppa Europa/Campionato Europeo per Nazioni ai suoi primordi. Questa denominazione è stata adottata dal 1927 al 1960. Sono state disputate sei edizioni. Le squadre partecipanti erano quelle dell'Europa Centrale, le più forti in quel periodo. Alla prima rassegna, giocata dal 1927 al 1930, parteciparono Austria, Cecoslovacchia, Italia, Ungheria e Svizzera (che fortissima non era, tanto è vero che perse tutte le otto partite, ma comunque aveva fatto richiesta di partecipazione, e perché escluderla?). Vincemmo noi il torneo. Era l'Italia principalmente di Giuseppe Meazza, ma i nostri Gigi Riva di allora furono Julio Libonatti e Gino Rossetti, che vinsero la classifica marcatori del torneo con sei reti ciascuno. Vinsero poi l'Austria nella seconda edizione che si svolse del 1931 al 1932; ancora noi nella terza (1933-1935); la quinta fu appannaggio dell'Ungheria di Ferenc Puskás (capocannoniere del torneo) e fu giocata dal 1948 al 1953; la sesta ed ultima rassegna, dal 1955 al 1960,fu giocata da sei squadre (alle cinque "sorelle" si era aggiunta la Jugoslavia) e fu vinta dalla Cecoslovacchia.

I più interessati e accorti si chiederanno: e la quarta edizione? La quarta edizione non la vinse nessuno. Venne interrotta! In testa era l'Ungheria con 10 punti, dietro eravamo noi e Cecoslovacchia con 7. Solo che la Cecoslovacchia doveva ancora disputare una sola partita e non aveva quindi nessuna possibilità di vittoria. Anche l'Ungheria doveva disputare una sola partita. Mentre l'Italia aveva da giocare ben quattro partite. Diciamo che avevamo ottime possibilità di vincere il torneo. Ma perché l'interruzione? Per l'annessione dell'Austria alla Germania nazista, avvenuta il 12 marzo 1938. Mi sorge il dubbio che Adolf Hitler non fosse un tipo molto sportivo.

Riva torna in azzurro

Riva: il ritorno in nazionale non mi crea alcun problema

Oggi a Genova contro il Messico,

undici mesi dopo il dramma del Prater

Il grande ritorno di Riva

Riva: non ho avuto paura nemmeno per un istante

NAZIONALE A - N° 26 – ITALIA-SVEZIA – 09/10/1971

Milano (Stadio San Siro) – Sabato - h 14.30

ITALIA-SVEZIA 3-0 – Europei – 6° girone eliminatorio

ITALIA: Zoff (46' Albertosi), Burgnich, Facchetti (cap.), Bertini, Rosato, Cera, Mazzola (81' Corso), Benetti, Boninsegna, Rivera, Riva.

C.T: Ferruccio Valcareggi

SVEZIA: Hellström, Hult (52' Cronqvist), Kristensson (59' Nilsson), Nordqvist (cap.), Grip, Nordahl, Larsson, Grahn, Sandberg, Olsberg, Danielsson.

C.T: Georg Ericson

Arbitro: Roger Machin (Francia)   Spettatori: 65.582

Marcatori: 3' Riva, 41' Boninsegna, 83' Riva

Vittoria netta e passaggio al turno successivo. Subito in vantaggio con Riva su cross di Mazzola, Italia padrona del campo e al 41' assist di testa di Riva per Boninsegna e

sono2. Nella ripresa salvataggio sulla linea di Cera e poi una bella parata di Albertosi,
ma alla fine e Riva a fare il terzo gol con un tiro al volo su traversone di Rivera.

Giocata la prima di campionato, gli Azzurri affrontano l'impegno contro la
Svezia, valido per il girone eliminatorio del Campionato Europeo. Valcareggi
convoca: Albertosi, Zoff, Burgnich, Facchetti, Bedin, Cera, Spinosi, Rosato,
Bertini, Corso, Benetti, Rivera, Mazzola, Boninsegna, Riva, Anastasi, Prati.
Sempre meno Cagliari, non si vedeva l'ora. E sempre più "strisciati", ben 13
su 18. A guardare bene l'elenco, non ci pare che i tredici siano questi autentici
fuoriclasse per cui, no, non c'è discussione, sono i migliori che abbiamo! Già
mi sono più simpatiche le convocazioni dell'Under 23. Sempre predominio
delle solite note, ma almeno vediamo giocatori di squadre "normali", di
quelle che piacciono a noi: Bologna (Augusto Scala), Atalanta (Giuseppe
Doldi).

Il Cagliari di Riva nel primo turno di campionato ha battuto il Verona al
Sant'Elia. 3-1 il risultato e Gigi ha realizzato la rete iniziale dell'incontro. E'
una coppia nuova di zecca, quella d'attacco proposta dal Cagliari. Insieme
con Gigi ora c'è Alessandro Vitali, neo acquisto proveniente dalla Fiorentina,
ma soprattutto con un grande passato a Vicenza, dove con la maglia del
Lanerossi riuscì a piazzarsi primo fra gli umani nella classifica dei marcatori
con 17 reti nel 1969-70. Gigi, quasi fuori concorso, ne fece 21. Anche Vitali è
andato a rete, infilando il terzo pallone alle spalle dell'ex rossoblù Colombo
l'ultima rete della partita (Mario Brugnera aveva portato il Cagliari sul 2-0 e
successivamente Angelo Orazi aveva ridotto le distanze per il Verona).

Per la partita contro la Svezia sorprendono solo in parte le convocazioni di
Valcareggi. Domenghini è stato lasciato fuori, e ora non c'è nemmeno la
scusante del mancato accordo, e quindi mancato impiego, nella sua squadra
di club. E' palese, ma non ne dubitavamo, che quello fosse solo un pretesto
che gli ha consentito di fare un po' di spazio per poter impiegare i giocatori
delle solite note. Mazzola a destra del resto era stato impiegato anche a
Cagliari contro la Spagna, nella famosa partita giocata al Sant'Elia il 20
febbraio (non cercatela in questo libro: il nostro Campione per ovvi motivi
non l'ha giocata, e noi per altrettanti ovvi motivi non la analizziamo, con
grande beneficio per la nostra bile). Partita famosa non tanto perché Pirri ha
segnato a Cagliari, ma soprattutto per il bastimento di arance riversate in

campo dal pubblico cagliaritano in segno di protesta verso il signor Valcareggi, che mai come in quel momento ha dimostrato il proprio valore. Non discutiamo del tecnico, che già lì, per carità! Ma tu vieni a fare una partita nella città da tempo immemorabile è un serbatoio della Nazionale e proprio qui non fai giocare nemmeno un rossoblù? Ma allora non è che ci fai. Proprio ci sei!

C'era da fare spazio a Anastasi e Rosato. Quindi fuori Roversi e Domenghini. Anche se in realtà è Aldo Bet, il giocatore, con Roversi, che non è stato convocato rispetto alle chiamate della partita precedente contro il Messico. Mai far fuori gente delle "strisciate", mi raccomando! Mi fa sorridere la convocazione di sette interisti: Bedin, Bertini, Boninsegna, Burgnich, Corso, Facchetti, Mazzola. Il quesito è: se questi signori giocassero nel Verona o nel Mantova, tanto per dire, sarebbero stati chiamati tutti, ma proprio tutti, in Nazionale? Non ne siamo per niente convinti. Gli altri convocati sono: Albertosi, Cera e Riva del Cagliari; De Sisti della Fiorentina; Anastasi e Spinosi della Juventus; Benetti, Prati, Rosato e Rivera del Milan; Zoff del Napoli.

Ad Appiano Gentile l'Italia segna dodici goal ai ragazzi dell'Inter (uno di Gigi, segnato a Zoff). Alla fine, quando Valcareggi annuncia la formazione, i giocatori sono tutti felici e contenti. Anche gli esclusi. Tutti riconoscono che le scelte del C.T. sono giuste. Protesta uno solo: Bedin. Accettano di andare in panchina o in tribuna o addirittura vengono lasciati a casa elementi come Albertosi, Anastasi, De Sisti, Domenghini. E chi protesta, perché lui a San Siro voleva almeno andare in panchina? Bedin! Roba da far ridere persino i classici polli. Fra i ragazzi dell'Inter c'è qualcuno di interessante? Vediamo: Fabrizio Larini, Graziano Bini, Tiziano Manfrin, Aldo Nicoli, Silvano Martina, Bortolo Mutti. Non male!

È il ritorno al goal in Nazionale di Riva. Doppietta rifilata alla Svezia. Grande prestazione, impreziosita anche dall'assist fornito a Boninsegna in occasione del goal del 2-0. Buona la prova in generale della Nazionale. Buona la prestazione di Zoff e Albertosi, con quest'ultimo che è stato più impegnato del collega ed ha avuto quindi modo di mettersi più in mostra. Impeccabili Burgnich, Facchetti e Rosato. Cera per una volta è stato più bravo da difensore che non da fluidificante: per due volte ha evitato due goal svedesi praticamente fatti. Bertini discreto, mentre molto meglio è andato Benetti. C'è da dire che quando si gioca con Rivera, che ha classe sopraffina ma che è in sostanza nullo in fase di copertura e contrasti, avere non solo Bertini ma anche una roccia come Benetti è in pratica un atto dovuto. Bene Mazzola a destra. Ma come sempre brontola! Non gli piace giocare all'ala, ma Valcareggi ha deciso così e lui ci gioca. E pure bene. Le due punte: il meglio che l'Italia calcistica abbia mai avuto, che si può dire di più? In questa partita hanno offerto una prestazione superba. Non solo hanno segnato entrambi, ma si sono cercati continuamente e hanno interagito a meraviglia. Ci sarà qualcuno fortunato che se li è goduti per tre anni insieme nelle file del Cagliari? Forse qualcuno lo conosciamo. Vero che talvolta si pestavano pure i piedi l'un l'altro e che talvolta l'egoismo insito dell'attaccante prendeva il sopravvento, ma magari avessimo sempre un duo da sogno come Riva e Bonimba.

Un angolino per una curiosità? A San Siro, diversi i lombardi in campo, ma un solo milanese di nascita. Ma gioca nella Svezia: Tom Nordhal, figlio del grande ex centravanti milanista Gunnar (Nordhal, ovviamente).

Qualcosa di nuovo nella nazionale

Due goal di Riva agli svedesi

E' tornato
il goleador

Travolta la Svezia (3-0)

l'Italia nei quarti di finale

del campionato d'Europa

Quando
c'è Riva

Riva parla dei due goal azzurri e del campionato

Li dedico a tutti i sardi

È il cannoniere
di sempre

Riva irresistibile
se c'è Rivera

176

NAZIONALE A - N° 27 – ITALIA-AUSTRIA – 20/11/1971

Roma (Stadio Olimpico) – Sabato - h 14.30

ITALIA-AUSTRIA 2-2 – Europei – 6° girone eliminatorio

ITALIA: Zoff, Roversi, Facchetti (cap.), Bertini (46' Bedin), Bet, Santarini, Prati, Benetti (65' C. Sala), Boninsegna, De Sisti, Riva.

C.T: Ferruccio Valcareggi

AUSTRIA: Antrich, Sara, Pumm, Eigenstiller, Schmidradner, Hof, Köglberger, Horvath, Pirkner, Ettmayer (cap.), Jara.

C.T: Leopold Šťastný

Arbitro: Emsberger Gyula(Ungheria)   Spettatori: 58.752

Marcatori: 10' Prati, 36' Jara, 59' Sara, 75' De Sisti

Partita ininfluente per gli azzurri ai fini della classifica, spazio agli esperimenti del C.T. Subito in vantaggio con Prati su cross di Boninsegna, poi l'Italia cala il ritmo e gli austriaci pareggiano con Jara. Ripresa con molte sostituzioni e arriva lo sfortunato autogol di Santarini. A questo punto arrembaggio azzurro e pareggio di De Sisti di testa su traversone di Claudio Sala.

177

Sono sei i turni del campionato di serie A giocati finora. Nell'ultimo turno da segnalare le prestazioni monstre di Albertosi e Zoff, rispettivamente contro Milan e Inter. Soprattutto il portiere del Napoli è stato capace di autentici prodigi in almeno tre occasioni. Applausi a scena aperta per lui da parte del pubblico del San Paolo, e non solo perché è il portiere della loro squadra. A Milano, brutto infortunio al ginocchio per Domenghini in uno scontro contro Schnellinger. In ottica Nazionale per Domingo non è certamente periodo. Il turno di campionato premia la Juventus, da sola al comando, con un punto di vantaggio su Internazionale, Milan e Torino. Bettega guida la classifica marcatori con 6 reti, davanti a Boninsegna che ha fatto 5 centri. Solidarietà nei confronti del presidente milanista Sordillo, che piange e si lamenta per il trattamento subito da Prati da parte dei difensori del Cagliari. Mentre niente dice a proposito dei falli commessi da Prati nei confronti di Albertosi proteso nelle uscite in presa alta. Ma si sa che, piangi oggi e piangi domani, se hai un nome, prima o poi un aiutino non te lo negano certamente, ci mancherebbe altro.

Della partita contro l'Austria non fanno parte i nazionali della Juventus, impegnati in Coppa UEFA contro gli scozzesi dell'Aberdeen. Si è tirato fuori anche Mazzola, dichiarandosi fuori condizione. L'elenco dei convocati comprende di conseguenza dei nomi nuovi. Nomi che entrano nel giro della Nazionale per la prima volta. E, non gliclo auguriamo, alcuni per l'unica volta. Vediamo la lista: Zoff, Albertosi, Roversi, Franco Cresci del Bologna, Mario Perego del Napoli, Facchetti, Bet e Santarini (che sembrano quasi un'unica cosa, sempre insieme, dentro o fuori), Benetti, Bertini, Bedin (che chissà se questa volta sarà contento), De Sisti, Claudio Sala del Torino, Prati, Boninsegna, Riva, Gori, Luciano Chiarugi della Fiorentina. Interessante anche scorrere, per mera curiosità, i convocati di Enzo Bearzot per l'Under 23, che anch'essa affronterà l'Austria, a Klagenfurt: Ivano Bordon (Inter), Rigamonti dell'Atalanta, Oriali (Inter), Sabadini del Milan, Marcello Lippi e Negrisolo della Sampdoria, Giovanni Vavassori (Atalanta), Galdiolo (Fiorentina), Gregori e Augusto Scala del Bologna, Roberto Casone (della Sampdoria, in prestito dal Milan: per inciso, rarissima la sua figurina Panini 1970-71,al livello di Vito D'Amato del Verona 1969-70... e tutti parlano di Pizzaballa, tsè!), Vincenzo Zazzaro del Milan, Adelio Moro (Atalanta),

Rosario Rampanti (nato a Carbonia) e Paolo Pulici del Torino, Magistrelli e Doldi dell'Atalanta, Silvano Villa del Milan.

Valcareggi sceglie Prati, anziché Sala, per giocare a destra. La motivazione? Anzianità in azzurro. Guardare le attitudini tecniche sembrava brutto. Riva è tranquillo al pensiero di incontrare di nuovo Hof, che gli causò il grave incidente di Vienna. Non serba rancore di nessun tipo e ribadisce che al Prater si trattò solo di incidente del tutto fortuito. Non si pronuncia, Riva, sul fatto che si affronti l'Austria giocando con tre punte. In questa Nazionale si vogliono evitare polemiche. Polemiche che invece fa solo uno. Non ci volevo credere nemmeno io, sentendolo. Eppure è proprio lui il colpevole: Bedin! Sta rischiando seriamente di non fare neanche più ridere, il caro Gianfranco. Non gli sembra giusto che debba scaldare la panchina. Mancano tanti giocatori e lui non trova giusto che non lo facciano giocare. Troverebbe invece giusto, suppongo, che mancando tanti giocatori vada un altro in panchina al suo posto. Che, non si sa perché, dovrebbe essere contento che giochi il Bedin e non egli stesso. Misteri della mente umana.

A Firenze, l'Italia ha giocato una partita di allenamento contro la Lucchese, che milita in Serie C. Vittoria della Nazionale per 5-1. I toscani si erano portati in vantaggio con Federico Caputi, ma poi sono stati sovrastati dagli Azzurri. Sugli scudi Riva (autore dei due goal che hanno ribaltato il punteggio, dallo 0-1 al 2-1), Claudio Sala e Prati. Proprio Pierino Prati è furente, alla fine della partita, per i fischi ricevuti dal pubblico viola, non per livore, ma in quanto sostenitori della Fiorentina. La colpa di Prati? "Rubare" il posto all'idolo di casa, Luciano Chiarugi. Così dice lui. Ma dice anche che i fischi li riceveva anche quando giocava al posto di Riva infortunato. Ma non è allora che ci siano altre motivazioni? Che ignoriamo completamente. In ogni caso, anche se non stravediamo per Prati, non ci sembra per niente giusto che un atleta venga fischiato gratuitamente. Come se noi, a Cagliari, fischiassimo Dino Zoff quando si avvia a prendere posizione nella sua porta, perché sta occupando il posto in Nazionale che vorremmo fosse di Albertosi: non ce lo sogniamo nemmeno! Solo applausi per lui e sentiti profondamente. Prati ha dichiarato che chiederà che le partite di allenamento si svolgano a porte chiuse. I giocatori che dicono ai dirigenti quel che debbono fare. Se capitasse una cosa del genere in un piccolo club, io credo che quel giocatore avrebbe vita (sportiva) breve. Ognuno dovrebbe stare al suo posto. Prati non immagina nemmeno quanti giocatori vorrebbero essere al suo posto e beccarsi tutti i fischi del mondo, pur di giocare a quei livelli.

Non dimentichiamoci della Lucchese: di dare uno sguardo ai giocatori schierati. Oltre al già citato Caputi, ci piace segnalare l'attaccante Gregorio Basilico e il ventiduenne portiere Franco Mancini, che nel secondo tempo ha difeso i pali della Nazionale (nel primo tempo hanno giocato Albertosi nella Lucchese e Zoff a guardia della porta della Nazionale, mentre nella ripresa è uscito di scena Albertosi e Zoff è passato a difendere la porta della Lucchese).

Intanto in quel di Vienna... I giornalisti attaccano il selezionatore austriaco per aver convocato Hof. A parte il pessimo stato di forma del giocatore (passato quest'anno al Rapid Vienna), lì ne fanno una questione di opportunità. Sanno, in Austria, che per la stampa italiana Hof è "Il Killer di Riva". E quindi pensano che da noi ci sarà una sorta di insurrezione popolare, nel vederlo nel nostro territorio, e che faremmo di tutto pur di vederlo morto. Ma non siamo ancora a questo punto. Pensiamo, noi Italiani, di avere ancora un po' di sale in zucca. Diciamolo francamente. Anzi, dico la mia, francamente, per quando possa interessare davvero poco: non credo Hof non volesse far male a Riva. L'intervento è stato davvero durissimo, gratuito e cattivo. Ma poi ho guardato tante volte la immagini di quell'episodio: quando si è reso conto di averla combinata troppo grossa ho visto un giocatore completamente suonato, quasi in trance, come dire "che cavolo ho fatto!". Non sentiva nemmeno i compagni che, allibiti, gli dicevano, "ma che hai fatto, gli hai rotto una gamba". Norbert Hof, ripetiamo per l'ennesima volta: mamma italiana, parla benissimo la nostra lingua. Dice che Riva l'ha trattato meglio di tutta la stampa austriaca, non accusandolo di niente e non vedendo l'ora di salutarlo, accettarne le scuse anche di persona e chiudere definitivamente questa storia. Probabilmente si scontrerà a centrocampo con Benetti. Se Romeo si sveglia male, temiamo che per Hof non sarà una bella giornata.

Ed avevano proprio senso i dubbi della vigilia: questa è una Nazionale sbagliata. Non si è andati oltre un pareggio per 2-2 con l'Austria. E a un certo punto si era messa anche male. Come si fa a mettere tre punte in campo sapendo che a centrocampo non c'è nessuno in grado di servirli? De Sisti avrà mille doti, ma non è un Rivera. Se la stampa lo chiama "Piede Corto" ci sarà pure un motivo. In più, ribaltando la questione, sapendo che non ci sono centrocampisti in grado di fare lanci lunghi precisi o passaggi smarcanti, cosa metti tre punte a fare? Almeno tenta con una classica ala destra che cerchi di andare sul fondo e metter dentro qualche cross. Invece niente. I goal azzurri dimostrano proprio che questa è la tesi giusta. Nel primo caso, il cross, da sinistra, avviene per caso. Nel senso che sono i tre attaccanti a costruirsi l'azione da soli ma solo perché Gigi è andato a pressare i difensori austriaci, è riuscito a soffiare palla a Eigenstiller e Sara sulla linea del fallo laterale alla sinistra del nostro attacco. Riva tocca di esterno su Boninsegna, che ricorda anche lui di esser stato ala sinistra, capace di andare sul fondo e crossare, non solo come ha fatto in occasione del 4-3 di Rivera in Messico, ma anche tantissime volte negli anni a Prato e Potenza, dove erano Taccola (Romano) e Bercellino (Silvino) a segnare goal a grappoli (rispettivamente 19 e 18) anche grazie al suo lavoro sulla sinistra. Bonimba crossa preciso verso Prati, l'unico dei tre bomber a trovarsi in quel momento in area, che sovrasta in elevazione il suo marcatore Pumm e da 4-5 metri batte imparabilmente Antrich (che forse avrebbe potuto tentare l'uscita alta, dato che di fatto Prati ha colpito da dentro l'area di porta un cross proveniente da fuori area di rigore). Nell'azione del secondo goal italiano, è proprio quel che avevamo detto: cross dalla destra di Claudio Sala, finalmente subentrato a metà ripresa circa, e con tutte quelle punte fortissime di testa qualcuno la butterà dentro. Invece a sorpresa spunta in perfetto terzo tempo cestistico De Sisti e ci evita la figuraccia. Anche se la qualificazione era già in tasca, non è mai bello perdere davanti al proprio pubblico.

In mezzo ai nostri due goal c'erano stati i due goal austriaci. Il primo dovuto a una dormita gigantesca da parte dell'esordiente Tazio Roversi, che si è perso l'attaccante da marcare, il giovane Jara, il quale ha battuto di testa Zoff da due passi. Il secondo goal sempre causato da un esordiente, il romanista Sergio Santarini, che ha deviato con la schiena, ma in modo del tutto incolpevole e accidentale, un gran tiro scagliato da almeno venticinque metri da Robert Sara, rendendo inutile il tentativo di Zoff di prendere il pallone che dopo essersi impennato è caduto proprio nell'angolo alto alla sua destra.

181

Il resoconto individuale è presto fatto. Roversi bocciato implacabilmente. Non solo per l'errore nel primo goal avversario, ma proprio perché Sara lo ha saltato decine di volte. Non credo lo vedremo mai più in azzurro. Discorso quasi identico per i gemelli romanisti Bet e Santarini. Deludenti, non per errori grossolani, quanto per non aver dimostrato di avere spessore da Nazionale. Avranno altre chance? Molto difficile! Riva non è andato benissimo. Prati pure, che però ha segnato. E per un attaccante quello conta. Se uno fa un goal può non fare più nulla in tutta la partita che tutti gli diranno comunque bravo. Il migliore è stato Boninsegna, che ha lottato come un leone, per sé e per gli altri. Ah, Bedin ha giocato la ripresa, almeno sarà contento. Non è andato malaccio, onestamente. Nella confusione generale non poteva certo esser lui (abituato come è nell'Inter a recuperare palloni per poi darli a Corso o Mazzola) a creare ordine. E' alla seconda presenza (che noia però giocare sempre contro l'Austria), ma questa volta non dovrebbero passare cinque anni per un suo nuovo impiego. L'importante è che non si lamenti come sempre e si renda anche un po' simpatico. Non per noi, che tanto quanto ce ne frega, quanto per lui stesso, prima che lo facciano fuori per le continue esternazioni di malcontento.

E GIUNTO, PER FORZA, IL MOMENTO DEGLI ESPERIMENTI

UNA NAZIONALE TUTTA NUOVA

La nazionale a tre punte è una scelta definitiva

DELUDENTE DUE A DUE

ALL'OLIMPICO CON L'AUSTRIA

Mentre Valcareggi non accetta critiche e difende le sue scelte

DELUDENTE DUE A DUE

ALL'OLIMPICO CON L'AUSTRIA

Riva: "Un caos, che partitaccia,,

L'ITALIA HA RISCHIATO DI PERDERE

NAZIONALE A - N° 28 – GRECIA-ITALIA – 04/03/1972

Il Pireo (Atene) (Stadio Georgios Karaiskakis) – Sabato - h 15.00

GRECIA-ITALIA 2-1 – Amichevole

GRECIA: Hristidis, Dimitriou, Aggelis, Synetopoulos, Toskas, Sarafis (70' Eleftherakis), Koudas, M. Papaioannou (69' Paridis), Antoniadis, Domazos (cap.), Pomonis (79' K. Papaioannou).

C.T: Billy Bingham

ITALIA: Zoff, Burgnich, Facchetti (cap.), De Sisti, Rosato (66' Bedin), Cera, Mazzola, Benetti (46' Bertini), Boninsegna, C. Sala, Riva.

C.T: Ferruccio Valcareggi

Arbitro: Liuben Radunchev (Bulgaria)   Spettatori: 15.000

Marcatori: 12' Antoniadis, 19' Boninsegna, 55' Pomonis

Amichevole e inattesa sconfitta in terra greca. Subito in vantaggio i padroni di casa che sfruttano una corta respinta di Facchetti e immediatamente dopo sfiorano in due occasioni il raddoppio. Tre minuti più tardi è però Boninsegna a pareggiare, supera due avversarie

segna. Alla mezz'ora Riva centra i legni dell'incrocio su punizione, ma l'Italia si ferma qui. Nella ripresa gli Azzurri subiscono il raddoppio su azione di calcio d'angolo.

Amichevole in Grecia per la Nazionale. Valcareggi convoca diciotto giocatori: Albertosi, Zoff, Burgnich, Facchetti, Marchetti, Rosato, Cera, De Sisti, Bedin, Bertini, Benetti, Rivera, Sala, Domenghini, Boninsegna, Mazzola, Riva, Anastasi. La novità è la convocazione dello juventino Gian Pietro Marchetti. Nella Juve gioca da terzino, ma Valcareggi gli predice un futuro da libero della Nazionale. Sarà un mago o non avrà azzeccato manco questa? Ai posteri l'ardua sentenza. Ma io voto per la seconda. Non si capisce la convocazione di Facchetti, dato che per Domenghini è valsa in passato la regola di non chiamare chi non ha giocato in campionato. Invernizzi ha lasciato fuori Facchetti, nell'ultima partita a Torino, persa 2-1 contro i granata di Giagnoni, e ha affidato la maglia n° 3 a Gabriele Oriali. Semplicemente ridicola la spiegazione fornita da Valcareggi. Dice che Facchetti sta bene e che l'allenatore dell'Inter lo ha tenuto a riposo per un recupero sul piano psicologico. Allora averlo chiamato è anche peggio! Di questa partita, Torino-Internazionale, vorrei citare due cosucce. La prima: Giorgio Puia sistematicamente anticipato e umiliato da Boninsegna, tanto che, dopo il goal del pareggio di Bonimba, Giagnoni lo ha fatto uscire per fare entrare Crivelli, seppur centrocampista, ma in panchina lui aveva, come tredicesimo. In quel momento l'urgenza era togliere Puia. Perché cito questo fatto? Puia è uscito in lacrime. Mai era stato sostituito nella sua carriera per scelta tecnica. Sì, una volta, contro il Cagliari, non è rientrato nel secondo tempo, sostituito da Zecchini, ma era stato a causa di un risentimento muscolare. Giagnoni ha fatto bene, ci mancherebbe. Ma dispiace per Puia, che abbiamo imparato ad apprezzare anche nel contesto di questo racconto che stiamo portando avanti insieme. La seconda: ma voi l'avete visto l'autogoal che ha fatto Sandro Mazzola a sei minuti dal termine, decisivo per il risultato? No, perché tutti a premiare Niccolai come miglior autocannoniere del mondo, ma questo di Mazzola li batte tutti. Un tuffo bellissimo di testa, che nemmeno Gigi contro la D.D.R. Lido Vieri, anziché il pallone, fra le braccia si ritrova un pugno di mosche. La sua mimica è tale e quale a quella di Ricky Albertosi a Torino in occasione dell'autogoal (bellissimo, ma, ripeto, Mazzola è stato più bravo, ci ha messo pure il tuffo) al Comunale contro la Juventus. Anche Toselli si è dovuto piegare al gesto tecnico di Sandrino, e pur avendo in tutti i modi cercato di danneggiare il Torino (o avvantaggiare l'Inter, fate voi), per esempio negando un clamoroso rigore per fallo evidentissimo di Burgnich su Sala, ha dovuto convalidare il goal. Probabilmente era tentato di annullare l'autogoal per fuorigioco di Mazzola, era sì davanti a tutti, ma ancora non c'è la regola del fuorigioco del difensore. Peccato!

Data la relativa importanza della partita, tiene banco più che altro la discussione sulla situazione del campionato. Cinque squadre nel fazzoletto di tre punti, quando mancano dieci giornate al termine, rendono molto incerta e intrigante la situazione. Le cinque squadre sono Juventus (29 punti), Milan e Torino (27), Cagliari e Fiorentina (26).

Nella partitella di preparazione all'impegno greco, gli Azzurri hanno affrontato a Firenze i semiprofessionisti del Figline. Ininfluente riportare il risultato, ma da segnalare che Riva ha lasciato il campo dopo pochi minuti a causa di una contrattura muscolare. Che comunque non gli impedirà di essere presente ad Atene.

Frattanto mercoledì la Under 23 ha vinto una partita a Tel Aviv contro la Nazionale maggiore di Israele (qui "l'etiope" non c'era). E che ci interessa, direte. In effetti, anche a me, meno di zero, visto e considerato che non c'era nemmeno un giocatore del Cagliari. Ma cito questa partita perché Paolino Pulici, che ha segnato l'unico goal della partita, alla fine ha rilasciato un'intervista che lascia alquanto perplessi. Dice, il ventunenne attaccante del Torino, quando gli ricordano che talvolta viene chiamato "Il piccolo Riva", che preferirebbe somigliare a Boninsegna, piuttosto che a Riva. Legittimo, per carità. E noi che amiamo sì Riva, ma che anche Bonimba consideriamo uno dei nostri, non è che ci offendiamo. Non ci offendiamo ma restiamo perplessi. Anche perché, realmente, Pulici ha più di Riva che non di Boninsegna, a mio modo di intendere il calcio.

L'Italia presenta Claudio Sala al posto di Rivera, che lamenta un dolore alla coscia destra. Claudio Sala n° 10, Mazzola 7, De Sisti 4, Burgnich che gioca come libero nell'Inter e il "Valca", ancora inchiodato romanticamente al mondiale messicano, lo schiera terzino. Cera, stesso discorso. In Messico era libero, e allora giocava libero anche nel Cagliari (primo libero moderno della storia, tanto per chiarire), mentre nel Cagliari (dopo il recupero di Tomasini) è tornato al suo naturale ruolo di mediano. Facchetti che di fatto ha giocato da stopper sul lungagnone Antoniadis, perché temuto nel gioco aereo: e infatti ha segnato di piede. Mancavano insomma solo Boninsegna terzino sinistro e Riva a giostrare a centrocampo e avremmo vinto il premio di miglior formazione incasinata del mondo.

Vittoria per 2-1 della Grecia ma anche pessima partita da parte della squadra italiana. Anche Riva non ha brillato, poco assistito dai compagni di centrocampo. In particolare Claudio Sala non è in grado di dare i palloni puliti che dà Rivera, anche perché, come detto, nel Torino non fa certo il numero 10.Non si capisce (se non col solito palloso ritornello sulle "strisciate") l'utilizzo di ben sei giocatori dell'Inter. La squadra neroazzurra non sta certo brillando in campionato. Gli interisti in campo contro la Grecia hanno fatto quasi tutti una pessima figura. In particolare Bertini e Bedin, subentrati nella ripresa, hanno fatto una partitaccia. Le presenze di Facchetti e Bertini sono quelle che si spiegano meno di tutte, poiché domenica, come detto, nella partita che l'Inter ha giocato (e perso) a Torino contro i granata, il primo non è stato nemmeno schierato, mentre il secondo ha giocato solo l'ultima mezz'ora.

La vecchia nazionale azzurra domani a Atene collauda le sue forze per le finali europee

Umiliati gli azzurri dai greci

Che tonfo
ad Atene!

E' sempre la nazionale del compromesso

Disastrosa partita
della nazionale azzurra
ad Atene: 1-2

GRECIA-ITALIA 2-1 — Riva lascia partire un bolide su punizione che si stamperà all'incrocio dei pali

UNA SCONFITTA
CHE FA PAURA

Milano (Stadio San Siro) – Sabato - h 15.30

ITALIA-BELGIO 0-0 – Europei – Quarti di finale - Andata

ITALIA: Albertosi, Burgnich, Facchetti (cap.), Bedin, Rosato, Cera, Domenghini (46' Causio), Mazzola, Anastasi, De Sisti, Riva.

C.T: Ferruccio Valcareggi

BELGIO: Piot, Heylens, Martens (48' Dolmans), Thissen, Vanderdaele, Dockx, Semmeling, Van Moer, Lambert, Van Himst (cap.), Verheyen.

C.T: Raymond Goethals

Arbitro: Petar Nikolov (Bulgaria)   Spettatori: 63.549

Marcatori: -

Azzurri subito pericolosi con Riva, il suo sinistro è deviato in angolo da Piot. La pressione si allenta e sono i belgi ad attaccare reclamando anche un rigore al 43'. Secondo tempo con Causio, esordiente, al posto di Domenghini, che saluta la Nazionale. Anastasi, Mazzola

e soprattutto Riva impegnano la difesa belga, ma alla fine è Albertosi a evitare la sconfitta con una grande parata acrobatica.

Non credo che nessuno a Cagliari possa mai sbollire la rabbia, la delusione, per la giornata di campionato appena giocata. La situazione prima del fischio iniziale era la seguente: Torino 37, Cagliari e Juventus 36. Quart'ultima di campionato. Il Toro ha un incontro difficilissimo, contro il Milan quarto in classifica a 34 punti. La Juventus gioca in casa contro l'Inter, che quest'anno è una squadretta, ha 31 punti, sesta in classifica, ma come abbiamo visto nei precedenti impegni della Nazionale, ha una serie di elementi che sono ormai dei fantasmi senza più forze. Partita delicata solo sulla carta, e infatti la Juve la fa sua senza problemi, con Causio che addirittura fa una tripletta (lo ha marcato Oriali, per modo di dire, e non Facchetti, come la numerazione delle maglie lascerebbe intendere). Il Torino cade a Milano, danneggiato dall'arbitro (non avrete pensato a Toselli... eh sì, è proprio lui). Rigore per tuffo di Prati non appena Mozzini gli ha tirato un po' il braccio, roba da ridere! Ma i granata hanno molto protestato anche per il goal annullato a Toschi all'ultimo minuto per presunto fallo sul portiere. Punizione di Ferrini dalla trequarti, sullo spiovente si ostacolano Rosato e Cudicini, quest'ultimo perde palla, arriva Toschi e segna. Fallo di Rosato su Cudicini: peccato siano compagni di squadra: Rosato non gioca più nel Torino ormai da tempo. Onestamente, insieme con Rosato e Cudicini cerca di andare sul pallone anche Agroppi. E sembra proprio che Rosato sia stato spinto dal mediano granata, per poi franare su Cudicini, facendogli perdere il pallone. Sembra! Non ne siamo per niente sicuri.

E il Cagliari che ti combina? Incredibilmente pareggia al Sant'Elia contro il Varese ultimo in classifica e già matematicamente retrocesso in serie B. Un'occasione incredibile buttata alle ortiche. Grandissima delusione fra i tifosi. Dopo il goal al 6' di Carlo Petrini, che sfrutta una dormita collettiva della retroguardia del Cagliari, il solito Gigi Riva raddrizza la partita dopo tredici minuti, con un calcio di punizione bomba dal limite dell'area che non ha lasciato scampo a Fabris. Rimanevano 71' per fare nostra la partita. Macché! Niente da fare! Una prestazione desolante quanto si vuole, ma le nostre belle occasioni le abbiamo avute. Niente, il pallone non ne ha più voluto di entrare nella porta varesina. Riva è ben controllato da Dario Dolci e i suoi compagni non riescono a incidere. Negli spogliatoi qualche malumore, si dice, dei giocatori rossoblù, proprio nei confronti di Riva. Gli rimproverano la smania di voler segnare sempre e solo lui per sopravanzare Boninsegna nella classifica marcatori. Alla vigilia di questa 27^ di campionato, Boninsegna guidava con 19 reti e Gigi lo seguiva a 18. Ora sono pari, ma è una magra consolazione per gli esterrefatti tifosi cagliaritani. Un campionato disgraziato. Se consultiamo la nostra lampada del futuro, ci dice, intanto che siamo dei pirla, e che con i punti lasciati alle tre che retrocedono in serie B, pensate un po', avremmo vinto lo scudetto.

Vediamo le convocazioni: Albertosi, Cera, Domenghini e Riva del Cagliari; De Sisti (Fiorentina); Bedin, Burgnich, Facchetti, Mazzola e Vieri dell'Inter; Anastasi, Causio, Marchetti e Spinosi della Juventus; Benetti, Prati e Rosato del Milan; Sala (Torino). Fuori combattimento Boninsegna, Rivera e Zoff. Inspiegabilmente non convocato Bobo Gori. C'è Bedin che, così come nell'Inter, sembra aver "rubato" il posto di mediano a Bertini, nemmeno convocato. Roversi, Bet e Santarini spariti dai radar.

Mercoledì partitella di allenamento contro i ragazzi dell'Inter ad Appiano Gentile. Sempre l'Inter dei promettenti Bini, Larini, Mutti, Catellani, Manfrin, Skoglund, Nicoli. Dieci goal degli azzurri. Non ha partecipato Riva a causa di una leggera distorsione al ginocchio sinistro, che non desta preoccupazioni in vista della partita. Qualche dubbio invece Valcareggi lo nutre per quanto riguarda l'impiego di Benetti. Geopolitica, sempre maledetta geopolitica. Ma forse riesce a tirar fuori le unghie e a mandare in campo la squadra che ritiene migliore per l'occasione. Rivera invita i propri tifosi a non protestare. Bastava stesse zitto, nessuno aveva pensato di protestare per l'eventuale esclusione di Benetti. Del resto i milanisti avranno in campo Rosato, cosa vogliono... Non è mica come al Sant'Elia contro la Spagna che non impiegò nemmeno un rossoblù, roba da linciaggio (ovviamente simbolico), talmente fu grave la presa per i fondelli nei confronti del Cagliari e dei tifosi Cagliaritani, visto che da anni e anni i nostri giocatori costituivano parte essenziale della Nazionale. Pessimo comportamento! Ben ripagato con lancio di arance (che peccato!) e bordate di fischi. Con grande sorpresa da parte di Manlio Scopigno, che in quell'occasione dichiarò che in tutti questi anni a Cagliari ha sempre pensato che i tifosi del Cagliari non sapessero fischiare.

In realtà Rivera, lo sappiamo bene, si riferiva alle proteste dei milanisti per la sua squalifica. Al termine di Milan-Cagliari (rigore contestato dai rossoneri a tre minuti dalla fine concesso da Michelotti, trasformato da Riva, con conseguente sconfitta milanista), Rivera ha lanciato una serie di invettive contro tutto e tutti. In particolare contro la classe arbitrale e il suo capo Campanati. Ha detto chiaramente che il sistema è marcio ed è tutto sbilanciato in favore della Juventus. Cose che pensa tutta Italia e che per la prima volta un calciatore ha avuto, scusate, palle, per dirlo chiaramente. Io dico quel che penso, poi fate quello che volete, dice Gianni. In effetti, per la Federazione ora è un casino. Non sanno come squalificarlo. Perché se è facile dare undici giornate a un giocatore del Cagliari per una mandata affanc... all'arbitro, altra cosa è squalificare Rivera per una cosa molto più grave, per quanto condivisa da tutto il mondo calcistico, tranne quello zebrato. Alla fine se la caverà per una squalifica ufficializzata non immediatamente (figurati se gli facevano perdere il derby che si giocava la settimana seguente di Cagliari-Milan), ma dopo un mese di calmo cincischiamento. In sostanza gli hanno consentito di giocare un altro po' di partite, sì che poi con la squalifica sino alla fine del campionato alla fine perdesse solo cinque partite. Una vergogna incredibile, che alla fine sta a testimoniare che è vero quel che asserisce Rivera: che il calcio a questi livelli è pieno di gente marcia e piegata al potere delle grandi. Purtroppo per il Milan c'è qualcuna che è considerata più potente, ma anche i rossoneri non possono far finta che questa squalifica è una barzelletta, rispetto alle gravissime (ma ripeto: molto giuste) accuse mosse da Rivera al sistema calcio. Mi chiedo se queste cose le avesse dette Boninsegna al termine di Varese-Cagliari del 1967-68: probabilmente ora farebbe il panettiere o il geometra. Di sicuro al calcio non avrebbe più giocato.

Alla fine è stato solo 0-0. L'Italia non ce l'ha fatta a superare il Belgio. Riva non ce l'ha fatta a superare Piot. Valcareggi costretto a uscire da San Siro da un'uscita secondaria. Pubblico imbufalito per il risultato e per il mancato impiego di Benetti, come volevasi dimostrare. Il migliore dell'Italia è stato Burgnich, figuriamoci. Bedin (che ammettiamo di aver benevolmente preso di mira, poverino: così impara a lamentarsi quando non deve) ha offerto una prestazione insufficiente: su cento passaggi ne ha sbagliato centouno, se fosse possibile. Rosato ha faticato come una bestia contro il talento di Van Himst, che gli è sgusciato via più volte. E il fallo di mani commesso, giudicato involontario dall'arbitro, fa gridare allo scandalo in casa belga. Male anche Domenghini, che lotta ma senza nessun risultato apprezzabile. Riva parte bene, ma anche lui è sotto i fari della critica. Si dice voglia essere servito perfettamente, altrimenti lascia perdere. Che faccia insomma un po' lo schizzinoso. Bah, parole che ci lasciano anche abbastanza perplessi, dato che se non fosse stato per Piot le parole verso il nostro Campione sarebbero state di tutt'altro tenore.

Anche Riva con gli azzurri

Il Belgio ultimo ostacolo per l'Italia prima delle finali europee

TUTTE LE SPERANZE SU GIGI RIVA

0·0

L'ITALIA BLOCCATA DAL BELGIO A SAN SIRO

Riva ha collaudato il ginocchio con una serie di tiri micidiali

Non segnano gli azzurri senza idee

NAZIONALE A - N° 30 – BELGIO-ITALIA – 13/05/1972

Anderlecht (Bruxelles) (Stadio Émile Versé) – Sabato - h 20.00

BELGIO-ITALIA 2-1 – Europei – Quarti di finale - Ritorno

BELGIO: Piot, Heylens, Dolmans, Thissen, Vandendaele, Dockx, Semmeling, Van Moer (46' Polleunis), Lambert, Van Himst (cap.), Verheyen.

C.T: Raymond Goethals

ITALIA: Albertosi, Burgnich, Facchetti (cap.), Bertini (46' Capello), Spinosi, Cera, Mazzola, Benetti, Boninsegna, De Sisti, Riva.

C.T: Ferruccio Valcareggi

Arbitro: Paul Schiller (Austria)   Spettatori: 26.651

Marcatori: 23' Van Moer, 71' Van Himst, 86' Riva (rig.)

Italia fuori dagli Europei e non solo: finisce qui l'avventura azzurra per Cera, De Sisti e Bertini. Il Belgio parte forte e passa in vantaggio. Occasione per De Sisti, ma è bravo Piot. Raddoppio belga e poi Riva su rigore fissa il risultato finale. Italia fuori!

Toselli, sempre lui. Questa volta ci ha fatto perdere lo scudetto. Lo stesso arbitro che nel campionato 1969-70, due stagioni fa, a Palermo, col suo socio, il guardalinee Cicconetti, determinarono la squalifica di Scopigno per mesi e mesi. Non solo ce l'ha col Cagliari, il Toselli, ma è particolarmente attratto dal bianco e dal nero, forse è daltonico. Ed è certamente un caso se solo nel turno precedente di campionato ha avvantaggiato sempre quelli del bianco e del nero a strisce, determinando la sconfitta del Torino a Milano contro il Milan, in modo, a detta di tutti, scandaloso. Prendendo di fatto due piccioni con una fava: favore ai bianconeri, dando un finto contentino al Milan, che aveva rovesciato il tavolo contro la classe arbitrale dopo la partita di Cagliari. Bella, simpaticissima, la spiegazione che dà Toselli sul mancato rigore al Cagliari su un plateale placcaggio di Morini su Riva. "Sì, stavo per fischiare un precedente fallo del cagliaritano, ma poi, quando ho portato il fischietto in bocca, Riva era a terra ed ho lasciato proseguire. Ma, a parte che è una vergognosa ricostruzione, per dare credibilità al sistema sono convinto che se il designatore fosse Re Salomone si procederebbe al sorteggio integrale degli arbitri. Così è fin troppo evidente che è tutto uno schifo. Sempre i soliti, sempre i soliti errori, sempre a favore delle stesse. Pensate che Toselli ha respinto un calcio di punizione a due in area calciato da Riva. Cioè, si messo in mezzo per cercare, e ci è riuscito, di non far segnare il Cagliari. In casa cagliaritana tutti zitti, nessuno apre bocca per l'ennesimo torto subìto. Solo il consigliere Mariano Delogu ci prova, ma non ha la forza che potrebbe avere una clamorosa mandata al diavolo a tutti da parte del nostro presidente Paolo Marras, che pure ricopre un ruolo di alta responsabilità in Lega. Tutti zitti! Uno schifo! Sì, arrivano anche le dichiarazioni di Scopigno, che per questo viene deferito (ha detto che Toselli non era all'altezza della situazione). Ma ci vorrebbe un'azione forte. Riva per esempio in Juventus-Cagliari 1969-70, dopo il rigore parato da Albertosi, quando Lo Bello decretò la ripetizione voleva lasciare il campo. Ecco, ci vogliono azioni del genere. Farli giocare da soli, se il gioco non è pulito. Riva dice che se parla va in pensione. Non credo! Se non hanno mandato in pensione Rivera, perché avrebbero dovuto mandare in pensione lui? Per la Nazionale è certamente più importante Gigi di Rivera. Però ha ritenuto di non dover intervenire, di non fare la voce grossa, in sostanza di dire le stesse cose che ha detto Rivera dopo Cagliari. E se lui ha deciso così, come si suol dire: chi siamo noi per dire che ha sbagliato? C'è anche la risposta: non siamo nessuno!

Le convocazioni per Bruxelles: Albertosi, Cera, Riva; De Sisti; Bedin, Bertini, Boninsegna, Burgnich, Facchetti, Mazzola, Vieri (tutti dell'Inter); Capello, Causio, Marchetti, Spinosi; Benetti, Prati, Rosato. Visto che c'era poteva convocare anche Bini, Fabbian e Ghio: non si capisce in base a quale criterio si possano chiamare in Nazionale sette giocatore di una squadra che è settima in classifica a due partite dalla fine del campionato. Allora i tifosi della Roma, sesta, se ne devono aspettare almeno otto, no? Quanti convocati giallorossi? Zero! Per non parlare poi degli zero convocati del Torino, secondo in classifica. Devo trovare un termine nuovo: vergogna e schifo li ho già utilizzati in abbondanza. Lo Zingarelli mi suggerisce: disgusto, ripugnanza, nausea, voltastomaco. Non so scegliere il più adatto.

Rosato si presenta malconcio al raduno di Coverciano, a causa di una vecchia e leggera infiammazione al sartorio, che ora però ha presentato il conto. Rifà le valigie e torna a casa. Al suo posto, dopo aver letto la ramanzina che gli abbiamo fatto prima, Valcareggi convoca il romanista Bet (ma, per come è fatto lui, siamo sicuri che un pensierino al neroazzurro Mario Giubertoni lo ha fatto).

Nel test di Pistoia di mercoledì, il mago Valcareggi ha estratto dal cilindro dei nuovi compiti tattici per i due mediani, Bertini e Benetti. Benetti in realtà in questo momento è talmente in forma che sta giocando più avanti, ed è un elemento prezioso perché ha una duplice valenza, sa sia attaccare sia difendere. Nel test, Valcareggi ha chiesto a Benetti di giocare a ridosso delle punte e di tirare a rete il più possibile. Stessa cosa, i tiri da lontano, sono stati chiesti a Bertini. Col risultato che Boninsegna e Riva sono stati sorpresi parecchie volte nel guardarsi in faccia come a chiedersi: e noi cosa ci facciamo qui? Insomma, il test è stato definito disastroso dai presenti. Noi eravamo assenti, ma se non servi Boninsegna e Riva sei un disastroso a prescindere, sulla fiducia.

Alla fine è nuova fuga da uscita secondaria di Valcareggi. Uova marce e ortaggi a Linate hanno dato il "bentornati" agli Azzurri. Il Belgio ci ha battuto 2-1 e siamo fuori dagli Europei. Del resto, giocare a un tiro di schioppo da Waterloo non induceva a nessun tipo di ottimismo. Col C.T. azzurro, il bersaglio principale dei tifosi è stato Gigi Riva, accusato di non aver lottato adeguatamente pur di salvare le gambe. Scusatelo se già due le ha date in sacrificio per la Nazionale. Roba da pazzi! Gente che non ha di meglio da fare nella vita che andare in aeroporto a contestare gente che gioca a pallone. Non capisco, ma evidentemente sono io guasto. In base a quale concetto noi avevamo diritto di passare il turno e i belgi no, non è dato da intendere. Ora qualcosa sembra debba cambiare, in azzurro. Fuori molti "messicani", ma incredibilmente vogliamo tenere il timoniere. Valcareggi non si tocca, dice Franchi. Contento lui... Magari va a finire che vinceremo i mondiali di Germania '74, chi lo sa. Fra l'altro Valcareggi, dopo la partita, non voleva rientrare a Linate. Con la scusa di voler vedere i giovani azzurri impegnati nel Torneo Uefa, voleva andare a Barcellona. Il Presidente Franchi ha invece preteso fermamente che anche lui, zio Ferruccio, condividesse con i suoi giocatori la scorpacciata di ortaggi non proprio freschi che li attendeva a Milano. Disastrosi Bertini, De Sisti, Mazzola. A centrocampo si è salvato il solo Benetti che come al solito ha lottato come un leone, ma da solo non ha potuto certo fermare dieci forsennati belgi. Ora, giustamente, si va tutti a casa e si volta pagina.

Valcareggi chiede ai «messicani»
di compiere un altro miracolo

Una partita delicatissima per gli azzurri a Bruxelles

L'ITALIA NON PUÒ PERDERE

Gli azzurri escono dalla scena
del campionato d'Europa

CROLLANO A BRUXELLES I «MESSICANI»

E ADESSO
Valcareggi?

Eliminati
vergognosamente

Insulti e
pomodori
contro gli
«azzurri»

NAZIONALE A - N° 31 – ITALIA-JUGOSLAVIA – 20/09/1972

Torino (Stadio Comunale) – Mercoledì - h 16.30

ITALIA-JUGOSLAVIA 3-1 – Amichevole

ITALIA: Zoff, Spinosi, Marchetti, Agroppi, Rosato, Burgnich, Causio, Mazzola (cap.)(46' Rivera), Chinaglia (74' Anastasi), Capello (72' Benetti), Riva.

C.T: Ferruccio Valcareggi

JUGOSLAVIA: Marić, Krivokuća (79' Bogićević), Stepanović, Pavlović, Paunović, Katalinski, Petković (57' Popivoda), Nikezić (57' Vukotić), Santrač (46'Bjeković), Aćimović, Džajić (cap.).

C.T: Vujadin Boškov

Arbitro: Vital Loraux (Belgio)   Spettatori: 59.000

Marcatori: 54' Riva, 71' Chinaglia, 73' M. Vukotic, 83' Anastasi

Amichevole di inizio stagione, col nostro C.T. che propone la staffetta Mazzola, Rivera. Nel primo tempo una sola occasione azzurra di Riva, nella ripresa con Rivera la musica cambia. Nasce dal rossonero l'azione che porta al gol di Riva e anche il raddoppio è merito del "golden-boy". Accorciano le distanze gli slavi, grazie a un incerto Agroppi e poi Anastasi realizza il 3-1.

Impegno della Nazionale che precede il campionato ma segue il primo turno di coppe europee. Valcareggi è sempre in sella, come se fosse un totem intoccabile. Vediamo le convocazioni, giusto per cominciare a criticarlo con la nostra abituale simpatia: Albertosi, Zoff, Bellugi, Burgnich, Marchetti, Spinosi, Rosato, Bet, Benetti, Rivera, Capello, Causio, Agroppi, Sala, Riva, Anastasi, Mazzola, Chinaglia. Cosa ne pensate? Parlare male dei convocati, no, per carità. Ma siamo sicuri che le punte convocate siano migliori di Boninsegna? Gigi non fa testo, ovviamente. Bellugi è una riserva dell'Inter: ma è dell'Inter, ragazzi. È forte, però, meglio che non faccia lo spiritoso, qui ha ragione zio Uccio. Lasciato a casa anche Facchetti. Vi dico una cosa di quelle che rientreranno nelle vostre considerazioni catalogate come "chi se ne … !": a me non mai piaciuto tantissimo. Spinge ma è lento, non tanto come velocità ma come scatto nel breve. È lento e marca male. Del resto se Zagallo per batterci in Messico ha puntato principalmente a bucarci sul nostro settore sinistro, vuol dire che anche lui ha notato delle lacune nel nostro gigante buono. Domenghini e Nené nel Cagliari lo prendono sempre di infilata, ma quella è una "vigliaccata" da parte dei nostri, che partono a turno sulla destra e chiaramente lui non ci capisce più niente. È semmai l'allenatore che deve porvi rimedio, lui mica può badare a due uomini. Lasciato a casa anche Gianfranco Bedin. Nulla da dire: valutate voi chi vi piace di più, o di meno, fra Bedin e Agroppi. E poi ci sono lamentele e delusione da parte di vari altri, quali Furino, Bigon, Castellini (suggerito da Giagnoni). Insomma, tutti si sentono autorizzati a sentirsi da Nazionale. Al raduno di Torino, Agroppi chiarisce subito che lui è contento di essere stato convocato, perché ha un grande affiatamento con Rivera: insieme hanno giocato contro i carcerati di Pianosa! Sandro Mazzola, sentita la battuta di Agroppi, non vuole essere da meno e dice che ormai gli Interisti per andare al raduno della Nazionale viaggiano in Topolino (era abituato a noleggiare una corriera quando veniva convocata più di mezza l'Inter). Ci manca solo l'intervento di Erminio Macario e il cabaret sarebbe completo. Al raduno sono in ritardo i due cagliaritani, Albertosi e Riva. No, tranquilli, si sono svegliati in orario. È che sono reduci dalla trasferta in Grecia (Cagliari sconfitto dall'Olympiakos per 2-1). E' tornato direttamente a casa dalla Grecia, invece, Angelo Domenghini. Non prima di aver detto che i dirigenti della Nazionale sono degli incompetenti. Verrà deferito. Assurda questa cosa che uno non possa dire quel che pensa. Ma è un regime militare? Verrà deferito anche Bulgarelli: ha detto chiaro e tondo quel che pensano tutti: che in Nazionale vanno solo giocatori di Milano e Torino. Non stressatemi col fatto che in Messico c'era mezzo Cagliari: se non fosse stato che avevamo Riva, senza il quale la Nazionale valeva meno di zero, avrebbero fatto finta di non vedere tutti gli altri. Meno male che però ci pensa Albertosi a difendere Domenghini. Ricky dice che quelle parole sui tecnici della Nazionale, Domingo le avrebbe dette dopo una cena a base di pesce in ristorante e che forse sarà stato quel goccio di vino bianco in più a sciogliergli la lingua. Bella difesa! Domingo sarà contentissimo dell'arringa dell'amico Ricky che gli dà dell'ubriaco. Non mi vedete, ma ovviamente sto sorridendo per questo goffo tentativo di difesa di Albertosi. Ricky e Domingo del resto sono due idoli per chi scrive. No, perché il difetto delle cose scritte è che possono essere interpretate male, e prese per serie. E che in questo caso appaia come una critica verso i due. Questo succede quando chi scrive magari non è molto scaltro nel rappresentare con precisione il proprio stato d'animo del momento. Così siamo fatti, così vi chiediamo di prenderci, in tutta umiltà.

Undici goal nella partita di allenamento contro il Casale giocata sabato. Hanno segnato un po' tutti, inutile precisare. Diciamo solo che Gigi ha fatto due goal nel primo tempo, ad Albertosi. Nel Casale ci piace segnalare la presenza di Franco Nodari, ormai a fine carriera, dopo un buon passato in Seria A con l'Atalanta, con la quale ha anche vinto la Coppa Italia nel 1963 (quella della tripletta in finale di Domenghini).

A distanza di anni, ancora la storia della staffetta Mazzola/Rivera. Non se ne può più. Gira voce che i giocatori stessi preferiscano Sandrino al milanista. Non sono certo che fra questi ci siano le punte. Riva credo preferisca mille volte Rivera. Certo se non lo copri adeguatamente Rivera ti sbilancia la squadra, ma con due mediani ai lati Rivera ti lancia come nessuno è capace di fare. Mazzola invece prende palla, tenta di incunearsi in area egli stesso, non ha la genialità del passaggio filtrante di Rivera.

C'è gloria per tutti al termine della partita. L'Italia batte a Jugoslavia per 3-1 e la prestazione degli Azzurri è piaciuta. Mazzola e Rivera i più contenti di tutti. Ok la staffetta, ma hanno giocato entrambi molto bene. Talmente bene che alcuni tornano alla carica per cercare di farli giocare di nuovo insieme. Una sorta di gioco dell'oca infinito. Fai un pezzo di strada, ti sembra di aver risolto qualcosa, e invece poi, improvvisamente, devi tornare al punto di partenza. Il tecnico jugoslavo Boskov si schiera apertamente a favore di Rivera. Dice che Mazzola ha giocato da solo contro la loro difesa e infatti il primo tempo è terminato 0-0. Mentre Rivera ha illuminato il gioco con i suoi passaggi. E sono venuti i tre goal. "Un grande giocatore vede autostrade dove altri solo sentieri", è il pensiero di Boskov. Se gli dici che preferisci Mazzola lui ti risponde: "Penso che tua testa buona solo per tenere cappello". Un grande personaggio, l'allenatore jugoslavo, che conosce il nostro campionato anche per avervi militato da calciatore nella Sampdoria nella stagione 1961-62. Alla vigilia di una partita importantissima disse a un ragazzo disinteressato all'evento: "Se uomo ama donna più di birra gelata davanti a tv con finale, forse vero amore, ma non vero uomo".

Il goal di Riva ha sbloccato la partita. Agroppi sradica palla ad Aćimović e lancia Chinaglia. Da questi, pallone in profondità per Riva che brucia Marić in uscita. Ottima anche la partita del nostro campione. Nel primo tempo ha dovuto sopportare anche dei fischi da parte del pubblico, chissà poi per quale motivo. Si sa che Riva finché non segna è un'anima in pena, ma quando si sblocca si libera di tutti i freni ed allora diventa inarrestabile. Questa è stata la sua partita. Dopo il goal ha giocato più sciolto ed è piaciuto maggiormente.

Sarà l'ultima staffetta poi o Mazzola o Rivera

RIVA-CHINAGLIA TANDEM PERFETTO

Gli azzurri cercano la via del riscatto

Nasce tra le polemiche la nuova nazionale

Riva sblocca il risultato e tutto diventa più facile

GLI AZZURRI SODDISFATTI DOPO LA VITTORIA

Riva: all'inizio facevo il terzino

Prende forma e consistenza la nuova nazionale

Chinaglia spalla ideale per Riva Dietro Mazzola e Rivera insieme

NAZIONALE A - N° 32 – LUSSEMBURGO-ITALIA – 07/10/1972

Lussemburgo (Stadio Municipale) – Sabato - h 15.15

LUSSEMBURGO-ITALIA 0-4 – Qualificazioni Mondiali – Gruppo 2

LUSSEMBURGO: Zender, Da Grava, Hoffmann, Flenghi (cap.), Jeitz, Roemer, Dussier, Weis, Martin, Philipp, Bamberg (46' J.P. Hoffmann).

C.T: Gilbert Legrand

ITALIA: Zoff, Spinosi, Bellugi, Agroppi, Rosato, Burgnich, Mazzola (cap.), Capello, Chinaglia, Rivera, Riva.

C.T: Ferruccio Valcareggi

Arbitro: Robert Wurtz (Francia)   Spettatori: 9.378

Marcatori: 3' Chinaglia, 6' e 36' Riva, 62' F. Capello

Inizia il cammino verso i Mondiali con un avversario facile. Subito in gol Chinaglia e tre minuti dopo Riva raddoppia. Sempre Riva porta l'Italia sul 3-0, di testa, su cross di Agroppi. Partita che rallenta i ritmi. Nonostante questo gli Azzurri prendono due pali e fanno poker con Capello, smarcato da un duetto Riva-Rivera.

Campionato iniziato da due giornate. Si vede da subito che non sarà una buona annata per il Cagliari. Pareggio interno con l'Atalanta alla prima giornata e sconfitta a Vicenza nella seconda. Voci assurde che dicono Riva voglia essere ceduto. Anche se fosse vero, ora non sarebbe proprio possibile. Si dovrà attendere la fine del campionato. Ma a questa voce non crede nessuno. Più probabile che non ci sia un gran feeling con l'allenatore Fabbri. Tutto il Cagliari non gira: Niccolai è l'ombra di sé stesso; Cera gioca meglio da libero, ma lo si vuole a centrocampo dove invece cala di rendimento. Tomasini, del resto, è uno dei pochi che sta giocando bene. Fabbri sta schierando tre punte: Riva, Maraschi e Gori. A centrocampo non ce la fanno a filtrare tutto. Nessuna squadra è a punteggio pieno.

Valcareggi convoca per il Lussemburgo i seguenti giocatori: Albertosi, Zoff, Bellugi, Burgnich, Spinosi, Rosato, Bet, Roversi, Benetti, Rivera, Agroppi, Mazzola, Capello, Anastasi, Bettega, Causio, Riva, Chinaglia.

A Varese, sede del raduno azzurro, Riva fa sentire la sua voce circa il peso politico nel calcio. Il goal annullatogli su calcio di punizione a Vicenza lo ha fatto uscire dai gangheri. E noi questo lo aspettavamo da tempo. Ha detto che il Cagliari non conta niente nel calcio italiano. Che per ottenere dieci devi produrre quindici. Che se il Cagliari fosse di Milano o di Torino avrebbe vinto e vincerebbe altri campionati. L'anno dello scudetto, dice Gigi, gli altri litigavano fra loro e noi abbiamo avuto un contentino. E' la verità nuda e cruda. La cosa triste è che non cambia ugualmente mai niente.

E' Mazzola che indosserà le "7". E questa volta si lamenta l'ultimo arrivato, Causio. Gigi Riva fa una chiacchierata con la stampa. Gli chiedono come mai sino a poco tempo fa i giocatori del Cagliari in Nazionale erano sette e ora sono solo lui e Albertosi che è pure in panchina. Riva dice che il Cagliari ormai è totalmente da rifondare. Come si potrebbe dargli torto. Stiamo giocando in modo penoso e i (non) risultati ne solo la logica conseguenza.

Perché si dice che i rossoblù erano sette? Probabilmente hanno considerato l'azzurrabile Brugnera. O forse Tomasini, che stava facendosi le ossa nell'Under 23 e sarebbe stato lui molto probabilmente il libero titolare in Messico, se non si fosse infortunato. Vi immaginata un'Italia schierata con: Albertosi, Burgnich, Facchetti, Cera, Niccolai, Tomasini, Domenghini, Mazzola, Gori, De Sisti, Riva? Guardata che non è fantascienza! Era la

Nazionale che, visto come sono andate le cose, sarebbe stata certamente così. Salvadore stecca di brutto a Madrid: o metti Ferrante o Tomasini. Cera non avrebbe mai fatto il libero nel Cagliari, se non si fosse rotto Tomas. Cera però aveva praticamente rubato il posto di mediano a Bertini. Quindi il 4 era lui. E poi una volta che Anastasi è stato costretto al forfait la sua riserva era Gori, non certo Boninsegna, poi fatto arrivare dall'Italia in fretta e furia e inspiegabilmente schierato titolare. Sette titolari su undici. Non sarebbe stato male!

Questa contro il Lussemburgo è la prima partita verso i Mondiali di Germania '74. Si spera esserci anche noi. Il nostro è il Gruppo 2. Oltre a noi e al Lussemburgo, vi fanno parte anche Svizzera e Turchia. La squadra prima classificata accederà di diritto alla fase finale. Lussemburgo-Italia è la prima partita in programma nel girone. C'è un solo precedente fra le due nazionali. Si incontrarono alle Olimpiadi di Parigi del 1924. Vinse l'Italia per 2-0 con reti Baloncieri e Della Valle. Giuseppe Della Valle era un gran talento offensivo, forte, duro come la roccia e spigoloso. Capace di sfondare le difese con la sua prestanza fisica. Facile paragonarlo a un nostro conoscente. Della Valle segnava meno di Gigi, 6 reti in Nazionale in 17 presenze, ma ben 104 reti nel Bologna su 208. Media perfetta di un goal ogni due partite. Se ci fosse quel genio dalla logica pazzesca, direbbe che gli conveniva giocare direttamente la seconda. Mi riferisco a quel tipo che, saputo che un uomo malato di un determinato virus contagia mediamente 0,5 persone, bisogna che ci siano due malati insieme per contagiarne 1. Ma sto divagando. Della Valle è ricordato anche per la gran partita contro la Spagna che in porta aveva un certo Ricardo Zamora. Non segnò, ma fu suo il colpo di testa che indusse all'autogoal del definitivo 2-0 lo spagnolo Prats. Era una partita amichevole per l'inaugurazione dello Stadio Littoriale di Bologna, che poi è lo Stadio Comunale. Al termine della carriera, continuò a esercitare la sua professione di ingegnere. Nel Bologna, durante il trentennio di presidenza di Renato Dall'Ara, "Geppe" Della Valle ebbe il ruolo di vicepresidente.

Però, come da pronostico, abbiamo vinto facile. 4-0 e giocando solo per poco più di mezz'ora. Una volta sul 3-0 abbiamo badato a non sprecare energie per niente e a non rischiare infortuni. Riva implacabile: due goal ma senza forzare più di tanto. Primo goal di sinistro che il portiere forse avrebbe potuto anche intercettare, mentre il secondo non lo avrebbe preso nessun portiere: un pallonetto di testa all'incrocio dei pali che mai ci arrivi. Spettacolare il quarto goal italiano. Tutto merito di Rivera, che con un numero dei suoi, solleva il pallone da terra, fa un pallonetto per scavalcare la cerniera difensiva (si fa per dire) dei lussemburghesi, arriva Fabio Capello e calcia al volo il goal che chiude il punteggio della partita. Riva con questa doppietta si porta così a due reti da Silvio Piola. Ventotto goal in 32 partite per Gigi, trenta in 34 per Piola. Ma sono rispettivamente al terzo e secondo posto. Più avanti di tutti c'è Giuseppe Meazza con 33 reti (su 53 presenze).

PER L'INCONTRO COL LUSSEMBURGO

VALCAREGGI PUNTA ANCORA SU RIVA

Mazzola accetta il sette sulla maglia: è una bambinata litigare per i numeri

Inizia in Lussemburgo l'avventura mondiale

Gli azzurri hanno vinto facilmente a Lussemburgo: 4 a 0

E' cominciata bene la corsa verso Monaco

Gigi Riva portato in trionfo

Riva - Chinaglia e Mazzola - Rivera i nuovi inimitabili tandem azzurri

Fatta la nazionale per i mondiali '74

Berna (Wankdorfstadion) – Sabato - h 19.00

SVIZZERA-ITALIA 0-0 – Qualificazioni Mondiali – Gruppo 2

SVIZZERA: Prosperi, Ramseier, Hasler, Kuhn (63' Demarmels), Boffi, Mundschin, Balmer, Odermatt (cap.), Müller, Chapuisat, Jeandupeux.

C.T: Bruno Michaud

ITALIA: Zoff, Spinosi, Bellugi, Agroppi, Rosato, Burgnich, Mazzola (cap.), Capello, Chinaglia, Rivera, Riva.

C.T: Ferruccio Valcareggi

Arbitro: Kurt Tschenscher (Germania Ovest)   Spettatori: 53.070

Marcatori: -

Buona gara degli Azzurri nonostante il pareggio, anche se si notano alcune lacune in difesa. La prima emozione è per un'occasione degli svizzeri: bravo Zoff. Poi Chinaglia segna, ma in fuorigioco e Riva impegna Prosperi su calcio di punizione. Infine sempre il portiere elvetico salva su Rivera.

Si gioca a distanza di due settimane rispetto alla partita precedente. Il campionato ha giocato la sua terza giornata di andata. Al comando Milan, Roma e Napoli con 5 punti. Il Cagliari, seppur privo di Riva, riesce ugualmente ad avere la meglio sul Palermo. 2-0 il risultato, con goal di Martiradonna e Maraschi (su calcio di rigore). Guidano la classifica cannonieri, con 4 reti, Prati, Rivera e Valerio Spadoni (Roma). Clamoroso il 9-3 rifilato a San Siro dal Milan all'Atalanta. Il povero Pietro Pianta dopo il settimo goal subito, colto da una crisi di nervi, ha chiesto disperato la sostituzione (al suo posto è entrato Marcello Grassi).

I convocati sono: Roversi, Albertosi, Riva, Bellugi, Burgnich, Mazzola, Anastasi, Bettega, Capello, Causio, Spinosi, Zoff, Chinaglia, Benetti, Rivera, Rosato, Bet e Agroppi. C'era la voce che al posto di Roversi il nostro C.T. volesse convocare Adriano Fedele, sempre del Bologna, ma Fedele si è tirato indietro dicendo che lui a fare la riserva non va da nessuna parte. O gioca titolare o sta a casa. È stato a casa! E per la Nazionale credo dovrà mettersi l'anima in pace per sempre.

Valcareggi dichiara che potrebbe accontentarsi anche di un pareggio, in quel di Berna. Non è il caso di rischiare. C'è anche Silvio Piola a Solbiate Arno, in occasione della partita di rifinitura della Nazionale con la squadra locale, la Solbiatese. Piola dice che Riva supererà sia lui che Meazza. Vedremo! Afferma però che Riva non gli somiglia, perché lui calciava con entrambi i piedi. Non uniti, spero. Chinaglia, "lui sì, che mi somiglia", afferma Piola. Ora ho capito che tipo di giocatore fosse Piola, lo immaginavo tutto diverso, abbastanza tecnico. Invece gongola al pensiero di essere accostato a Chinaglia. Bah! A proposito di somiglianze, mi viene ora in mente una cosa. Un mio caro amico, ovviamente supertifoso di Riva e del Cagliari, ha sempre avuto il sogno di somigliare al suo idolo come calciatore. Ma la natura non era d'accordo. Scarso quanto si vuole, ma quando gioca non sono in pochi coloro che gli dicono giochi come Mazzola. Che in senso assoluto è un gran bel complimento, certo! E infatti fa ridere che lui si incavoli. Magari fosse anche efficace come Sandrino, anziché ricordarne solo lontanamente lo stile. Detto questo, mica ci siamo dimenticati della partita contro la Solbiatese. La Nazionale ha fatto undici reti, il nostro Gigi tre, tutte ad Albertosi. Riva ha giocato solo un tempo ed è saltato quindi il tanto atteso esperimento del duo d'attacco Bettega-Riva. Gigi alla fine del primo tempo ha accusato un indolenzimento muscolare e Valcareggi lo ha lasciato a riposo. Chissà Bettega quanto ci teneva e se avrà mai in futuro l'opportunità di giocare con Gigi.

Nella Solbiatese troviamo di nuovo Nicola Larini, che pare si stia specializzando a fare da sparring-partner alla Nazionale (l'anno scorso, ricorderete, lo abbiamo trovato nei ragazzi dell'Inter che "testarono" gli Azzurri in vista di Italia-Svezia). Ancora, nelle file dei neroazzurri di Solbiate, fra i giocatori più interessanti troviamo Giuliano Vincenzi, Domenico Volpati e la diciannovenne ala destra Ugo Tosetto. Fra l'altro l'unico componente degli Azzurri che è andato in difficoltà è stato Mauro Bellugi. Gli è capitato controllare Tosetto che si è dimostrato un brutto cliente. Ma questo perché? Perché Tosetto sarà sicuramente bravo, ma soprattutto perché Bellugi da terzino sinistro non lo vediamo proprio.

La partita è stata deludente. Non tanto per il risultato: il pareggio, 0-0, ci sta bene, come affermava Valcareggi alla vigilia. No, il problema è che sembra una Nazionale di fantasmi. Chi ha deluso più di tutto è il duo delle pseudo meraviglie, Mazzola/Rivera. Mazzola si è rimangiato tutte le promesse della vigilia e non ha mai curato la fascia destra. Rivera che qualche volta ha indispettito con quel suo atteggiamento, che conosciamo bene, ma che irrita: quando c'è da combattere lui si passa, continua a giocare sulle punte con tanti tocchetti inutili in una partita in cui bisognava invece sfoderare l'ascia di guerra. Riva ha sfiorato il goal in un paio di occasioni. La più clamorosa, una punizione bomba dal limite che il portiere non ha proprio visto, ma non perché era coperto, non ha visto per la velocità del pallone. Prosperi si è buttato a caso da tutt'altra parte, rispetto a dove stava andando il pallone, ma ha avuto la fortuna sfacciata di colpire il pallone col piede destro, mentre il corpo era totalmente disteso da tutt'altra parte. Nella ripresa, una grande preparazione di Gigi, per liberare poi un magnifico sinistro dai venticinque metri, molto forte, che ha sfiorato l'incrocio dei pali alla destra del portiere ormai fermo e rassegnato al goal. Ancora mi sento quell'urlo strozzato in gola. Rete annullata a Chinaglia, lanciato da Rivera dopo uno scambio con Riva a centrocampo, con Rivera che ha servito in velocità Chinaglia, mandandolo in goal. L'arbitro ha convalidato la rete, ma il segnalinee, sicuramente con grossi problemi di vista, ha segnalato un fuorigioco assurdo.

Non solo Chinaglia era in posizione regolare, ma aveva davanti il suo marcatore a mezzo metro e dietro a questi il libero svizzero distante un altro metro ancora. Una follia, una vergogna! Quando bastava rivedere le immagini. Ma il calcio marcio non vuole la tecnologia. Tutto devono decidere tre cristiani, che poverini sono in questo caso in buona fede, ma hanno toppato clamorosamente. In ogni caso il pareggio appare giusto. Anche Zoff, del resto, è stato autore di ottimi interventi, anche se in certe occasioni è apparso meno sicuro del solito.

Valcareggi conferma squadra e convocati

Valcareggi è sicuro che un pareggio equivarrebbe alla qualificazione mondiale

Prova decisiva per gli azzurri

Riva e Bettega insieme all'attacco nei programmi futuri di Valcareggi

Il pareggio che ci voleva

Riva non si dà pace: visto che sfortuna?

AZZURRI ALL'ASCIUTTO SE NON SEGNA RIVA

NAZIONALE A - N° 34 – ITALIA-TURCHIA – 13/01/1973

Napoli (Stadio San Paolo) – Sabato - h 14.30

ITALIA-TURCHIA 0-0 – Qualificazioni Mondiali – Gruppo 2

ITALIA: Zoff, Spinosi, Marchetti, Agroppi, Bellugi, Burgnich (cap.), Causio, Capello, Chinaglia (56' Anastasi), Rivera, Riva.

C.T: Ferruccio Valcareggi

TURCHIA: "Sabri" Dino, "Mehmet" Aktan, "Özer" Yurteri, "Muzaffer" Sipahi, "Zekeriya" Alp, "Ziya" Şengül (cap.), "Fuat" Saner(87' "Köksal" Mesci), "Bülent" Ünder, "Mehmet" Oğuz, "Cemil" Turan (82' "Osman" Arpacıoğlu), "Metin" Kurt.

C.T: Coşkun Özarı

Arbitro: Karlo Kruashvili (Unione Sovietica)   Spettatori: 60.815

Marcatori: -

Prestazione deludente degli Azzurri in chiave qualificazione, creano grande confusione non riescono a concretizzare. Sono 19 i calci d'angolo in favore e poi bisogna dire che il portiere Sabri, gioca la partita della vita parando l'inverosimile.

Si torna in campo per la quinta partita del Gruppo 2. L'Italia guida la classifica con tre punti, ma non tutte hanno lo stesso numero di gare giocate: troppo presto per fare i conti. I turchi hanno invece due partite come l'Italia, frutto di una vittoria nell'ultima partita giocata, in casa contro il Lussemburgo. Il problema per la squadra diretta da Coşkun Özarı è che nella partita precedente, la terza di tutti gli incontri del girone, è andata a far visita al Lussemburgo ed è stata inaspettatamente sconfitta (2-0).

Piccola parentesi. Coşkun Özarı. Alzi la mano chi aveva mai visto una "ı" senza il puntino. Può essere comodo sapere che non è un errore. Magari vi capita uno scambio epistolare con le famosissime, ma anche molto criticate, ragazze di Truva. Oppure con una bella fanciulla di lingua azera o tatara. Per non parlare di quante belle donne ci sono che masticano senza problemi il tataro di Crimea (non è una brutta cosa: è anch'essa una lingua). E ci fareste un figurone, mostrando questa pillola di smisurata cultura.

Ma il campionato di serie A? Non lo abbiamo messo da parte. È che il Cagliari sta facendo male, rispetto alle aspettative e al palato che c'eravamo fatti da anni. Abbiamo tentato di sviare il discorso parlando di i con puntini o senza, di località solo apparentemente sconosciute. Ma ora eccoci qui! Il Cagliari è miseramente nono in classifica. Ben otto sono i punti di distanza dalla Juventus, che è in vetta. Che noia! In testa alla classifica marcatori ci sono Pulici e Rivera con 8 reti. Riva finora ne ha segnato quattro.

Vediamo i convocati: Zoff, Albertosi, Bellugi, Burgnich, Spinosi, Rosato, Bet, Marchetti, Capello, Causio, Benetti, Rivera, Agroppi, Gori, Riva, Anastasi, Chinaglia e Prati. Mazzola è indisponibile.

Nella solita partitella di allenamento, l'Italia questa volta ha affrontato il Napoli "Primavera". Hanno segnato Riva e Motti. Motti ovviamente è degli "allenatori", E' stato infatti un imbarazzante 1-1. Non solo. La partita l'ha arbitrata Valcareggi, che ha negato due chiari calci di rigore ai ragazzi partenopei. Ricevendo in cambio bordate di fischi e critiche da parte del pubblico. L'eroe della giornata è proprio Alberto Motti, un ragazzo che il Napoli ha rilevato dalla Juventus, in comproprietà, nel contesto dell'operazione che ha portato Dino Zoff in bianconero. A parte la curiosità del risultato, non siamo rimasti impressionati dalla qualità dei ragazzini napoletani. Non notiamo giocatori che possano avere un futuro sicuro in serie A o B, anche questo Motti, alla fine, non siamo tanto convinti diventerà un grande.

Al termine della partitella, Riva non si è detto per niente preoccupato dei fischi dei napoletani. E' chiaro che facevano il tifo per i loro ragazzini. Ma contro la Turchia, dice Gigi, non ci saranno problemi, il pubblico sarà tutto con gli Azzurri. Piuttosto, dice che lui ha un grosso rimpianto: rifarebbe la finale contro il Brasile non a 2.400 metri sul livello del mare. Non è convinto sarebbe andata allo stesso modo. Meno male! Sono anni che lo diciamo anche noi. Se Gigi non avesse avuto il problema dell'aria rarefatta in quel mondiale avrebbe fatto venti goal. Del resto, chi cavolo sono mai Brito e Piazza per fermare un fuoriclasse come Gigi, che quando sta bene non lo tiene nemmeno la coppia Barabba stopper e il suo compagno del Nazaret F.C. libero? Detto con rispetto, eh (anche se ho detto "cavolo"). Oh Signore! Ora che ci penso: ma non è che la coppia centrale di Israele in Messico... No, dai! Non ci voglio credere!

Valcareggi dà spiegazioni circa l'esclusione di Morini. Non dà spiegazioni per esempio sull'esclusione di Ripari del L.R. Vicenza, Spadetto della Sampdoria, Ballabio del Palermo, cito a caso. Perché uno si deve giustificare se non convoca un giocatore "strisciato", spinto dalla stampa locale? Mi taccio!

E' 0-0. Si parla addirittura di mezza Corea, per questa partita. Non portando nessun rispetto per gli avversari e anche sopravvalutando i nostri. Pesanti giudizi da parte degli "esperti". Questi esperti di calcio che si danno arie da esperti di fisica nucleare, poveracci! E' una partita, ragazzi! Noi non siamo riusciti a ingranare, i turchi non hanno rubato niente. E vogliamo parlare di tutto quello che ha preso Sabri? Non ne avete idea! Per Sabri intendo il portiere turco, sia chiaro. Di cognome fa Dino, ma gli piace farsi chiamare col suo nome di battesimo, Sabri. Pensate che casino se anche il nostro portiere facesse la stessa cosa, anziché farsi chiamare Zoff. Non si capirebbe più niente.

A parte Valcareggi, sapete chi è l'imputato numero uno di questa Italia che non va? Gigi Riva. Viene proprio massacrato dalla stampa. Purtroppo questa volta dobbiamo ammettere che Riva e Chinaglia hanno steccato. La squadra turca si è chiusa bene e non c'è stato niente da fare nemmeno quando a

223

Chinaglia è subentrato un folletto come Anastasi. Fra i tanti tecnici che hanno assistito alla partita, c'era anche Manlio Scopigno, ex allenatore del Cagliari. Scopigno ha difeso Riva dicendo che è stato impiegato male. Non si può chiedere a Gigi di stare così centrale, in più pestandosi i piedi con Chinaglia in una selva di difensori turchi che sembravano essere centomila. Riva per rendere al massimo deva muoversi di più. Non può aspettare palla al limite dell'area. È un problema da risolvere e che si sta trascinando dai Mondiali in Messico, dice "Il Filosofo".

Ora la situazione del girone ci vede sempre in testa, con 4 punti in tre partite. Ma la Svizzera ha giocato una sola partita (tutte le altre squadre ne hanno giocato tre) ed ha 1 punto. A questo punto diventa l'avversaria più pericolosa. Non dobbiamo sbagliare nello scontro diretto che si giocherà a ottobre. Ma prima ancora non dobbiamo perdere nemmeno un punto con la stessa Turchia in trasferta a febbraio e in casa col Lussemburgo nel mese di marzo.

GLI AZZURRI PER ITALIA - TURCHIA

Convocato
anche Gori

in allenamento

La nazionale delude nella prova generale al San Paolo

Fischiati gli attaccanti azzurri
che segnano un solo gol con Riva

Oggi a Fuorigrotta terza partita di qualificazione per la Germania

L'Italia riprende il cammino mondiale

*I messicani non hanno lasciato eredi
ma Valcareggi continua a sbagliare*

Il rinnovamento della rappresentativa azzurra viene effettuato con troppa caute
la e tra tanti compromessi che finiscono per condizionare una squadra priva di slan
cio atletico e della fantasia necessario per adattarsi a qualsiasi congiuntura tattica
così siamo stati umiliati dai turchi che calcisticamente non erano e non sono nessuno

Non è soltanto
colpa di Riva

Vergognoso zero a zero della nazionale a Napoli

Non siamo riusciti a battere i turchi!

NAZIONALE A - N° 35 – TURCHIA-ITALIA – 25/02/1973

Istanbul (Stadio Mithatpaşa) – Domenica - h 14.30

TURCHIA-ITALIA 0-1 – Qualificazioni Mondiali – Gruppo 2

TURCHIA: "Sabri" Dino, "Mehmet" Aktan, "Özer" Yurteri, "Muzaffer" Sipahi, "Zekeriya" Alp, "Ziya" Şengül (cap.), "Metin" Kurt, "Cemil" Turan, "Mehmet" Oğuz (64' "Osman" Arpacıoğlu), "Fuat" Saner(85' "Köksal" Mesci), "Bülent" Ünder.

C.T: Coşkun Özarı

ITALIA: Zoff, Spinosi, Facchetti (cap.), Furino, Morini, Burgnich, Causio, Mazzola, Anastasi, Capello, Riva.

C.T: Ferruccio Valcareggi

Arbitro: Abdelkader Aouissi (Algeria)   Spettatori: 22.990

Marcatori: 35' Anastasi

Campo difficilissimo, Valcareggi fa ricorso al blocco Juventus e torniamo in corsa perla qualificazione. Rientra Facchetti. Riva impegna Sabri su punizione, bravo a parare anche sulla ribattuta di Mazzola. Dopo un'altra occasione di Riva, arriva il gol di Anastasi, su lancio di Capello. Gol annullato a Causio, ma finisce bene così.

Otto convocati della Juventus, manco fosse tornato il Grande Torino. Quel che fa più specie è che il più forte di tutti, Roberto Bettega, è l'unico a non esser stato convocato dei giocatori in campo nell'ultima partita di campionato contro il Milan a San Siro (2-2). Gli altri due sono l'ormai trentatreenne libero Salvadore e Altafini, che è brasiliano. In testa alla classifica del campionato ci sono appaiate Juventus e Milan. Del Milan è stato convocato il solo Benetti. Mistero! Vediamo l'intera lista: Zoff, Albertosi, Burgnich, Facchetti, Spinosi, Marchetti, Morini, Furino, Capello, Agroppi, Benetti, Sala, Mazzola, Pulici, Chinaglia, Riva, Anastasi, Causio. Sembra proprio che i giornalisti abbiano già fatto la squadra. Dicono a Valcareggi di far giocare Morini, perché da due anni è lo stopper più in forma del campionato. Rosato non viene convocato, per un problema fisico. Non sarà questo il caso, però un po' troppe volte i giocatori in odore di accantonamento lamentano dolori strategici. E la stampa dice anche a Valcareggi di far giocare Furino al posto di Agroppi. Da notare che nell'ultima partita disputata dalla Nazionale, nel grigiore di una prestazione generale decisamente insufficiente, uno dei pochi che si era salvato, giocando una partita più che degna, era stato proprio Agroppi. Sì, ma sai, devono giocare tanti juventini: Furino ha più affiatamento con i compagni. Non si era fatto questo discorso con Gori in Messico, per esempio. Nella prima partita contro la Svezia in campo c'erano cinque rossoblù: Gori aveva più affiatamento di loro rispetto a Boninsegna. Gli interisti in campo erano "solo" quattro. La frittata, insomma, viene sempre rivoltata a favore delle solite. Cosa pretende quell'Agroppi se solo fa parte della squadra sbagliata di Torino?

Riva è in dubbio per Istanbul. Contrattura all'adduttore della coscia destra. Ha sentito il dolore proprio alla fine della partita del Sant'Elia con l'Inter. Vittoria di Gonella per 3-2 contro il Cagliari. Sì, ormai mi sono stufato, è sempre la solita storia. E non è che me l'hanno raccontato: se uno è lì non ha bisogno di informatori. L'arbitro ne ha combinato una più di Bertoldo, ma anche di Bertoldino e della moglie dal nome sexy Marcolfa (che poi è la dolce nonnina di Cacasenno). Ma non ci vogliamo prendere rabbia, giusto? Andiamo avanti! Dicevamo di Gigi. Addirittura per poco non ha dovuto arrestare la sua corsa mentre prendeva la rincorsa per il calcio di rigore all'88' del definitivo 2-3. Il dolore è stato parecchio forte.

Avete visto che è stato convocato di nuovo Facchetti? Erano sei partite che era stato accantonato. Ma a Cagliari ha giocato una buona partita. Ruolo? Ha marcato Gigi Riva. E molto bene, assicuro! Quindi è pronto per tornare in Nazionale. Ovviamente uno normale penserebbe nel ruolo che ha ricoperto in campionato: stopper. Macché! Tornerà a fare il terzino. Sono queste le cose che fanno uscire di testa gli appassionati di calcio, quelli veri. Che senso ha tutto questo? Mettilo stopper al posto di Morini. Oppure fai giocare Morini e Facchetti lo lasci in panchina, non ha nemmeno il sederino d'oro per non poterlo poggiare in panca. Niente, zio Uccio non ragiona come la plebaglia dei tifosi. Ti chiamo e giochi terzino. Marchetti (che anche lui ha fatto una gran partita domenica, contro il Milan, e segnando pure) ringrazia!

Ce l'abbiamo fatta! L'Italia ha battuto la Turchia per 1-0 e ora il cammino verso i Mondiali di Germania preoccupa molto meno rispetto alla partita precedente. Il goal è stato segnato da Pietro Anastasi. Anche oggi Sabri ha fatto un numero incredibile. Una bella punizione di Riva è stata respinta del portiere turco, arriva sulla palla Mazzola, il goal sembra fatto, ma il Dino turco riesce miracolosamente e deviare da terra oltre la traversa. Non abbiamo avuto altre limpide occasioni da rete. Se non un affondo di Riva nel secondo tempo che ha anticipato il portiere che gli usciva sui piedi, ma il pallone gli è sfuggito sul fondo. La classica azione che se trovi un attaccante in malafede, ti lascia il piede lì, aspettando che sbatta sul portiere, ed è rigore sacrosanto.

Annullata per fuorigioco una rete di Causio su passaggio di Riva. Il giocatore della Juventus aveva davanti a sé un difensore, solo uno. Causio era infatti oltre il portiere Sabri, al momento del tiro-cross di Riva. Forse Causio era addirittura in linea con Riva, al momento del passaggio di quest'ultimo (sul primo tiro, a momenti uccide il portiere Sabri, dalla violenza con cui gli ha sparato addosso; sulla ribattuta poi il servizio per Causio).

Riva ha giocato una buona partita. Ha lottato come un vero guerriero e quando lo fa per gli avversari sono problemi seri. Ma il problema serio lo abbiamo anche noi, poiché con un Gigi così in palla non siamo riusciti a servirlo adeguatamente. Tranne, bisogna dirlo, in occasione del goal annullato a Causio. Il suggerimento di Capello per Riva è stato di rara bellezza, un esterno destro con contagiri, su cui Gigi è giunto col passo giusto e solo un grande Sabri in uscita gli ha respinto il bolide di sinistro. Secondo me ora Sabri Dino fa parte del premiato coro delle voci bianche del quartiere di Beşiktaş. Mi sbaglierò!

Ora la classifica ci vede al comando con 6 punti in quattro partite. La Turchia, stesso numero di partite, è seconda con 3 punti. La Svizzera ha sempre una sola partita giocata ed ha 1 punto. Teoricamente potrebbe anche illudersi di essere virtualmente in testa alla classifica.

Valcareggi trasferisce in azzurro il blocco della Juventus

NASCE UNA NAZIONALE BIANCONERA

Valcareggi promette una partita d'attacco
per liquidare la Turchia nei primi minuti

Riva ancora in dubbio

RIVA PARTE

IN CAMPO CI SARA' ANCHE RIVA

OGGI TURCHIA-ITALIA
Si spera
nei goal
di Riva

Servito poco
Gigi Riva
in gran forma

Vittoria a Istanbul con un goal di Anastasi e Riva in gran forma
Gli azzurri verso i mondiali

1-O

L'Italia liquida la Turchia

NAZIONALE A - N° 36 – ITALIA-LUSSEMBURGO – 31/03/1973

Genova (Stadio Luigi Ferraris) – Sabato - h 15.30

ITALIA-LUSSEMBURGO 5-0 – Qualificazioni Mondiali – Gruppo 2

ITALIA: Zoff, Sabadini, Facchetti (cap.), Benetti, Spinosi, Burgnich, Mazzola, Capello, Anastasi (44' Pulici), Rivera (83' C. Sala), Riva.

C.T: Ferruccio Valcareggi

LUSSEMBURGO: Zender, Kirsch, Da Grava, Hansen, Jeitz (cap.), Fandel, Dussier, Philipp, Braun, Trierweiler (85' Weis), Langers.

C.T: Gilbert Legrand

Arbitro: Abdelkader Aouissi (Algeria)   Spettatori: 22.990

Marcatori: 18' e 45' Riva, 63' Rivera, 70' e 80' Riva

Partita facile, esordio di Sabadini e centrocampo strutturato diversamente dal solito. Il primo gol di Riva è grazie a una papera del portiere. Raddoppio sempre di Riva, che, su

233

suggerimento di Rivera, semina gli avversari e segna. Nella ripresa gol di Rivera e poi in acrobazia altri due gol di "Rombo di Tuono".

Altra partita valida per la qualificazione ai Mondiali tedeschi. Questa volta l'avversario è il più debole sulla carta. Si arriva a questo impegno dopo la 23^ giornata di campionato, che ha visto la vittoria delle prime tre in classifica, Milan, Juventus e Lazio. Il Milan ha vinto in casa contro la Roma, la Lazio all'Olimpico contro l'Atalanta, la Juventus ha battuto il Cagliari al Sant'Elia con un goal di Altafini. E questa volta non possiamo nemmeno appellarci alle malefatte dell'arbitro: Angonese non ha nessuna colpa. È la squadra che è a pezzi. Edmondo Fabbri non riesce proprio a farla girare. Il Cagliari occupa l'ottava posizione, ma dal terzultimo posto ci dividono solo cinque punti. Mancano ancora sette partite e non è che si possa stare molto tranquilli. Soprattutto perché la squadra appare vuota, senza grinta né energie.

In chiave azzurra è curiosa la classifica dei marcatori. In testa c'è Paolo Pulici del Torino con 15 reti, seguito da Rivera con 14. Poi Chiarugi a 10. Riva, considerando la classifica deficitaria del Cagliari è riuscito a segnare finora 9 goal. La curiosità sta nel fatto che comunque Gigi è davanti agli altri attaccanti nel giro della Nazionale. Giocatori di squadre che in classifica stanno parecchio più in alto del Cagliari. Boninsegna e Chinaglia hanno segnato 8 reti, Anastasi e Prati 6. Chiarugi a 10 reti non fa testo: non lo consideriamo un bomber. Chiarugi di ruolo fa il Chiarugi: dribbla, corre, fa casino, ma come senso innato del goal non lo si può considerare alla stregua di Bonimba, Pulici, Chinaglia. Figuriamoci di Riva…

E comunque la partita della Juventus, dei nazionali della Juventus, non è stata una passeggiata. Dal Sant'Elia sono usciti malconci Furino, Morini e Causio. Oltre a Silvio Longobucco che non potrà rispondere alla convocazione di Enzo Bearzot per la nazionale Under 23 per l'amichevole contro il Portogallo a Lisbona. A proposito di Longobucco: a Cagliari ha giocato n° 3, terzino sinistro titolare. Sino al 31' non solo aveva neutralizzato agevolmente Domenghini, ma aveva partecipato alle azioni più pericolose della Juventus (risolte il più delle volte da un sempre grandissimo Albertosi). Al 31' Longobucco si è infortunato. E chi entra al suo posto? Gian Pietro Marchetti. E se Marchetti, dopo aver perso il posto da titolare in azzurro, ha perso anche la "3" in bianconero, mi pare pacifico che non debba essere chiamato in azzurro. Prima di lui, non avranno più diritto, che so, Longoni della Fiorentina, Fossati del Torino o Pogliana del Napoli? Scherziamo? Meglio una riserva della Juve!

Altro bianconero messo ko dal match di Cagliari è stato Franco Causio. Ha avuto la disavventura di imbattersi in Riccardo Dessì. Al quale le progressioni in velocità fanno un baffo, dato che lui è stato campione di atletica, specialità staffetta veloce. In più Riccardo gli ha fatto sentire anche un po' di tacchetti sulle tibie, ed eccoti che il leccese questo giro azzurro lo fa da casa.

Vediamoli, i convocati: Zoff, Albertosi, Spinosi, Marchetti, Burghich, Facchetti, Sabadini, Benetti, Rivera, Mazzola, Re Cecconi, Capello, Sala, Anastasi, Pulici, Chiarugi, Chinaglia, Riva. Oltre ai già citati acciaccati, è rimasto a casa anche Agroppi, affaticato (dicono).

Malumori e mezze frasi di Riva al termine della partita con la Juventus, hanno messo in stato di allerta la tifoseria cagliaritana. Ha fatto intendere che, o gli fanno una squadra forte intorno, altrimenti potrebbe cambiare aria. Ora, in ritiro con la Nazionale, sembra abbia espresso la sua preferenza: sogna di andare al Genoa. Per incontrare di nuovo Arturo Silvestri, che lo ha lanciato nel Cagliari. E anche dove ci sono dei giovani di valore (Antonio Bordon, Bittolo, Maselli) su cui costruire un progetto interessante. Eventualmente si accontenterebbe anche di Milan, Inter, Juventus e Torino. Già dicendo così ha dato una lezione a queste squadre. Pensate di comprarmi? Bene, io a voi preferisco il Genoa. Come dire, chi pensate di essere? Io non mi faccio comprare dal vile denaro! Quella indetta per l'acquisto di Riva è una vera asta. Importo base 600 milioni. Inter e Juventus hanno diritto di prelazione, ma anche Milan, Torino e Genoa sono interessate. Gigi dichiara che a Cagliari non è più possibile giocare. L'Inter sarebbe disposta a dare in cambio Boninsegna e Corso, oltre a una bel gruzzolo di milioni. Il Milan darebbe Prati più soldi. La Juve tace, ma non è azzardato dire che si proponga Anastasi. A Genova si pensa a una sorta di azionariato popolare. Diecimila lire a testa per sessantamila sostenitori, fanno i seicento milioni necessari per l'acquisto. Gigi è sconfortato dalla piega che ha preso il Cagliari. Sta lì davanti ad aspettare palloni che arrivano raramente. Spaziando col discorso Cagliari, Gigi dice anche che la stagione migliore non è stata quella dello scudetto, ma quella precedente, 1968-69: "Uscivo dal campo che non ero nemmeno sudato, ma avevo due goal all'attivo. La squadra giocava per me". Siamo certamente d'accordo che quella pre-scudetto sia stata la formazione più forte nella storia del Cagliari. Longoni, Longo, Boninsegna, Nené fantastica ala destra e Brugnera n° 8, che deliziava il pubblico con la sua grande tecnica, Cera a centrocampo che era il regista basso, in pratica. L'emblema di quel Cagliari, nella mia mente, a parte quelli detti mille volte, Riva & Bonimba, etc., è la posizione di Albertosi: talmente non aveva niente da fare, perché gli altri non la prendevano mai, che il più delle volte stava almeno dieci metri fuori dall'area, braccia conserte, a godersi la partita.

Riva liquida la pratica Lussemburgo praticamente da solo. L'Italia vince 5-0 e Gigi ne segna quattro. Con questi quattro goal raggiunge quota 32 reti ed è a un solo goal dalla vetta, i 33 goal realizzati da Giuseppe Meazza. E' la prima quaterna di Riva in maglia azzurra. Non il primo giocatore in assoluto. Prima di lui segnarono quattro goal in una partita Carlo Biagi (nel 1936), Francesco Pernigo (1948), Omar Sívori (1961) e Alberto Orlando (1962).

Finalmente una nazionale costruita per segnare di più

Staffetta tra Anastasi e Pulici
Lascia perplessi Mazzola ala

SI ASPETTANO MOLTI GOAL AZZURRI

Per il titolo di capo-cannoniere azzurro

Riva ha superato Piola e ora tallona Meazza

Esaltata dal cannoniere rossoblu
la facile vittoria sul Lussemburgo

Cinque goal azzurri, quattro di Riva!

Ancora una volta il calcio azzurro si è identificato nel suo cannoniere

SE NON CI FOSSE RIVA, POVERA NAZIONALE

NAZIONALE A - N° 37 – ITALIA-BRASILE – 09/06/1973

Roma (Stadio Olimpico) – Sabato - h 18.30

ITALIA-BRASILE 2-0 – Amichevole (75° anniversario F.I.G.C.)

ITALIA: Zoff, Sabadini, Facchetti (cap.) (46' Marchetti), Benetti, Bellugi, Burgnich, Mazzola, Capello, Pulici, Rivera, Riva (46' Chinaglia).

C.T: Ferruccio Valcareggi

BRASILE: Leão, Ze Maria, Marco Antonio, Clodoaldo, Luis Pereira, Piazza (cap.), Jairzinho, Rivellino, Leivinha (46' Dario), Paulo Cesar Lima, Edu.

C.T: Mário Zagallo

Arbitro: Robert Héliès (Francia)   Spettatori: 75.000

Marcatori: 16' Riva, 76' F. Capello

Dopo la finale messicana si incontrano Italia e Brasile. Carioca noiosi e azzurri in vantaggio con Riva che sfrutta un errore di Leao. Brasiliani alla ricerca del pari e l'arbitro, pessimo, non concede loro due rigori e per di più convalida il raddoppio di Capello nonostante la palla non sia entrata in rete.

Amichevole contro i campioni del mondo del Brasile. Tutto fuorché una rivincita del Messico. Una partita fine a sé stessa, come tutte le amichevoli. Comunque partita che giocata dalle prime due del mondiale messicano riscuote certamente un certo interesse.

Si arriva a questo incontro a campionato concluso. Il Milan è stato superato sul filo di lana dalla Juventus, a causa dell'inopinata sconfitta all'ultima giornata a Verona, e alla contemporanea vittoria bianconera della Juventus sul terreno della Roma (rete decisiva di Cuccureddu a tre minuti dal termine).

Campionato concluso, ma fase finale di Coppa Italia in atto. Il Cagliari va a vincere sul Milan a San Siro con uno spettacolare goal di Riva, applaudito anche dal pubblico di casa. Al 20' della ripresa, calcio di punizione dalla linea di fondo, in prossimità della bandierina, procurato da Bruno Lombardi (schierato da Fabbri col n° 10). Batte Gori, Mancin anticipa Sogliano di testa, controllo e servizio per Riva, appostato all'altezza del dischetto del rigore. Stop e siluro di Gigi che Vecchi non vede nemmeno. Per il Cagliari si può parlare di vendette. Sì, perché dobbiamo fare un passo indietro di un mese. Si gioca la 25^ giornata: Milan-Cagliari. Già uno che si chiama Motta, ed è pure di Monza, la settimana precedente aveva provveduto ad ammonire Riva nel corso della partita contro la Lazio (0-1 il risultato, rete di Garlaschelli) per proteste (l'ha mandato a quel paese, onestamente, bisogna dirlo, ma Polentes lo stava massacrando di botte e Motta non faceva nulla, se non qualche richiamo verbale). "Casualmente", Riva era diffidato. Barbè non perdona e arriva la squalifica che rasserena di molto i milanisti. Ma a San Siro, benché senza Gigi, il Cagliari gioca una partita "gagliarda" e passa in vantaggio con Brugnera al 50'. E mo'? Come salviamo il Milan? Siamo pazzi che questi sono in testa alla classifica? Non è che possono perdere in casa contro il derelitto Cagliari di questi tempi, che perdi più è privo del suo giocatore più forte. Passano i minuti, e macché il Milan non segna. Non solo per merito di Albertosi, ma anche perché per una volta Fabbri ha azzeccato tutto (Domenghini su Benetti, Brugnera su Biasiolo: avremmo detto il contrario, invece è andata proprio così ed è andata bene). Ma l'arbitro Francescon che fa? Ovvia la risposta: calcio di rigore inesistente al Milan. A momenti Cera e Niccolai mangiano vivo l'arbitro, infatti vengono ammoniti, e Rivera trasforma il rigore per la gioia di tutti quelli abituati a vincere in questo modo. In questo turno di Coppa Italia invece l'arbitro è Angonese, che ha fatto semplicemente il suo dovere. E il Cagliari, questa volta col suo alfiere in campo, ha dato una lezione al Milan.

Questa volta Valcareggi, siccome non deve giocare a Cagliari ma a Roma, non se la sente di portarsi a casa un altro bastimento carico di arance e si rimangia la parola convocando Giorgio Chinaglia, il bomber di casa. C'era aria di protesta dei tifosi, così il presidente Franchi ha "chiesto" al C.T. di convocare il centravanti della Lazio. Che è rientrato trionfante dalla tournée negli USA, dichiarando addirittura che sarà il pubblico a decidere se lui dovrà giocare o meno. Viene lasciato a casa invece Furino, che non le manda a dire: "Basta gridare per essere convocati?". Certo, fa rabbia. Giochi bene, sei della Juve e hanno il coraggio di lasciarti pure fuori. Ha ragione Riva che preferirebbe andare al Genoa, piuttosto che finire in un club dove tutti si danno arie da primadonna, anche se non vali esattamente una cicca.

I convocati, per l'appunto: Zoff, Albertosi, Bellugi, Facchetti, Marchetti, Sabadini, Burgnich, Morini, Wilson, Mazzola, Capello, Re Cecconi, Benetti, Rivera, Anastasi, Causio, Chinaglia, Pulici, Riva.

Arriva in questi giorni la notizia dell'imprevista sconfitta dell'Inghilterra a Chorzów, nei pressi di Katowice, contro la Polonia. Rischia di essere una brutta botta per i britannici ai fini della qualificazione ai Mondiali di Germania. Molto probabilmente sarà decisivo l'incontro di ritorno a Wembley il 17 ottobre, ultima partita del girone. Anche se prima i polacchi dovranno cercare di superare il Galles il 26 settembre, per sopravanzare gli Inglesi di un punto. A Chorzów il risultato è stato di 2-0. Reti di Robert Gadocha su calcio di punizione e della stella del calcio polacco, il Gigi Riva locale, Włodzimierz Lubański, che ha rubato il pallone all'impacciato Bobby Moore e si è involato verso Peter Shilton, battendolo con un forte destro dal limite. Lubański purtroppo al 54' ha riportato un grave infortunio. Rottura dei legamenti del ginocchio destro, che non ha retto il peso del corpo dopo che il polacco aveva saltato per l'ennesima volta Roy McFarland. Anche questo, l'incidente in nazionale, nella nostra immaginazione, accomuna parecchio Lubański al nostro Gigi, oltre al fatto di giocare per i colori di una squadra, il Górnik Zabrze, di una città che non è certo una metropoli (gli stessi abitanti di Cagliari, all'incirca). Lubański gode anche di una tecnica sopraffina. Vedere per credere, proprio in questa Polonia-Inghilterra, il controllo in corsa, a seguire verso la porta avversaria, su un pallone a campanile proveniente da centrocampo. Un gesto alla Johan Cruijff, per capirci.

Arrivato in Italia, Mario Zagallo non perde occasione per prendere bonariamente in giro Ferruccio Valcareggi che era andato a "spiare" i brasiliani nel loro recente impegno in Tunisia. Dice Zagallo, a chi gli riferisce che Valcareggi ha notato un cambio di modulo, in particolare l'attuazione di un 4-3-3 prevalentemente offensivo (n.d.r.: come se in Messico il Brasile avesse attuato il catenaccio): "Non so cosa ha visto Valcareggi. In realtà non ci abbiamo capito niente nemmeno noi".

Nell'ultima rifinitura, al centro sportivo Banco di Roma, Riva dà spettacolo con i suoi tiri-bomba. I tifosi romani, estasiati, osservano impressionati. In realtà, Riva spiega di non aver calciato in piena distensione. Ancora il risentimento al nervo sciatico si fa sentire. No, perché quando Gigi calcia bene il pallone nemmeno lo vedi. Mi ha raccontato un bambino cagliaritano, che un giorno, al campo di allenamento dell'Ippodromo, al Poetto, gli è venuta la balzana idea di mettersi dietro la porta. Fuori dalla rete che recinta il campo, ma a meno di un metro dalla porta difesa in quel momento da Ricky Albertosi. Se non che Riva spara a rete e in un nanosecondo il bambino si è ritrovato col rombo di rete, a firma Rombo di Tuono, marchiato a fuoco sulla fronte, tipo vacca del Texas. E un bernoccolo più grande di lui da portare orgogliosamente a casa e il giorno dopo a scuola: "Questo me l'ha fatto Gigi Riva, crepate!". Riva che ovviamente si è accorto dal possibile delitto preterintenzionale. Guardava il bambino, preoccupato che quello stramazzasse al suolo da un momento all'altro. Stoicamente il bimbo, il cui intelletto è stato gravemente compromesso in quell'occasione, è rimasto in piedi. E Gigi purtroppo non si è avvicinato! Questo per dire che non c'è la possibilità di spostarti, quando lui ti spara il sinistro da anche una ventina di metri. È impossibile! Questo provano i portieri quando sono in porta. Capisco bene il loro terrore quando Gigi arma il sinistro.

Il Brasile presenta in campo solo quattro giocatori della squadra che vinse il titolo mondiale 1970: Brito, Clodoaldo, Piazza e Rivellino. L'Italia vince 2-0 e si prende una platonica rivincita sui brasiliani rispetto alla finale messicana. Ma è una rivincita cui non crede nessuno. Un'amichevole è pur sempre un'amichevole. Le rivincite vere si prendono nelle partite ufficiali. Riva gioca solo 45'. Nel secondo il nervo sciatico non gli consente di scendere in campo, lasciando il posto a Chinaglia. Il goal di Riva è scaturito da un erroraccio del portiere Leão, che perde malamente il pallone su una parata a terra. Riva sfiora il goal anche su calcio di punizione ma in quest'occasione Leão è reattivo. Il secondo goal è segnato da Capello. Grandi parate da parte di Zoff, che mantiene inviolato la sua porta e ora ha portato a 557' la sua imbattibilità. Riva, dulcis in fundo, eguaglia con 33 reti il record di Peppino Meazza in testa alla classifica dei marcatori azzurri di tutti i tempi. Buona prestazione da parte di Paolo Pulici, che con Riva in campo ha giocato largo a sinistra. Insufficiente invece la prestazione di Chinaglia. Dopo aver parlato tanto, ha avuto la sua occasione per far vedere il suo valore. E si è visto. Ma non è quello che sperava lui. Ha sbagliato due goal che un buon attaccante non dovrebbe sbagliare. Non ha preso un pallone di testa, sempre sovrastato da Piazza che pure si prendeva il lusso di sganciarsi, non prima di averlo pure dribblato. Brutta figura!

Ancora Pulici al fianco di Riva nel provino mondiale degli azzurri

Tormentata vigilia della partita di sabato

Riva in forse contro il Brasile

Buone notizie per l'Italia che si appresta al confronto col Brasile

Riva è guarito: gioca

Italia e Brasile all'Olimpico ricordando Città del Messico e guardando a Monaco

Rivincita dell'Azteca, tre anni dopo

NELLA CLASSIFICA DEI CANNONIERI AZZURRI

Riva come Meazza

Il suo goal decisivo per la vittoria dell'Italia sulla squadra brasiliana

L'Italia ha battuto per due a zero

il Brasile campione del mondo

RIVA VENDICA L'ONTA DELL'AZTECA

NAZIONALE A - N° 38 – ITALIA-SVEZIA – 29/09/1973

Milano (Stadio San Siro) – Sabato - h 16.00

ITALIA-SVEZIA 2-0 – Amichevole

ITALIA: Zoff, Spinosi, Facchetti (cap.), Benetti, Morini (85' Bellugi), Burgnich, Mazzola, Capello, Anastasi, Rivera, Riva.

C.T: Ferruccio Valcareggi

SVEZIA: Hellström, Olsson, B. Andersson, Tapper, Karlsson, Nordqvist (cap.), Svensson, Torstensson (77' L.G. Andersson), Edström (63' Kindvall), Larsson, Sandberg.

C.T: Georg Ericson

Arbitro: Jack Taylor (Inghilterra)   Spettatori: 65.454

Marcatori: 60' Anastasi, 66' Riva

Amichevole precampionato con Azzurri ancora a corto di preparazione. Primo tempo privo di emozioni e una Svezia forte atleticamente. Nella ripresa bellissimo gol di Anastasi in tuffo su lancio di Capello e poi Riva a raddoppiare. Riva supera così Meazza in testa ai cannonieri Azzurri di tutti i tempi.

Altra amichevole per la nostra Nazionale. A Milano affrontiamo la Svezia in vista dell'incontro dell'ottobre prossimo contro la Svizzera per la qualificazione ai Mondiali di Germania 1974.

Il campionato non è ancora iniziato, prenderà il via il 7 ottobre. Si è giocata la quinta e ultima giornata del primo turno di Coppa Italia. Il Cagliari di Riva ha perso la terza partita di fila. Dopo aver pareggiato la prima partita a Taranto, 0-0, abbiamo riposato nella seconda, perso malamente in casa contro il Brindisi (0-2, e un goal ce lo ha fatto anche il pirrese Amedeo Fiorillo, ex giovanili del Cagliari) al terzo turno, sconfitti a Bergamo dall'Atalanta per 1-0, e, per la fine dell'incubo, battuti domenica dal L.R. Vicenza di Puricelli al Sant'Elia. 1-2 il risultato, con goal di Bobo Gori che ribatte in rete un pallone sfuggito a Bardin su punizione dal limite di Riva. Pareggio di Pino Longoni (indimenticato terzino degli anni d'oro rossoblù, per me il miglior terzino sinistro della storia rossoblù: il problema è che ogni tanto si dimenticava di rientrare, dopo le sue inarrestabili puntate offensive). Albertosi non è stato impeccabile, in quest'occasione, per usare un eufemismo. All'ultimo minuto ci ha pensato Fabrizio Poletti a regalare la vittoria ai veneti. Cross senza pretese di Damiani e Poletti tutto solo allunga malauguratamente una gamba e indirizza il pallone dove Albertosi non può arrivare. Nel nostro raggruppamento, Girone 7, si qualifica l'Atalanta.

I convocati sono sempre gli stessi, sempre la solita minestra scaldata. Incredibilmente si continua a non chiamare Boninsegna, manco avesse la rogna. Ha sempre dato l'anima per la Nazionale, non solo come impegno, ma anche come rendimento. Dal Messico è vero che sono passati tre anni, ma sono stati tre anni in cui Bonimba ha sempre segnato un buon numero di goal. 24 goal nel 1970-71, 22 nel 1971-72. E' vero che ha avuto una flessione nell'ultimo campionato segnando (solo, per lui) 12 reti in 27 partite, ma ora in Coppa Italia è ripartito alla grande, con 6 reti in quattro partite.

Brutta esperienza per Riva e Albertosi durante il trasferimento aereo da Roma a Firenze. Il Fokker su cui viaggiavano è incappato in un tornado e sono stati momenti di vero panico. L'aereo ha tentato un atterraggio a Pisa, ma senza successo. Una volta scampato il pericolo, giacché il tornado imperversava principalmente su Firenze, l'aereo ha fatto rotta verso Linate, dove è atterrato verso le 13. Da Linate i due rossoblù hanno noleggiato un'automobile e sono giunti a Firenze quando ormai i compagni stavano ultimando la seduta di allenamento. Albertosi e Riva erano partiti da Cagliari alle 6, in piedi dalle 5. Riva assicura che un'avventura del genere non la augura a nessuno. Hanno trascorso un quarto d'ora da incubo in cui realmente poteva accadere di tutto. Una volta raggiunto il gruppo, nonostante fosse stanchissimo e turbato, Riva ha deciso di allenarsi per scaricare un po' la tensione accumulata. Gigi non è al massimo della forma ma ha una voglia matta di far bene. Non gli piace per niente l'idea di ritrovare in campo il duo Jan Olsson & Jack Taylor, che si ritrovò a Toluca, nella prima partita di Mexico '70. In quell'occasione il primo, Olsson, picchiò come un fabbro e il secondo, l'arbitro Taylor, gli consentì di farlo.

Una volta in campo, Gigi scopre con piacere che lo Jan Olsson che lo marca non è il fabbro del Messico, ma un omonimo. In Svezia gli Jan Olsson non solo nascono come funghi, ma se ti chiami così devi per forza marcare Gigi Riva, altrimenti cambi nome. Attenzione però a un particolare: non tutti fanno lo stesso ruolo. Il vero terzino è questo che ha giocato oggi: Jan Olsson, che affettuosamente chiameremo "Janne", nato nel 1942. Mentre Il Fabbro di Toluca, nato nel 1944, e che senza nessun tipo di affetto possiamo chiamare "Jan Viktor", in realtà è un centrocampista. Sembrava il più classico dei terzini arcigni, invece nella sua squadra di club, lo Stoccarda (quindi non era uno sprovveduto qualsiasi, in Bundesliga non giocano cani e porci), non solo giocava a centrocampo, ma segnava pure i suoi bei goal. Solo nel 1969-70, che poi ha portato ai Mondiali, ha segnato la bellezza di 12 reti in campionato. Addirittura facendo una tripletta contro l'Oberhausen, una doppietta contro l'Eintracht Braunschweig e togliendosi la soddisfazione di segnare due goal al Bayern Monaco di Udo Lattek, uno all'andata e uno al ritorno. Quest'ultimo, segnato a sette minuti dalla fine, è stato il goal del definitivo risultato di 1-2 che ha consentito allo Stoccarda di espugnare il Grünwalder Stadion. In campo col Bayern gente come il già citato Sepp Maier, Franz Beckenbauer, l'austriaco Peter Pumm che abbiamo già trovato e affrontato con la Nazionale, Georg Schwarzenbeck e Gerd Müller (autore del goal del provvisorio 1-1). Fra l'altro "Jan Viktor" nel 1970 vinse il Guldbollen (facile la traduzione), premio assegnato dal quotidiano

Aftonbladet (questa è tosta: significa "giornale della sera") e dalla federazione svedese, quale miglior giocatore svedese dell'anno. Molto penso abbia influito, insieme a tutto il resto, anche il modo in cui riuscì a contenere Riva, poco ortodosso sì ma efficace.

Riva con questo goal arriva a quota 34 marcature e supera Meazza. Ora è lui il re dei cannonieri azzurri di sempre. Un'immensa soddisfazione per il calciatore, ma anche per l'uomo, che non si è mai arreso alle disavventure incontrate nel percorso fatto in Nazionale. Provate solo a immaginare se Riva avesse potuto giocare tutte le partite che ha saltato per i due infortuni patiti ed essendo sempre al massimo delle sue potenzialità. Possiamo dire che è una soddisfazione enorme anche per i tifosi del Cagliari, che hanno accolto questo sconosciuto ragazzino arrivato in città nel maggio 1963 e hanno, nel loro piccolo, molto piccolo, contribuito alla sua crescita, alla sua esplosione come grande campione, coccolandolo come se fosse un figlio? E hanno sofferto come bestie quando il loro Campione si è infortunato in quel modo, contro il Portogallo e contro l'Austria, e su Cagliari in quelle due occasioni è piombato una sorta di drammatico lutto cittadino? Ma sì, ogni tanto facciamoci anche i complimenti da soli. È l'effetto della pallonata ricevuta in testa al Poetto.

Valcareggi non cambia

Valcareggi entusiasta: avete visto i tiri di Riva e gli scatti di Anastasi?

Rivera: con Riva e Anastasi la Svezia non avrà scampo

Riva supera anche Meazza

La Svezia ha sottoposto gli azzurri ad una prova durissima ma è stata battuta per 2 a 0

Un'ora di sofferenza, poi la vera Italia

Riva ha negato a Taylor il pallone del 34° goal

NAZIONALE A - N° 39 – ITALIA-SVIZZERA – 20/10/1973

Roma (Stadio Olimpico) – Sabato - h 15.00

ITALIA-SVIZZERA 2-0 – Qualificazioni Mondiali – Gruppo 2

ITALIA: Zoff, Spinosi, Facchetti (cap.), Benetti, Morini, Burgnich, Mazzola, Capello, Anastasi, Rivera (44' Causio), Riva.

C.T: Ferruccio Valcareggi

SVIZZERA: Deck, Wegmann (46' Stierli), Hasler, Schild, Chapuisat (62' Luiser), Kuhn, Vuilleumier, Odermatt (cap.), Müller, Blättler, Jeandupeux.

C.T: René Hüssy

Arbitro: Antonio Camacho Jiménez (Spagna)   Spettatori: 62.881

Marcatori: 39' Rivera rig., 79' Riva

L'Italia stacca il biglietto per i Mondiali tedeschi, ma la prestazione non soddisfa. Gli Azzurri in vantaggio con Rivera su calcio di rigore assegnato per un fallo ai danni di Riva. Lo stesso cannoniere sigla il raddoppio nella ripresa con un bel colpo di testa. Poco prima Facchetti salvava sulla linea una conclusione di Stierli.

Partita decisiva per la nostra Nazionale. In palio la qualificazione per Germania '74, o Monaco '74 che dir si voglia. Gli Azzurri devono assolutamente vincere per evitare rischi di qualsiasi tipo. Ora l'Italia ha due punti in più della Svizzera, che però avrà a disposizione un'altra partita contro la Turchia. E' chiaro che anche un pareggio sarebbe molto rischioso per noi.

Il campionato è iniziato da due giornate. In testa ci sono Lazio e Fiorentina a punteggio pieno. Non sono paranoico, ma vi voglio raccontare questa storiella. Prima giornata: Juventus-Foggia. Al Foggia viene negato un rigore clamoroso, alla Juventus ne viene concesso uno dubbio. Del resto i bianconeri avevano bisogno di essere tirati su, dopo la clamorosa figuraccia dell'eliminazione al primo turno di Coppa dei Campioni ad opera della Dinamo Dresda. Seconda giornata: Foggia-Cagliari. Al Foggia viene regalato un rigore incredibile, per fallo di Cesare Poli su Silvano Villa. Peccato che Poli fosse distante un paio di metri da Villa e che questi sia scivolato da solo nel tentativo di raggiungere il pallone. Insomma, siamo alle solite. Leoni con le piccole, conigli con le grandi. In questa partita, finita 1-1, Gigi Riva ha segnato il goal del vantaggio cagliaritano. Si è anche procurato un taglio sopra la caviglia destra che ha spaventato parecchio il pubblico (che c'entra se è a Foggia: Gigi è un'istituzione nazionale), temendo l'ennesimo grave infortunio. Invece poi Riva ha ripreso il suo posto e non ci sono problemi per la sua presenza in squadra contro la Svizzera.

Valcareggi in ogni occasione ha ribadito che in Nazionale c'è posto per tutti. Poi, quando gli dicono che è un conservatore e convoca sempre gli stessi giocatori, senza guardare le risultanze del campionato, risponde che una partita non fa testo. Spinosi, per esempio. Ha giocato male contro la Svezia. Contro il Foggia, nella prima di campionato, è stato impiegato da libero per l'assenza di Salvadore ed è stato disastroso. A Napoli, seconda di campionato, dove la Juve è stata surclassata solo per 2-0 grazie ai prodigi di Dino Zoff, Spinosi è stato decisamente insufficiente in marcatura su Giorgio Braglia. E si continua a chiamarlo. Un difensore così, forte quanto si vuole, ma come sono forti tutti i difensori che giocano in serie A, potrebbe essere pericolo portarlo in Germania. Sai mai che per qualche sua distrazione dovremo piangere. Voi che prevedete il futuro, magari sarete d'accordo con me.

La lista dei convocati, la vediamo? No, è una lista noiosa, come detto. Gli svizzeri sono giunti puntuali (ci mancherebbe!) al ritiro di Grottaferrata. Si sono portati appresso una montagna di viveri e persino l'acqua minerale. Della serie: non fidiamoci di quello che potrebbero darci da mangiare e bere queste canaglie di italiani. La squadra elvetica ha sostenuto poi un test "amichevole" contro il Frascati. Così amichevole che il focoso centravanti Kurt "Kudi" Müller (che gioca nell'Hertha Berlino Ovest) non ha gradito il trattamento riservatogli dal difensore tuscolano Vallerotonda. Che però non è un tipino che si spaventa e se Müller non si sposta in tempo si becca un diretto destro in pieno volto. Non è stato impiegato il portiere Prosperi, ma si farà di tutto per recuperarlo per la partita di sabato.

Da Wembley arriva la bella notizia dell'eliminazione dell'Inghilterra dai Mondiali. Si qualifica la Polonia che è riuscita a chiudere la partita sull'1-1. Dico bella notizia, non perché l'Inghilterra ci sia antipatica, nemmeno il contrario, indifferenza totale. Ma perché è bello quando la favorita viene clamorosamente estromessa da quella che era la vittima predestinata. È la bellezza dello sport, del calcio. In campo internazionale gli arbitraggi incidono molto meno che in Italia, e questi risultati sono ancora possibili. Portentosa la prestazione del portiere polacco, il gigante Jan Tomaszewski.

L'arbitro della partita è lo spagnolo Antonio Camacho Jiménez. E' diventato arbitro per sbaglio. Giocava come portiere, ed ha fatto parte di squadre come Rayo Vallecano, Gimnástica Segoviana, Atlético de Madrid, Pegaso, Cacereño e Xerez Deportivo, squadra di Jerez de la Frontera. Proprio durante la militanza nello Xerex Deportivo, allora in Seconda Divisione, si ruppe un ginocchio durante un'amichevole contro il Barcellona. Aveva 28 anni. Addio carriera di calciatore. Non voleva però staccarsi dall'ambiente. Pensò di fare l'allenatore. Ma un amico gli propose di fare l'arbitro. E fu così che il sig. Camacho iniziò la scalata che lo vede ora come miglior arbitro spagnolo.

E' stata vittoria. 2-0 e possiamo cominciare a programmare i Mondiali dell'anno prossimo. Partita un po' così, anche se nella ripresa abbiamo giocato abbastanza bene. Nella prima parte della gara il centrocampo è stato territorio di assoluto dominio svizzero. Poi, quasi alla fine del tempo, ci ha pensato il focoso Müller, sempre lui, a darci una mano, sistemando per le feste Rivera con un bel calcione e costringendolo a uscire. Con l'entrata di Causio, ma soprattutto con l'uscita dell'indisponente Rivera di questa partita, l'Italia ha preso il sopravvento anche territorialmente. Müller poi me l'ha sistemato Morini con una bella gomitata in faccia. Giusto per fargli dare una calmata.

Il primo goal è stato propiziato da Riva, che è stato atterrato in area da una presa di lotta libera del suo diretto avversario Schild. Proteste elvetiche per una presunta posizione di fuorigioco di Riva al momento del lancio di Benetti. Il segnalinee sbandiera, Camacho non fischia, anzi se ne infischia. Non sappiamo dire chi abbia ragione o meno. Rivera fa l'unica cosa giusta della sua partita e trasforma il rigore. La seconda marcatura è dovuta a uno stacco imperioso di Riva, che arriva sul pallone con un perfetto terzo tempo di stampo cestistico, sovrasta con facilità Hasler e per Deck non c'è niente da fare.

Dino Zoff non prende goal in Nazionale da ben 827 minuti. Nove partite intere più 17 minuti di Italia-Jugoslavia (3-1) del 20 settembre 1972, dove subì il goal del provvisorio 2-1 al 73' da parte di Momčilo Vukotić.

Italia e Svizzera si giocano sabato a Roma la qualificazione per i mondiali

Inizia la più attesa settimana azzurra

La Svizzera ultimo ostacolo sulla strada dell'Italia verso le finali mondiali

Forza azzurri, Monaco è vicina

L'ITALIA TRASCINATA DAL GOLEADOR
HA BATTUTO ANCHE LA SVIZZERA

Grazie a Riva si va a Monaco

IL CANNONIERE AZZURRO COL MORALE ALLE STELLE

Riva: è stato un goal voluto a tutti i costi

Riva: un goal e due pali

Battuti gli svizzeri per due a zero gli azzurri si sono qualificati per Monaco

NAZIONALE A - N° 40 – INGHILTERRA-ITALIA – 14/11/1973

Londra (Stadio Wembley) – Mercoledì - h 20.00

INGHILTERRA-ITALIA 0-1 – Amichevole

INGHILTERRA: Shilton, Madeley, Hughes, Bell, McFarland, Moore (cap.), Currie, Channon, Osgood, Clarke (74' Hector), Peters.

C.T: Alf Ramsey

ITALIA: Zoff, Spinosi, Facchetti (cap.), Benetti, Bellugi, Burgnich, Causio, Capello, Chinaglia, Rivera, Riva.

C.T: Ferruccio Valcareggi

Arbitro: Francisco Lobo (Portogallo)   Spettatori: 88.000

Marcatori: 86' Capello

Anniversario dei "Leoni di Highbury" e gli Azzurri violano per la prima volta il tempio di Wembley. Amichevole in vista dei prossimi mondiali. I britannici attaccano per 85 minuti, ma gli italiani si difendono bene e Zoff para tutto in modo strepitoso. A 4' dal termine, Facchetti lancia Chinaglia, fuga sulla destra e cross al centro, goffa respinta di

Shilton e Capello mette dentro. Stadio ammutolito e cinque mesi dopo averli battuti, per la prima volta in Italia, si vince anche a casa loro.

Si va a Wembley, dove si affrontano due squadre dallo stato d'animo opposto. L'Inghilterra non ha superato il turno eliminatorio di qualificazione ai Mondiali, l'Italia si è qualificata senza molti problemi. Valcareggi chiama in Nazionale anche i giocatori della Lazio coinvolti negli incresciosi incidenti dell'Olimpico. I fatti: in settimana, il 7 novembre (tanti auguri, Gigi!), si è giocata la partita di ritorno dei sedicesimi di finale di Coppa Uefa fra Lazio (che nel primo turno eliminò a fatica gli svizzeri del Sion) e gli inglesi dell'Ipswich Town, guidati in panchina dal quarantenne Bobby Robson, che nel primo turno eliminarono nientemeno che il Real Madrid di Pirri, Del Bosque, Amancio e Günter Netzer. All'andata, fra Ipswich e Lazio, fu un secco 4-0 per i Blues, con quaterna di Trevor Whymar. Al ritorno fu guerriglia. I laziali ci provarono, a ribaltare il risultato. Segnarono già al primo minuto con Garlaschelli. Poi fu uno show dell'arbitro. Dell'improbabile arbitro, meglio dire. Perché le immagini parlano chiaro. Fu negato un clamoroso rigore ai biancocelesti per un fallo di mano sulla linea di porta. La Lazio riuscì comunque a segnare quasi subito. Ma gli animi si stavano già scaldando, anche sugli spalti. La follia del sig. Leo van der Kroft, olandese, toccò la sua vetta quando decretò un incredibile calcio di rigore in favore dell'Ipswich per un presunto fallo di Oddi. Da lì tentativi di invasione di campo, colpi proibiti anche all'arbitro. Alla fine fu un 4-2 che decretò l'eliminazione della Lazio. Al fischio finale, nel sottopassaggio, ci fu una gigantesca rissa fra giocatori. Si è parlato anche di un tentativo di sfondare la porta dell'arbitro. Si capisce la rabbia, non si capisce la rissa. Anche se a dire il vero la Lazio già nel settembre 1970 si prese a cazzotti e bottigliate in un ristorante romano con i giocatori dell'Arsenal, in quello che doveva essere il terzo tempo, questa volta di stampo rugbistico, cioè fare un'amichevole cena tutti assieme dopo la partita. I "Gunners" in ristorante presero ripetutamente per i fondelli i laziali, in particolare ce l'avevano con Papadopulo. Non sapevano che Chinaglia e Wilson parlano perfettamente l'Inglese. E quindi cazzotti a volontà, ristorante distrutto, giocatori al pronto soccorso.

Tutto questo per dire cosa? Che Valcareggi, presente all'Olimpico quel giorno, ha ritenuto di convocare ugualmente i laziali Chinaglia, Re Cecconi e

Wilson. La stampa inglese definisce la Lazio una squadra di animali. Robson ha però dichiarato che se negli spogliatoi si è evitato il peggio è proprio grazie a Chinaglia, che, sì, in campo era adiratissimo, ma negli spogliatoi si è reso conto a un certo punto che si stava esagerando e ha tenuto a bada i suoi compagni. Agli occhi degli Inglesi siamo dei teppisti e in questo clima andiamo a giocare a Londra. Ci torniamo dopo.

Il campionato, invece, come procede? Giocate quattro giornate. In testa il Napoli con 6 punti (ha già incontrato il Cagliari: 0-0 al Sant'Elia, nella prima giornata). In testa alla classifica cannonieri Boninsegna, Chiarugi e Riva con 4 reti. Non vi dico niente: vediamo se indovinate. Nell'ultima giornata il Cagliari ha giocato a San Siro contro il Milan. Legittimo vantaggio rossonero al 17' con goal di Ottavio Bianchi, di testa, che ha sfruttato un attimo di esitazione di Poli e Mancin. Poi si scatena Riva. Prima scalda i motori: su passaggio di Gori lascia partire un sinistro che Vecchi respinge fortunosamente col ginocchio. Talmente era forte il tiro che il pallone respinto va a finire sul cerchio centrale del campo. Poi c'è una punizione in nostro favore per fallo di Anquilletti sempre su Gigi, a una ventina di metri dalla porta. Niccolai tocca per Riva che esplode il sinistro: Vecchi non la vede nemmeno. Siamo 1-1. Poi nella ripresa, al 51', cross di Poli, Riva dai sedici metri salta di testa anticipando facilmente Anquilletti e spedisce il pallone nell'angolo basso. Rete di testa da 16 metri! Mostruoso! 2-1 per il Cagliari. Ma il Milan è il Milan. Non vorremmo mica farlo perdere... Ci pensa Bigon, a quattro minuti dalla fine, ad aggiustarsi il pallone con la mano e darlo a Chiarugi che segna. Proteste? Sempre! Cambia qualcosa nel calcio italiano? Mai! 2-2, e tanti saluti alle piccole squadre che protestano sempre a parole e non fanno mai niente di concreto. Bigon è stato pure premiato con la convocazione in Nazionale. Una presa in giro!

I convocati per la partita di Londra, allora: Albertosi, Zoff, Bellugi, Burgnich, Facchetti, Spinosi, Sabadini, Wilson, Capello, Causio, Furino, Re Cecconi, Benetti, Rivera, Riva, Chinaglia, Boninsegna, Bigon, Pulici. Indisponibili Anastasi, Mazzola e Morini. Diciannove convocati, anziché i soliti diciotto, perché l'Inghilterra ne ha convocato ventidue: bella spiegazione, complimenti al nostro C.T.!

Arriva la decisione di lasciare a casa Wilson. Si dice zoppichi. E' peccato mortale non crederci? Sono certo che alla prossima di campionato sarà in campo. Wilson è accusato di aver picchiato, insieme a Petrelli, il portiere dell'Ipswich, David Best e di avergli fatturato la tibia. Lo avranno anche picchiato, probabilmente il povero Best è stato anche preso a calci, ma di fatto Best è sceso in campo tre giorni dopo, il 10 novembre, nel vittorioso match interno contro il Derby County. Comunque i violenti meglio stiano a casa. Re Cecconi non risulta abbia fatto niente di grave, e Chinaglia ha rimediato in corsa, come detto. Al posto di Wilson, è stato convocato Luciano Zecchini del Torino. Gli Azzurri hanno assistito sabato all'incontro della nostra Under 21 contro la nazionale U.S.A. Il risultato è 0-0. Se zero sono stati i goal, quarantamila sono stati i fischi del pubblico del Comunale di Firenze. Ovviamente (scherziamo?) nella Under non ci sono giocatori del Cagliari. Bearzot, in compenso, ha schierato tali fior di campioni: Bordon, Oriali, Bini, Rocca, Vavassori, Roggi, Orlandi, Antognoni, Graziani, Guerini, Speggiorin. Sono subentrati nel corso della gara Di Bartolomei e Desolati. Su tredici giocatori forse ce ne sono tre o quattro, che mi piacciono. Gli altri solo poca roba di qualità non eccelsa, spacciata per seta.

Albertosi venerdì ha lamentato uno stiramento ai muscoli dorsali. Ha lasciato Coverciano. Al suo posto è stato convocato Luciano Castellini del Torino. Prima convocazione per i due "Luciano" granata.

Beh, è stata una giornata indimenticabile. Compiere dodici anni e ricevere in regalo la prima vittoria della nostra Nazionale a Wembley. In questo 14 novembre 1973 a Londra c'era anche il matrimonio della Principessa Anna con Mark Philips (medaglia d'oro alle Olimpiadi di Monaco '72 nel concorso completo a squadre di equitazione) e per entrare in clima partita ci siamo guardati in diretta anche quello. Poi ci può interessare relativamente poco, anzi… Mi spiace (si fa per dire) per Carlo, che di mestiere fa l'erede al trono, che anche lui compie gli anni oggi. Hanno organizzato tutto oggi per farlo contento e invece gli abbiamo rovinato la festa. Abbiamo vinto 1-0, quando ormai in tanti erano rassegnati al pareggio. Quasi tutti. Non mi staccavo dalla TV. E così, quando ho visto all'86' il lancio di Capello sulla destra per Chinaglia, ho pensato "dai che è l'azione buona". Chinaglia vola sulla destra, supera in progressione Bobby Moore e spara un tiro cross violentissimo che Shilton non può trattenere. Capello ha seguito l'azione, è pronto sulla ribattuta e insacca. 1-0 per noi e prima storica vittoria sull'Inghilterra in casa loro. Gigi Riva dichiara che questa è la sua vittoria più bella. E' stato servito poco, ma ha ottemperato a una precisa disposizione tattica di Valcareggi, che gli ha chiesto si stare molto largo sulla sinistra, di modo che fosse Madeley a occuparsi di lui. Madeley, infatti, è un giocatore che crossa molto bene e chiaramente, essendoci Riva nella sua zona, doveva pensarci due volte prima di sganciarsi e lasciare Gigi da solo.

Valcareggi ha scelto il centravanti azzurro per Wembley

Riva e Chinaglia
di nuovo insieme

Valcareggi vuol
vincere a Londra

Riva alla conquista
di Wembley

Riva: è stata la mia
più bella vittoria

Gli azzurri hanno guastato
la grande festa degli inglesi

Dopo quarant'anni la prima vittoria azzurra in Inghilterra: 1-0

L'Italia espugna Wembley!

NAZIONALE A - N° 41 – ITALIA-HAITI – 15/06/1974

Monaco (Olympiastadion) – Sabato - h 18.00 (h 19.00 in Italia)

ITALIA-HAITI 3-1 – Campionato del Mondo – Gruppo 4

ITALIA: Zoff, Spinosi, Facchetti (cap.), Benetti, Morini, Burgnich, Mazzola, Capello, Chinaglia (69' Anastasi), Rivera, Riva.

C.T: Ferruccio Valcareggi

HAITI: Françillon, Bayonne, Auguste, François, Nazaire (cap.), Jean-Joseph, Vorbe, Antoine, Sanon, Désir, Saint-Vil (46' Barthélemy).

C.T: Antoine Tassy

Arbitro: Vicente Llobregat (Venezuela)   Spettatori: 51.100

Marcatori: 46' Sanon, 52' Rivera, 64' aut Auguste, 78' Anastasi

Esordio mondiale contro un avversario sconosciuto e Azzurri che assediano la porta avversaria con Francillon, bravissimo. Nella ripresa, inaspettatamente, Haiti passa in vantaggio, Zoff non subiva gol da 1.143 minuti. Passa poco e l'Italia pareggia con un tiro al volo di Rivera. Passano dodici minuti, tiro di Benetti, complice una deviazione avversaria e Italia in vantaggio. Entra Anastasi e su assist di Riva realizza il 3-1.

Finalmente si inizia. Parte il Campionato del Mondo Monaco '74. L'Italia si trova nel girone Haiti, Argentina e Polonia. Apparentemente non è un girone proibitivo. Haiti non fa certo paura, l'Argentina dovrebbe passare il turno con noi, mentre la Polonia si reputa abbia avuto solo due giornate di pura fortuna quando ha prima battuto e poi costretto al pareggio l'Inghilterra, eliminandola. Da non sottovalutare il fatto che ha anche vinto le Olimpiadi di due anni fa. E la spina dorsale della squadra è praticamente la stessa, anche se è gravissima l'assenza di Lubański .

La lista dei 22 azzurri della spedizione tedesca è la seguente: Zoff, Spinosi, Facchetti, Benetti, Morini, Burgnich, Mazzola, Capello, Chinaglia, Rivera, Riva, Albertosi, Sabadini, Bellugi, Wilson, Juliano, Re Cecconi, Causio, Anastasi, Boninsegna, Paolo Pulici, Castellini. Erano fra i 40 azzurrabili, poi depennati dalla lista, anche: Felice Pulici, Superchi, Bet (del Verona), Cera (Cesena), Gian Pietro Marchetti, Oddi, Martini, Zecchini, Bertini, Cuccureddu, Furino, De Sisti, Merlo, Bobo Gori (Cagliari), Claudio Sala, Bettega, Chiarugi, Savoldi (Bologna). Tanti laziali, giustamente, in quando proprio la Lazio ha vinto il campionato appena concluso. Il Cagliari si è piazzato al decimo posto. Retrocedono in serie B Foggia, Genoa e Verona. La classifica dei marcatori è stata vinta da Giorgio Chinaglia con 24 reti, davanti a Boninsegna (23), Anastasi (16), Clerici e Riva con 15 goal.

I numeri delle maglie dei ventidue azzurri non rispettano l'ordine alfabetico, come accade solitamente in queste manifestazioni, ma dall'1 all'11 sono dati alla presunta squadra titolare. Gli altri undici sono contenti di questa scelta? Negativo! Si è trattato di una mossa davvero pessima, che ha generato malumori a nastro fra chi pensava di giocarsi un posto da titolare e invece ora si trova pubblicamente classificato come riserva.

Riva è comunque in dubbio, per l'esordio contro Haiti. Valcareggi dice che Riva sta bene fisicamente ma ha problema psicologico. Gigi smentisce, lui problemi psicologici non ne ha, il suo impiego dipende solo dall'esito degli allenamenti. Re Cecconi viene sentito dire che in Messico c'era la staffetta Mazzola/Rivera e Bertini e Domenghini erano fortunati a doverne "digerire" uno per volta. Qui in Germania dovranno essere digeriti tutti e due insieme e sarà un grosso problema. Poi ovviamente smentisce tutto e si fa finta che non sia successo niente.

Fa ridere, ma proprio tanto tanto, una dichiarazione rilasciata da un giocatore di Haiti, tale Emmanuel Sanon. Dice che il suo sogno è quello di battere Zoff e di essere ricordato per sempre. Pensate voi, non ci sono riusciti alcuni fra i migliori attaccanti del mondo e questo Sanon pensa di interrompere l'imbattibilità di Zoff che dura ormai da 1097 minuti? Semplicemente ridicolo!

Si fa anche qualche giochino leggero, prima dell'inizio dei mondiali. Uno di questi consiste nel creare un'ipotetica supersquadra con tutti gli uomini presenti nella rassegna. Viene fuori questa squadretta: Dino Zoff in porta (e chi sennò); in difesa Luís Pereira, Facchetti, Breitner, Beckenbauer; tre uomini a centrocampo: Uli Hoeneß, Neeskens e Johan Cruijff; in attacco Jairzinho, Gerd Müller e ovviamente Gigi Riva. Non male!

Nella partita inaugurale il Brasile ha fatto vedere tutto il suo valore. Cioè zero! Sono riusciti a resistere sullo 0-0, ma sono stati surclassati in tutto e per tutto dalla Jugoslavia. Nella seconda giornata vincono le due Germanie. La Germania Ovest batte Cile 1-0, goal di Breitner. Fischi, contestazioni per una prestazione deludente e pubblico che chiede a gran voce la sostituzione di Overath con Günter Theodor Netzer. Siamo d'accordo! La DDR ha battuto l'Australia 2-0 dopo aver sofferto per tutto il primo tempo. Poi ci hanno pensato prima Jürgen Sparwasser (anche se poco prima che il pallone varcasse la linea è stato l'australiano Curran a buttarla definitivamente dentro) e poi un grandissimo goal di Streich che gira a rete un perfetto cross dalla sinistra di Vogel.

E invece Sanon ci è riuscito. Ha fatto un goal a Zoff. Ha interrotto l'imbattibilità del nostro super-portiere durata 1.142 minuti, ed è entrato nella storia. In quella del suo Paese di sicuro. Speriamo non entri anche nella nostra. Questo goal rischia di farci male. Un goal in più o in meno può essere decisivo per passare il turno. È finita 3-1. Sanon ha segnato con un contropiede allucinante. Nel senso che un difensore esperto come Spinosi non doveva far partire un uomo così, tutto solo verso il povero Zoff. Forse lo ha sottovalutato, non conoscendolo. Altrimenti lo avrebbe trattenuto per la maglia o gli avrebbe staccato una gamba, pur di non lasciarlo andare. Una cosa molto poco sportiva, è vero. Ma anche i falli fanno parte di questo sport. Senza essere cattivi ogni tanto ci stanno. Lo so, ho detto prima "staccare una gamba" e poi "senza essere cattivi". Chiaramente ha prevalenza il secondo. Ma un modo di fermarlo Spinosi lo doveva trovare. Solo che quando ha trovato la soluzione quello gli aveva già preso due metri e tanti saluti all'imbattibilità di Zoff.

E questo Zoff dei poveri, invece? Henri Françillon. Ma tutte solo a Riva le doveva parare? Non è vero che Gigi ha deluso, chi lo dice non capisce niente. Ho la partita stampata nella mente. Ha avuto otto palle goal. Se uno gioca male, palle goal non ne ha nemmeno una. E se una fosse entrata? Tutti a dire che il bomber non ha deluso, Riva è tornato Riva, e cretinate del genere. Non che Chinaglia gli abbia dato una mano. Pur di tentare di segnare lui, non ha dato un pallone d'oro a Gigi tutto solo. Poco dopo Valcareggi l'ha tolto. E Chinaglia lo ha mandato platealmente a quel paese. Vedremo se alla prossimo gioca. Anche perché l'ira de giocatore è proseguita negli spogliatoi. Sei bottiglie di acqua minerale spaccate contro porte e muro, per esempio. Intanto il suo sostituto, Anastasi, è andato in goal, siglando la rete del definitivo 3-1.

Nell'altra partita del girone la Polonia ha battuto l'Argentina per 3-2. Le due squadre giocano a un ritmo altissimo e per noi questo può rappresentare un problema, quando le affronteremo. La Polonia parte a razzo e segna due goal nei primi otto minuti: la prima con Lato, la seconda con Szarmach. L'Argentina accorcia le distanze nel secondo tempo con Heredia, ma poco dopo segna di nuovo Lato. Tre minuti dopo Babington riporta sotto i sudamericani, che però nei restanti venticinque minuti non riescono a segnare.

Forse Riva contro Haiti giocherà soltanto un'ora

Il modesto Haiti non fa paura

Scende in campo l'Italia

ITALIA-HAITI 3-1

Una vittoria con i brividi

Gli errori di Valcareggi

e le parate di Francillon

Valcareggi: sfortunato
Riva nelle conclusioni

Quanta paura

prima del tre a uno!

NAZIONALE A - N° 42 – ARGENTINA-ITALIA – 19/06/1974

Stoccarda (Neckarstadion) – Mercoledì - h 19.30 (h 20.30 in Italia)

ARGENTINA-ITALIA 1-1 – Campionato del Mondo – Gruppo 4

ARGENTINA: Carnevali, Wolff (64' Glaria), Sá, Telch, Heredia, Perfumo (cap.), Ayala, Babington, Yazalde (78' Chazarreta), Houseman, Kempes.

C.T: Vladislao Cap

ITALIA: Zoff, Spinosi, Facchetti (cap.), Benetti, Morini (66' Wilson), Burgnich, Mazzola, Capello, Anastasi, Rivera (66' Causio), Riva.

C.T: Ferruccio Valcareggi

Arbitro: Pavel Kazakov (Unione Sovietica)   Spettatori: 70.100

Marcatori: 20' Houseman, 35' aut. Perfumo

Situazione ambientale gestita male dal tecnico azzurro, ma ancora peggio si vede in campo. Squadra mal disposta soprattutto in difesa. Sono gli argentini a comandare il gioco e passano in vantaggio meritatamente. Reazione italiana e pareggio fortunoso grazie ad un autogol. Nella ripresa occasione per Mazzola, ma è bravissimo Carnevali. Ultima gara in nazionale per Rivera e Riva.

Eravamo un po' preoccupati sulle reali possibilità della nostra squadra di superare il turno. Meno male che ci pensa Edmondo Fabbri, che, dopo aver visto Polonia-Argentina, dice che l'Italia non avrà problemi e si qualificherà sicuramente alla seconda fase. Gli è piaciuta molto la Polonia, ma l'Argentina la ritiene troppo debole perché possa contrastarci nello scontro diretto.

Cap intende cambiare indirizzo. La squadra che ha perso con la Polonia non lo ha accontentato. E così il C.T. della nazionale argentina intende cambiare uomini e atteggiamento tattico. Si dice voglia togliere di squadra Wolff e Sá, sostituendoli con Glaria (per fargli marcare Riva) e Carrascosa. Intende anche rilanciare Telch. Un tipino serio e affidabile. Pensate che è stato accusato di violenza sessuale da una cameriera dell'albergo che ospita la squadra. Telch dovrebbe giocare al posto di Bargas. Infine Yazalde dovrebbe prendere il posto di Balbuena. Héctor Yazalde non è un giocatore qualsiasi, è un realizzatore fenomenale. E' "La Scarpa d'Oro" in carica. Gioca nel campionato portoghese, dove ha appena vinto il campionato con lo Sporting Clube de Portugal, per i comuni mortali lo Sporting Lisbona. Ha segnato la bellezza di 46 reti in 29 partite. E altre 3 reti in 4 partite le ha segnate in Coppa delle Coppe. Una media goal pazzesca: 1,484 goal a partita. In pratica ogni due partite questo ti fa tre goal. Contro la Polonia è stato tenuto a riposo per i postumi di una distorsione alla caviglia.

Chinaglia spara a zero contro tutti. Ha capito che contro l'Argentina non giocherà e ce l'ha col mondo intero. Esattamente come Rivera in Messico. E parla del suo plateale "vaffa" nei confronti di Valcareggi al momento della sostituzione con Anastasi. La sua difesa in realtà è una confessione, una giustificazione alla decisione del C.T. Chinaglia dichiara che nell'intervallo Valcareggi lo aveva avvisato: "Dieci minuti e poi farò entrare Anastasi al tuo posto". "Per questo motivo", afferma Chinaglia, "ho iniziato con la voglia di strafare, volevo fargli cambiare idea, e per questo che ho tirato da posizione difficile anziché passare a Riva che era messo meglio di me". Lo dice pure! Senza vergogna! Un giocatore che pensa al tornaconto personale e non alla squadra anche l'allenatore più stupido non lo fa giocare. Valcareggi ha fatto ciò che avremmo fatto tutti noi, sbattendolo fuori.

Una partitaccia! È stato un pareggio, 1-1, che va molto stretto all'Argentina, che ha dominato in lungo e in largo. Nell'altra partita del girone, la Polonia travolge Haiti per 7-0. Ora la classifica vede in testa la Polonia, già qualificata con 4 punti, l'Italia ha 3 punti, l'Argentina 1, Haiti 0. Con la Polonia ci basta un pareggio per passare il turno.

È stata una partitaccia per la squadra, ma molti uomini hanno deluso particolarmente. Rivera ha continuato per tutta la partita, finché finalmente è stato sostituito (da Causio), a ballare sulle punte, mentre il resto della truppa sgomitava e scazzottava. Lui no. Rivera semplicemente passeggia in campo. Gli soffiano palloni come se fosse un dilettante qualunque. Quando è sostituito, sono bordate di fischi nei suoi confronti da parte degli stessi sostenitori italiani. Che, al contrario, applaude in più occasioni le giocate del regista argentino, Carlos Babington. Delude anche Riva. Ma non gli arrivano palloni per 23 minuti, bisogna fargli un monumento per non essersi addormentato mentre aspettava. Ha invece la colpa di essersi fatto mettere in fuorigioco più volte dalla difesa sudamericana. Malissimo anche Benetti. Facciamo prima a dire se qualcuno ha giocato decentemente: buone le prove di Zoff, Facchetti, Mazzola. E anche Wilson ha giocato bene, nella mezz'ora scarsa in cui è stato impiegato.

La chiave di volta di questa partita? La folle marcatura di Houseman affidata a Fabio Capello. René Houseman non è un calciatore: è un pazzoide, un folletto imprevedibile alto 165 centimetri. Non lo chiamano El Loco, il pazzo, mica per niente. E' uno anche furbo come una volpe. Gioca in posizione arretrata se lo marca un terzino, gioca in attacco se lo marca un centrocampista. Il povero Capello, non essendo il suo mestiere, non riesce proprio a tenerlo. Si dice che il "genio" che ha consigliato questa marcatura sia stato Enzo Bearzot, che nel turno precedente è andato a vedere Polonia-Argentina. Spero per lui abbia detto una bugia. Cioè che abbia detto che è andato allo stadio e poi invece se ne sia andato per i cavoli suoi in giro per Stoccarda. Il bello è che il cambio della marcatura non è stato deciso da Valcareggi. Talmente era evidente che Houseman in concreto non era marcato, che faceva quello che voleva, che, perché dalla panchina non arrivava nessun ordine, si dice ci abbiano pensato Rivera e Burgnich, dopo un breve consulto in campo. Su Houseman è stato messo Benetti, che non sarà un terzino, ma ve lo raccomando in quanto a delicatezza. Due calci ben assestati e El Loco è sparito, lui e la sua esuberanza. Il problema è che la frittata era già fatta. Houseman aveva già portato in vantaggio l'Argentina. Meno male che ci ha pensato Perfumo a battere il proprio portiere con una malaugurata autorete, deviando in rete un tentativo, completamente sbagliato, di stop di petto a seguire di Benetti.

Come abbiamo fatto a non battere questa Argentina è un vero mistero. I tre goal che hanno preso dalla Polonia sono tutti ridicoli, veri regali della difesa. I polacchi hanno strameritato la vittoria, hanno fallito i goal già fatti, hanno preso anche due pali, ma i tre goal sono stati un gentile omaggio della difesa argentina. Del resto, anche l'autogoal di Perfumo a favore dell'Italia non è dovuto a una deviazione involontaria, ma è stato proprio un intervento sbagliato. In attacco l'Argentina è praticamente nulla. Mario Kempes è pesante, si dà un sacco di arie, ma non serve a niente. Anche contro la Polonia ha fatto un errore ridicolo. Lanciato a rete, tutto solo davanti a Tomaszewski, non ha trovato di meglio di "zappare" terreno e linea bianca.

Riva in forma: ora arriveranno anche i suoi goal

L'accoppiata con Anastasi risolverà i problemi di Valcareggi

Tandem Riva - Anastasi dopo la grande paura

DA RIVA SI ASPETTANO I GOAL

Solo una vittoria garantisce la qualificazione

Deludente partita contro l'Argentina

L'Italia a stento salva il pareggio

Anche Riva sotto accusa

L'Argentina regala il pareggio: basterà?

PRIMA DELLA GARA CONTRO LA POLONIA

Riva polemizza per l'esclusione

Fuori Riva e Rivera

Frutto di un «compromesso» la clamorosa decisione

Non è stato Valcareggi ad escludere Riva

La formazione imposta da Franchi e Carraro per evitare al solo Rivera l'umiliazione d'essere messo fuori squadra – Il tecnico della nazionale ha difeso sino all'ultimo il goleador cagliaritano – Estremo nervosismo alla vigilia della partita decisiva per la qualificazione

Il goleador cagliaritano in panchina mentre naufragava la nazionale

Sarebbe bastato mezzo Riva

POSTFAZIONE

L'epilogo lo conoscete tutti. Contro la Polonia, Valcareggi sceglie di lasciar fuori Rivera e Riva. Tribuna per entrambi. Causio ala destra, Mazzola torna a centrocampo al posto di Rivera. Ok, e chi gioca al posto di Gigi? Giorgio Chinaglia. Una vergogna! Il giocatore che solo qualche giorno prima tutti volevano impacchettare e rispedire a casa, e che solo per il volere di Franchi era rimasto lì, ora viene mandato in campo da titolare. In coppia con Anastasi. Tradotto: abbiamo in questo mondiale i due attaccanti più forti di sempre, Riva e Boninsegna, e uno va in tribuna e l'altro in panchina. La Polonia ci rimanda a casa. L'infortunio di Burgnich dopo mezz'ora è premonitore, la nostra condanna. C'è troppa differenza fra l'ottimo libero dell'Inter e Pino Wilson, libero della Lazio. Passano, infatti, solo sette minuti dalla sostituzione e la Polonia segna con Andrzej Szarmach che umilia sullo stacco Morini e batte Zoff di testa. Sul finire del primo tempo Deyna segna il 2-0 ed è inutile il goal nel finale di Capello.

Riva al 50% avrebbe senz'altro fatto meglio degli attaccanti schierati contro la Polonia. Per come hanno giocato oggi Anastasi, Boninsegna e soprattutto l'improponibile Chinaglia, sarebbe bastato anche solo la presenza di Riva, per creare apprensione nella squadra polacca. Sarebbe bastata anche solo la sua fama per creare terrore. Sempre meglio di quel che si è visto in campo.

Per non parlare dei difensori. Morini e Spinosi. Sempre protetti in Italia, per la maglia zebrata che portano, qui non hanno potuto ricorrere a tutti i mezzi utilizzati in campionato. Ai Mondiali devi giocare al calcio perché sei come tutti gli altri, non conta la maglia. E i nodi sono venuti al pettine.

Il bello è che dopo la partita Valcareggi è esploso in un pianto a dirotto. Le classiche lacrime di coccodrillo dopo che mangiano i figlioletti (che poi è solo una leggenda: lacrimano naturalmente stando molto tempo fuori dall'acqua, per esempio quando si mettono i figli in bocca, non certo per mangiarli, ma per proteggerli dai predatori e spostarli). Qui Valcareggi non è che si è mangiato Gigi Riva, ma di sicuro è come se, lui sì, avesse ucciso (sportivamente, per carità!) un figlio. Forse le lacrime sono per quello. Non solo hai perso, ma hai perso facendo la figura dell'ingrato.

Su Polonia-Italia circolano anche tante voci di un tentato accordo fra le due nazionali. Ci sono diverse testimonianze (che siano attendibili o meno, ognuno la pensi come vuole), che dicono il primo passo fu fatto dai polacchi, attraverso un giornalista che fungeva un po' da apripista. "Voi non schierate Anastasi e Chinaglia e noi non schieriamo Szarmach", perché giocatori ritenuti "non addomesticabili". Come se gli altri fossero tutti dei disonesti. Una volta giunto il messaggio alle orecchie di Artemio Franchi, ecco l'annuncio immediato della formazione da parte di Valcareggi. Fuori Riva e dentro Anastasi e Chinaglia. Che senso avrebbe questa cosa? Boh, mistero! Far vedere che siamo tosti? Non lo so. Di fatto, sempre secondo questa versione, i polacchi, sentendo la formazione azzurra, si incavolano come bestie e ce le suonano malamente. Chiamiamola teoria n°1.

Teoria n° 2. Che sia esistita o no la teoria n° 1, sembra che nell'intervallo della partita Italo Allodi si sia presentato negli spogliatoi polacchi mostrando una valigia piena di soldi. Zmuda conferma, Gorgon dice di non aver visto niente. Addirittura, per dare manforte a questo tentativo approccio (chiamiamolo col suo nome: tentativo di corruzione), Sandro Mazzola (c'è una sua intervista al riguardo), andò, sempre durante l'intervallo, a parlare (in inglese) con Kazimierz Deyna, il capitano. Gli propose un'amichevole da disputarsi in Italia con incasso destinato ai polacchi. Deyna rispose sì ed entrò negli spogliatoi dai compagni. Ma quando iniziò la ripresa, visto l'accanimento e il vigore atletico messo in campo dalla nazionale avversaria, fu chiaro agli Azzurri che la proposta era stata rifiutata, aggravando ancora di più la situazione.

Teoria n° 3. Sono gli argentini, che offrono 18.000 dollari ai polacchi per battere l'Italia. Mi sembra qualcosa più plausibile. Se la cosa vi fa schifo, sappiate che è successo qualche volta anche da noi all'ultima giornata di campionato, con scudetti che hanno cambiato strada inaspettatamente, con difensori che non marcano più e portieri che giocano alle belle statuine. Questa storia dei 18.000 dollari presenta poi un giallo, che se è vero rientra nella top ten dei più classici "benfatto!": i soldi li avrebbe intascati il solo Robert Gadocha, che li avrebbe materialmente ricevuti dagli argentini per poi dividerli con i compagni e che invece non ha diviso un bel niente. Bah, chissà!

Simpatica poi la lettera che la F.I.F.A. ha inviato alla federazione italiana un paio di mesi dopo, ad agosto, in cui chiedeva se fosse necessario proseguire l'inchiesta sul tentativo di corruzione denunciato dal C.T. della Polonia. Cioè, lo chiedevano a noi. Un giudice che chiede all'imputato se gradisce il proseguimento delle indagini io non l'avevo mai sentito. L'Italia ha comunque risposto "sì, prosegui pure, Fifa!". Tanto miracolosamente nel frattempo il C.T. polacco ha cambiato idea ed ha preso a smentire tutto.

Sempre ad agosto, esattamente il primo del mese, Valcareggi viene esonerato. Al suo posto viene scelto Fulvio Bernardini.

L'Argentina batte 4-1 Haiti. Si va a casa! Mondiale finito. Siamo arrivati da favoriti, non prendevamo goal da una vita, e ce ne andiamo al primo turno prendendo goal in tutte le partite.

Si conclude così la carriera in azzurro di Gigi Riva, il più grande attaccante italiano di tutti i tempi. Qualche dato?

- 42 partite
- 35 goal
- 3.711 minuti giocati
- 1 goal ogni 106 minuti
- 0,85 goal a partita

Numeri che ne introducono tanti altri che troverete nelle pagine seguenti. Prima era "soprattutto Gigi", nelle pagine seguenti sarà "solo Gigi".

SPAGNA – ITALIA 2-2 (2-2)
(Siviglia,2 marzo 1963)

SPAGNA: Rodríguez, Castellano, Aranguren, Santiago, Martos, Roberto, Cruz, Pirri, Landa, Uriarte, Gonzalo.

ITALIA: Terreni, Luise, Poppi, Bovari, De Paoli, Garbarini, G. De Bernardi, Giannini, Bercellino, Salvi, Riva.

Arbitro: Karl Keller (Svizzera)

Marcatori: 19' Aranguren (rig.), 24' Bercellino, 32' Cruz, 38' Bercellino

In piedi: Luise, De Paoli, Bercellino, Bovari, Terreni, De Bernardi, Garbarini
Accosciati: Superchi, Salvi, Poppi, Giannini, Riva

Sevilla. 2/3/1963
ESPAÑA,2 – Italia, 2

ESPAÑA - ITALIA 2-2 (2-2)

XVI Torneo de la UEFA, Inglaterra 1963: fase de clasificación, ronda única, ida.

02/03/1963. Sevilla (España): Ramón Sánchez Pizjuán.

Arbitro: Karl Keller (Suiza).

ESPAÑA : Rodri; Castellano, Martos, Aranguren; Santi, Roberto, Cruz, Pirri, Landa, Uriarte, Gonzalo.

Seleccionador: Eusebio Martín Rodríguez (9).

ITALIA : Terrini; Luise, De Paoli, Poppi; Bovari, Garvarini; G. F. De Bernardi; Giannini, Bercellino, Salvi, Riva.

Goles: 1-0 Aranguren (p, 19'), 1-1 Bercellino (27'), 2-1 Cruz (34'), 2-2 Bercellino (39').

CLUBS: José Rodríguez Domínguez (1 - Sevilla), Francisco Castellano Rodríguez (1 - Las Palmas), Antonio Martos Mesa (1 - Jaén), Jesús Aranguren Merino (2 - Athletic de Bilbao), Santiago Gutiérrez Calle (1 - Laredo), Roberto López García (1 - Real Madrid), Antonio Cruz Pérez (1 - Betis de Sevilla), José Martínez Sánchez (1 - Atlético Ceuta), Jesús María Landa Berasategui (1 - Basconia), Fidel Uriarte Macho (4 - Athletic de Bilbao), Antonio Gonzalo Navarro (1 - Barcelona).

OTROS SELECCIONADOS: "Abelardo" Ángel Abelardo González Bernardo (p. El Entrego), "Llompart" Bartolomé Llompart Coll (Juventud Sallista), "Arieta II" Antonio Arietaaraunabeña Piedra (Athletic de Bilbao), "Quino" Joaquín Sierra Vallejo (Betis de Sevilla), "Murillo" (Atlético de Madrid).

DEBUTANTES: Rodri, Castellano, Martos, Santi, Roberto, Cruz, Pirri, Landa, Gonzalo.

ITALIA–SPAGNA 3-2 (2-0)

(Roma,13 marzo 1963)

ITALIA: Terreni, P. De Bernardi, Luise, Montefusco, De Paoli, Garbarini, G. De Bernardi, Giannini, Bercellino, Salvi, Riva.

SPAGNA: Rodríguez, Castellano, Aranguren, Roberto, Martos, Llompart, Cruz, Arieta II, Landa, Uriarte, Gonzalo.

Arbitro: Anton Bucheli (Svizzera)

Marcatori: 19' Bercellino, 21' Giannini, 60' Riva, 66' Gonzalo, 78' Arieta II

ITALIA - ESPAÑA 3-2 (2-0)

XVI Torneo de la UEFA, Inglaterra 1963: fase de clasificación: ronda única, vuelta.
13/03/1963. Roma (Italia): Stadio Flaminio.
Arbitro: Anton Buchelli (Suiza).
ITALIA : Terrini; P. A. De Bernardi, Depaoli, Luise; Montefusco, Garvarini; G. F. De Bernardi, Giannini, Bercellino, Salvi, Riva.

ESPAÑA : Rodri; Castellano, Martos, Aranguren; Roberto, Llompart; Cruz, Arieta II, Landa, Uriarte, Gonzalo.
Seleccionador: Eusebio Martin Rodríguez (10).
Goles: 1-0 Bercellino (19'), 2-0 Giannini (22'), 3-0 Riva (55'), 3-1 Gonzalo (62'), 3-2 Arieta II (73').

CLUBS: José Rodríguez Domínguez (2 - Sevilla), Francisco Castellano Rodríguez (2 - Las Palmas), Antonio Martos Mesa (2 - Jaén), Jesús Aranguren Merino (3 - Athletic de Bilbao), Roberto López García (2 - Real Madrid), Bartolomé Llompart Coll (1 - Juventud Sallista), Antonio Cruz Pérez (2 - Betis de Sevilla), Antonio Arietaaraunabeña Piedra (1 - Athletic de Bilbao), Jesús María Landa Berasategui (2 - Basconia), Fidel Uriarte Macho (5 - Athletic de Bilbao), Antonio Gonzalo Navarro (2 - Barcelona).

OTROS SELECCIONADOS: "Abelardo" Ángel Abelardo González Bernardo (p, El Entrego), "Santi" Santiago Gutiérrez Calle (Laredo), "Pirri" José Martinez Sánchez (Atlético Ceuta), "Quino" Joaquín Sierra Vallejo (Betis de Sevilla), "Murillo" (Atlético de Madrid).
DEBUTANTES: Llompart, Arieta II.

ITALIA–UNGHERIA 3-0 (3-0)
(Hastings,13 aprile 1963)

ITALIA: Terreni, P. De Bernardi, Luise, Bovari, Ferrante, Garbarini, G. De Bernardi, Giannini, Bercellino, Salvi, Riva.

UNGHERIA: Géczi, Páncsics, Szabó, Kárpáti, Vellai, Lutz, Rónai, Varga, Horváth, Rátkai, Izsáki.

Arbitro: Andries van Leeuwen (Olanda)
Marcatori : 4' Riva, 25' Salvi, 36' G. De Bernardi

In realtà in Ungheria, ribadito che Italia diventa un termine irripetibile (Olasz… e qualcosa), la loro formazione la danno così (e dato che conoscono i giocatori meglio di noi c'è pure da crederci):

OLASZORSZÁG IFJ. – MAGYARORSZÁG IFJ. 3:0

Magyarország: Géczi(FTC), Páncsics (FTC), Vellai (Csepel), Szabó (Székesfehérvár), Kárpáti (Ú. Dózsa), Lutz (Ú. Dózsa), Rónai (Komló), Varga Z. (FTC), Horváth (BVSC), Rátkai (FTC), Iszak (Haladás)

p.s. –fra parentesi sono le squadre di appartenenza, si capisce… forse non si comprende immediatamente che FTC è "semplicemente" il Ferencvárosi Torna Club. Per noi poveri umani il Ferencvaros, per indenderci.

Da notare che prima della partita il pronostico era totalmente a favore degli Ungheresi. Il risultato, visto così, ha quindi del clamoroso. Due cose: la prima, non sapevano ancora chi fosse un certo Gigi Riva; la seconda, a onor del vero, è che "Varga sérülése miatt fiataljaink több mint egy órán át 10 emberrel játszottak". Dicono che hanno giocato in dieci per più di un'ora a causa di un infortunio occorso a Varga. Intanto anche in undici effettivi stavano perdendo comunque.

ITALIA–FRANCIA 4-1 (3-0)
(Hounslow,15 aprile 1963)

ITALIA: Terreni, P. De Bernardi, Luise, Bovari, Ferrante, Garbarini, G. De Bernardi, Giannini, Ciannameo, Salvi, Riva.

FRANCIA : Gallina, Bègue, Canetti, Novi, Serrus, Glyzinski, Gasparini, Watteau, Favereau, Lech, Herbet.

Arbitro: Jack Taylor (Inghilterra)

Marcatori : 33' Ciannameo, 34' Giannini, 40' Riva, 38' Lech (rig.) 76' Canetti (aut.)

BULGARIA-ITALIA 2-1 (0-1)
(Fulham,17 aprile 1963)

BULGARIA: Borislavov, Lichev, Atanasov, Zhekov, Hristov, Penev, Kirilov, Nikodimov, Raykov, Stoyanov, Radlev.

ITALIA: Terreni, P. De Bernardi, Luise, Bovari, Ferrante, Garbarini, G. De Bernardi, Giannini, Ciannameo, Salvi, Riva.

Arbitro: Marcel Raeymaeckers (Belgio)

Marcatori: 35' Riva, 57' e 76' Raykov

ITALIA SERIE C - IRLANDA DEL NORD LEGA 1-0 (0-0)
(Arezzo,4 maggio 1963)

ITALIA: Pezzullo, Costantini, Risso, Carpenetti, Soldo, Cioni, Milanesi (Veneranda), Giannini, Joan, Pereni, Riva.

IRLANDA DEL NORD: Irvine, Parke, Alan Campbell, McCullough, Alb. Campbell, Smith, B. Campbell, Scott, Wilson, Dicson, Braithwaite.

Arbitro: Alfred Haberfellner (Austria)

Marcatori: 61' Cioni

In piedi: **Pezzullo, Carpenetti, Joan, Soldo, Risso, Cioni, Riva**
Accosciati: **Costantini, Pereni, Giannini, Milanesi**

Rappr. ASHANTI-ITALIA SERIE C 3-2 (2-0)

(Kumasi, 23 giugno 1963)

ASHANTI: De Graft, Kusi, Kofi, Peter, Moro, Aikins, Ephson, Adarkwa, Mfum, Kwame, Salisu.

ITALIA: Mantovani, Costantini, Risso, Gioia, Soldo, Carpenetti, Tartari (Di Stefano), Giannini, Joan, Pereni, Riva.

Arbitro: Ckackyre (Ghana)

Marcatori: 17' Joan, 38' Riva, 64' Joan, 75' Mfum, 81' Soldo (aut.)

GHANA-ITALIA SERIE C 5-2 (1-0)

(Accra, 1 luglio 1963)

GHANA: Dodoo-Ankrah, Crentsil, Oblitey, Acheampong, Odametey, Parry, Adarkwa, Mfum, Acquah, Accrem, Salisu.

ITALIA: Mantovani, Costantini, Risso, Gioia, Soldo, Carpenetti, Di Stefano, Giannini, Joan (Tartari), Pereni, Riva.

Arbitro: Franklin (Inghilterra)

Marcatori: 15' e 59' Salisu, 61' Mfum, 65' Acquah, 70' Riva (rig.), 88' Soldo (aut.), 90' Risso

Trieste (Stadio "Giuseppe Grezar") – Sabato, 25/05/1968 – h 17.00

ITALIA-INGHILTERRA 1-1 – Amichevole

ITALIA: Vecchi, Roversi, Pasetti, Montefusco, Cresci, Ferrante, Gori, Vieri, Anastasi, Merlo, Riva.

INGHILTERRA: Springett, Wright, Shaw, Doyle, Stephenson, Harris, Sammels, Baldwin, Birchenall, Chivers, Kendall.

Arbitro: Eduard Babauczek (Austria)   Spettatori: 18.000

Marcatori: 37' Kendall, 54' Gori

TUTTI I GOAL DI GIGI RIVA

1962 (N° 3 GOAL)						
Legnano	21/10	Legnano-Ivrea	3-0	Serie C	1	Biggi
Sanremo	30/12	Sanremese-Legnano	3-2	Serie C	2	Lemonnier

Riva segnò in realtà un altro goal, nel 1962. Molto importante per lui e anche per il suo Legnano. Il 23/12/1962 i Lilla ospitano la capolista Varese. Il Legnano ha sol tre punti in meno, seppur in sesta posizione. Il Varese è battuto per 2-1 e il goal del provvisorio 1-0, al 1' della ripresa, è proprio di Riva. Immaginiamo la gioia che avrà provato nel fare goal in quel contesto e soprattutto alla squadra della città capoluogo di provincia del suo paese natale (che sappiamo tutti essere Leggiuno). Al goal di Riva farà seguito il pareggio del Varese, ma il Legnano vince la partita con un goal (di Gerosa) contestatissimo dal Varese. Il goal viene prima annullato e successivamente convalidato dall'arbitro. Il Varese farà ricorso e la partita sarà annullata e ripetuta il 25 aprile 1963. Vincerà di nuovo il Legnano, questo è vero, ma il goal di Gigi segnato nella prima partita non esiste più, se non nel suo cuore e nel ricordo dei tifosi legnanesi.

1963 (N° 12 GOAL)						
Legnano	10/03	Legnano-Fanfulla	3-0	Serie C	1	Cucchetti
Roma	13/03	Italia Juniores-Spagna	3-2	UEFA Europeo U18 – Qualificazione	1	Rodríguez
Pordenone	31/03	Pordenone-Legnano	1-1	Serie C	1	Baldisseri
Hastings	13/04	Italia Juniores-Ungheria	3-0	UEFA Europeo U18 – Fase finale	1	Géczi
Hounslow (Londra)	15/04	Italia Juniores-Francia	4-1	UEFA Europeo U18 – Fase finale	1	Gallina
Fulham (Londra)	17/04	Bulgaria-Italia Juniores	2-1	UEFA Europeo U18 – Fase finale	1	Borislavov
Kumasi	23/06	Rappr. Ashanti-Italia Serie C	2-3	Amichevole	1	De-Graft
Accra	01/07	Ghana-Italia Serie C	5-2	Amichevole	1	Dodoo-Ankrah
Prato	15/09	Prato-Cagliari	1-2	Serie B	1	Gridelli
Cagliari	29/09	Cagliari-Napoli	2-2	Serie B	2	Pontel
Cagliari	23/11	Cagliari-Bari	2-0	De Martino	1	Maso

29/09/1963: primo goal di Riva in Sardegna: battuto Pontel del Napoli

1964 (N° 7 GOAL)						
Roma	29/02	Lazio-Cagliari	2-1	De Martino	1	Bottiglieri
Cagliari	03/05	Cagliari-Palermo	3-0	Serie B	1	Bandoni
Cagliari	10/05	Cagliari-Potenza	1-0	Serie B	1	Ducati
Verona	17/05	Verona-Cagliari	0-3	Serie B	2	Ciceri
Udine	14/06	Udinese-Cagliari	1-1	Serie B	1	Collovati
Cagliari	27/09	Cagliari-Sampdoria	1-1	Serie A	1	Sattolo

			1965 (N° 18 GOAL)			
Genova	03/01	Genoa-Cagliari	1-1	Serie A	1	Da Pozzo
Cagliari	06/01	Cagliari-Spal	1-0	Coppa Italia	1	Bruschini
Cagliari	31/01	Cagliari-Juventus	1-0	Serie A	1	Anzolin
Bergamo	28/03	Atalanta-Cagliari	0-1	Serie A	1	Pizzaballa
Cagliari	04/04	Cagliari-Lazio	3-0	Serie A	1	Cei
Varese	25/04	Varese-Cagliari	0-2	Serie A	1	Miniussi
Milano	28/04	Inter-Cagliari	6-3	Coppa Italia	2	Sarti
Foggia	09/05	Foggia-Cagliari	1-2	Serie A	1	Moschioni
Cagliari	23/05	Cagliari-Genoa	2-1	Serie A	1	Da Pozzo
Cagliari	06/06	Cagliari-Milan	2-1	Serie A	1	Barluzzi
Cagliari	12/09	Cagliari-Sampdoria	1-1	Serie A	1	Sattolo
Varese	03/10	Varese-Cagliari	1-3	Serie A	2	Di Vincenzo
Catania	28/11	Catania-Cagliari	2-1	Serie A	1	Branduardi
Cagliari	19/12	Cagliari-Lazio	3-0	Serie A	2	Cei
Cagliari	26/12	Cagliari-Vicenza	3-0	Serie A	1	Reginato

			1966 (N° 12 GOAL)			
Cagliari	09/01	Cagliari-Roma	4-0	Serie A	1	Cudicini
Bologna	23/01	Bologna-Cagliari	3-1	Serie A	1	Negri
Cagliari	13/02	Cagliari-Torino	3-2	Serie A	1	Vieri
Vicenza	01/05	Vicenza-Cagliari	1-1	Serie A	1	Luison
Lecco	18/09	Lecco-Cagliari	0-2	Serie A	1	Balzarini
Cagliari	02/10	Cagliari-Bologna	4-0	Serie A	3	Rado
Cagliari	06/11	Cagliari-Venezia	4-0	Serie A	2	Bubacco
Cagliari	09/11	Cagliari-Sarajevo	2-1	Mitropa Cup	1	Sirćo
Milano	24/12	Inter-Cagliari	2-1	Serie A	1	Sarti

1967 (N° 27 GOAL)						
Vicenza	08/01	Vicenza-Cagliari	0-2	Serie A	2	Giunti
Cagliari	22/01	Cagliari-Brescia	2-0	Serie A	2	Cudicini
Cagliari	29/01	Cagliari-Lecco	3-1	Serie A	2	Meraviglia
Milano	05/02	Milan-Cagliari	3-1	Serie A	1	Barluzzi
Bologna	12/02	Bologna-Cagliari	1-1	Serie A	1	Vavassori
Cagliari	26/02	Cagliari-Roma	2-1	Serie A	2	Pizzaballa
Venezia	12/03	Venezia-Cagliari	1-1	Serie A	1	Bubacco
Cagliari	15/10	Cagliari-Napoli	1-1	Serie A	1	Zoff
Mantova	29/10	Mantova-Cagliari	0-1	Serie A	1	Girardi
Cosenza	01/11	Italia-Cipro	5-0	Qualificazione Europei	3	"Varnavas" Christofi
Cagliari	05/11	Cagliari-Milan	2-2	Serie A	2	Belli
Berna	18/11	Svizzera-Italia	2-2	Qualificazione Europei	2	Kunz
Cagliari	29/11	Cagliari-Baník Ostrava	6-0	Mitropa Cup	2	Schmucker
Cagliari	03/12	Cagliari-Roma	3-2	Serie A	1	Ginulfi
Ostrava	06/12	Baník Ostrava-Cagliari	3-2	Mitropa Cup	1	Schmucker
Cagliari	09/12	Cagliari-Spal	2-0	Serie A	1	Cipollini
Cagliari	23/12	Italia-Svizzera	4-0	Qualificazione Europei	1	Kunz
Varese	31/12	Varese-Cagliari	2-1	Serie A	1	Da Pozzo

1968 (N° 23 GOAL)						
Cagliari	21/01	Cagliari-Brescia	3-0	Serie A	2	Galli
Cagliari	25/02	Cagliari-Mantova	2-2	Serie A	2	Bandoni
Cagliari	05/05	Cagliari-Torino	2-0	Serie A	1	Vieri
Cagliari	12/05	Cagliari-Inter	3-2	Serie A	1	Sarti
Roma	10/06	Italia-Jugoslavia	2-0	Europei – Finale	1	Pantelić
Livorno	08/09	Livorno-Cagliari	0-2	Coppa Italia	1	Bellinelli
Perugia	15/09	Perugia-Cagliari	0-1	Coppa Italia	1	Valsecchi
Cagliari	22/09	Cagliari-Reggina	1-1	Coppa Italia	1	Jacoboni
Cagliari	29/09	Cagliari-Palermo	3-0	Serie A	1	Ferretti
Varese	06/10	Varese-Cagliari	1-6	Serie A	3	Carmignani
Cagliari	13/10	Cagliari-Fiorentina	1-1	Serie A	1	Superchi
Cardiff	23/10	Galles-Italia	0-1	Qualificazione Mondiali	1	Millington
Torino	10/11	Juventus-Cagliari	1-2	Serie A	1	Anzolin
Roma	17/11	Roma-Cagliari	1-4	Serie A	2	Pizzaballa
Cagliari	24/11	Cagliari-Torino	1-0	Serie A	1	Vieri
Cagliari	08/12	Cagliari-Bologna	3-1	Serie A	2	Vavassori
Cagliari	15/12	Cagliari-Pisa	3-0	Serie A	1	Annibale

295

1969 (N° 33 GOAL)

Città del Messico	01/01	Messico-Italia	2-3	Amichevole	2	Calderón
Firenze	16/02	Fiorentina-Cagliari	1-1	Serie A	1	Superchi
Cagliari	23/02	Cagliari-Inter	1-0	Serie A	1	Miniussi
Vicenza	02/03	Vicenza-Cagliari	1-1	Serie A	1	Luison
Berlino Est	29/03	Germania Est-Italia	2-2	Qualificazione Mondiali	2	Croy
Cagliari	06/04	Cagliari-Milan	3-1	Serie A	1	Belli
Bologna	13/04	Bologna-Cagliari	2-2	Serie A	1	Vavassori
Cagliari	27/04	Cagliari-Verona	2-0	Serie A	2	Colombo
Bergamo	18/05	Atalanta-Cagliari	1-2	Serie A	1	Grassi
Foggia	21/05	Foggia-Cagliari	1-1	Coppa Italia	1	Trentini
Cagliari	14/06	Cagliari-Torino	2-0	Coppa Italia	1	Vieri
Cagliari	21/06	Cagliari-Roma	1-2	Coppa Italia	1	Ginulfi
Cagliari	25/06	Cagliari-Foggia	2-3	Coppa Italia	1	Trentini
Torino	28/06	Torino-Cagliari	1-2	Coppa Italia	1	Sattolo
Catanzaro	31/08	Catanzaro-Cagliari	0-1	Coppa Italia	1	Maschi
Cagliari	03/09	Cagliari-Palermo	3-0	Coppa Italia	1	Ferretti
Cagliari	07/09	Cagliari-Catania	2-2	Coppa Italia	1	Rado
Cagliari	21/09	Cagliari-Vicenza	2-1	Serie A	1	Pianta
Brescia	28/09	Brescia-Cagliari	0-2	Serie A	1	Brotto
Cagliari	01/10	Cagliari-Aris Salonnico	3-0	Coppa delle Fiere	1	Christidis
Firenze	12/10	Fiorentina-Cagliari	0-1	Serie A	1	Superchi
Napoli	26/10	Napoli-Cagliari	0-2	Serie A	2	Zoff
Roma	04/11	Italia-Galles	4-1	Qualificazione Mondiali	3	Sprake
Napoli	22/11	Italia-Germania Est	3-0	Qualificazione Mondiali	1	Croy
Cagliari	07/12	Cagliari-Bologna	1-0	Serie A	1	Adani
Cagliari	28/12	Cagliari-Milan	1-1	Serie A	1	Cudicini
Roma	31/12	Roma-Cagliari	0-1	Coppa Italia	1	Ginulfi

			1970 (N° 33 GOAL)				
Cagliari	04/01	Cagliari-Torino	2-0	Serie A	1	Pinotti
Cagliari	11/01	Cagliari-Sampdoria	4-0	Serie A	1	Battara
Vicenza	18/01	Vicenza-Cagliari	1-2	Serie A	2	Pianta
Cagliari	25/01	Cagliari-Brescia	4-0	Serie A	1	Boranga
Roma	01/02	Lazio-Cagliari	0-2	Serie A	1	Sulfaro
Madrid	21/02	Spagna-Italia	2-2	Amichevole	1	Iribar
Cagliari	24/02	Cagliari-Roma	2-0	Coppa Italia	1	Ginulfi
Cagliari	01/03	Cagliari-Napoli	2-0	Serie A	1	Zoff
Torino	15/03	Juventus-Cagliari	2-2	Serie A	2	Anzolin
Cagliari	22/03	Cagliari-Verona	1-0	Serie A	1	De Min
Cagliari	05/04	Cagliari-Palermo	2-0	Serie A	1	Ferretti
Cagliari	12/04	Cagliari-Bari	2-0	Serie A	1	Spalazzi
Torino	26/04	Torino-Cagliari	0-4	Serie A	2	Pinotti
Lisbona	10/05	Portogallo-Italia	1-2	Amichevole	2	Damas
Toluca	14/06	Messico-Italia	1-4	Campionato del Mondo	2	Calderón
Città del Messico	17/06	Italia-Germania Ovest	4-3	Campionato del Mondo	1	Maier
Pisa	06/09	Pisa-Cagliari	2-4	Coppa Italia	3	Lorenzetti
Cagliari	12/09	Cagliari-Massese	4-1	Coppa Italia	2	Violo (1) Michelini (1)
Cagliari	16/09	Cagliari-Saint-Étienne	3-0	Coppa dei Campioni	2	Carnus
Cagliari	27/09	Cagliari-Sampdoria	2-1	Serie A	1	Battara
Roma	04/10	Lazio-Cagliari	2-4	Serie A	1	Sulfaro
Cagliari	21/10	Cagliari-Atlético Madrid	2-1	Coppa dei Campioni	1	"Rodri"
Milano	25/10	Inter-Cagliari	1-3	Serie A	2	Vieri

			1971 (N° 19 GOAL)				
Torino	25/04	Torino-Cagliari	2-1	Serie A	1	Castellini
Cagliari	02/05	Cagliari-Napoli	1-1	Serie A	1	Zoff
Milano	16/05	Milan-Cagliari	3-1	Serie A	1	Belli
Cagliari	23/05	Cagliari-Verona	4-1	Serie A	1	Colombo
Cagliari	01/06	Cagliari-Crystal Palace	2-0	Coppa Anglo-Italiana	2	Jackson
Cagliari	23/06	Cagliari-Inter	1-1	Trofeo Nazionale di Lega "Armando Picchi"	1	Vieri
Foggia	05/09	Foggia-Cagliari	1-1	Coppa Italia	1	Trentini
Cagliari	08/09	Cagliari-Livorno	3-0	Coppa Italia	2	Gori
Cagliari	03/10	Cagliari-Verona	3-1	Serie A	1	Colombo
Milano	09/10	Italia-Svezia	3-0	Qualificazione Europei	2	Hellström
Bergamo	17/10	Atalanta-Cagliari	2-1	Serie A	1	Rigamonti
Cagliari	07/11	Cagliari-Napoli	2-1	Serie A	1	Zoff
Cagliari	28/11	Cagliari-Bologna	2-1	Serie A	2	Vavassori
Roma	05/12	Roma-Cagliari	2-1	Serie A	1	De Min
Vicenza	26/12	Vicenza-Cagliari	0-1	Serie A	1	Bardin

1972 (N° 28 GOAL)						
Varese	02/01	Varese-Cagliari	0-2	Serie A	1	Barluzzi
Verona	30/01	Verona-Cagliari	0-2	Serie A	1	Colombo
Cagliari	06/02	Cagliari-Atalanta	2-0	Serie A	2	Rigamonti
Cagliari	20/02	Cagliari-Torino	1-2	Serie A	1	Castellini
Cagliari	12/03	Cagliari-Milan	2-1	Serie A	1	Cudicini
Bologna	19/03	Bologna-Cagliari	2-1	Serie A	1	Adani
Cagliari	26/03	Cagliari-Roma	1-0	Serie A	1	Ginulfi
Cagliari	01/04	Cagliari-Inter	1-2	Serie A	1	Bordon
Firenze	09/04	Fiorentina-Cagliari	0-1	Serie A	1	Superchi
Cagliari	16/04	Cagliari-Vicenza	3-0	Serie A	1	Bardin
Cagliari	23/04	Cagliari-Varese	1-1	Serie A	1	Fabris
Bruxelles	13/05	Belgio-Italia	2-1	Europei – Quarti di finale	1	Piot
Cagliari	21/05	Cagliari-Sampdoria	3-1	Serie A	1	Pellizzaro
Mantova	28/05	Mantova-Cagliari	2-1	Serie A	1	Recchi
Ascoli	27/08	Ascoli-Cagliari	0-2	Coppa Italia	1	Buffon
Perugia	30/08	Perugia-Cagliari	0-2	Coppa Italia	2	Grosso
Cagliari	06/09	Cagliari-Ternana	3-1	Coppa Italia	1	Alessandrelli
Cagliari	10/09	Cagliari-Arezzo	3-0	Coppa Italia	2	Conti
Torino	20/09	Italia-Jugoslavia	3-1	Amichevole	1	Marić
Lussemburgo	07/10	Lussemburgo-Italia	0-4	Qualificazione Mondiali	2	Zender
Cagliari	05/11	Cagliari-Roma	2-2	Serie A	1	Ginulfi
Terni	12/11	Ternana-Cagliari	1-1	Serie A	1	Alessandrelli
Cagliari	19/11	Cagliari-Fiorentina	2-2	Serie A	1	Superchi
Verona	24/12	Verona-Cagliari	1-1	Serie A	1	Pizzaballa

		1973 (N° 24 GOAL)				
Cagliari	04/02	Cagliari-Vicenza	3-0	Serie A	2	Bardin
Catania	11/02	Palermo-Cagliari	0-1	Serie A	1	Girardi
Cagliari	18/02	Cagliari-Inter	2-3	Serie A	1	Vieri
Cagliari	11/03	Cagliari-Ternana	1-0	Serie A	1	Alessandrelli
Genova	31/03	Italia-Lussemburgo	5-0	Qualificazione Mondiali	4	Zender
Genova	29/04	Sampdoria-Cagliari	0-1	Serie A	1	Cacciatori
Napoli	06/05	Napoli-Cagliari	1-1	Serie A	1	Carmignani
Bologna	20/05	Bologna-Cagliari	4-2	Serie A	1	Adani
Cagliari	27/05	Cagliari-Napoli	1-1	Coppa Italia	1	Carmignani
Milano	03/06	Milan-Cagliari	0-1	Coppa Italia	1	Vecchi
Roma	09/06	Italia-Brasile	2-0	Amichevole	1	Leão
Milano	09/09	Italia-Svezia	2-0	Amichevole	1	Hellström
Foggia	14/10	Foggia-Cagliari	1-1	Serie A	1	Trentini
Roma	20/10	Italia-Svizzera	2-0	Qualificazione Mondiali	1	Deck
Cagliari	28/10	Cagliari-Torino	1-1	Serie A	1	Castellini
Milano	04/11	Milan-Cagliari	2-2	Serie A	2	Vecchi
Genova	09/12	Genoa-Cagliari	1-1	Serie A	1	Spalazzi
Genova	16/12	Sampdoria-Cagliari	1-1	Serie A	1	Cacciatori
Cagliari	23/12	Cagliari-Juventus	2-1	Serie A	1	Zoff

		1974 (N° 9 GOAL)				
Firenze	06/01	Fiorentina-Cagliari	4-1	Serie A	1	Superchi
Cagliari	13/01	Cagliari-Vicenza	2-0	Serie A	1	Bardin
Milano	20/01	Inter-Cagliari	0-1	Serie A	1	Bordon
Bologna	10/03	Bologna-Cagliari	3-1	Serie A	1	Buso
Cagliari	07/04	Cagliari-Sampdoria	2-1	Serie A	2	Cacciatori
Torino	14/04	Juventus-Cagliari	1-1	Serie A	1	Zoff
Cagliari	12/05	Cagliari-Inter	1-1	Serie A	1	Bordon
Cagliari	15/09	Cagliari-Como	2-2	Coppa Italia	1	Rigamonti

1975 (N° 6 GOAL)							
Cagliari	05/01	Cagliari-Fiorentina	2-1	Serie A	1		Superchi
Varese	23/02	Varese-Cagliari	0-1	Serie A	1		Fabris
Napoli	09/11	Napoli-Cagliari	3-1	Serie A	1		Carmignani
Cagliari	16/11	Cagliari-Bologna	1-2	Serie A	1		Mancini
Genova	07/12	Sampdoria-Cagliari	2-1	Serie A	1		Cacciatori
Cagliari	14/12	Cagliari-Cesena	1-2	Serie A	1		Boranga

1976 (N° 2 GOAL)							
Verona	04/01	Verona-Cagliari	2-1	Serie A	1		Ginulfi
Cagliari	11/01	Cagliari-Como	1-0	Serie A	1		Rigamonti

11/01/1976: ultimo goal in carriera, al Sant'Elia contro il Como

PARTITE E GOAL NEL CAGLIARI CONTRO ITALIANE (a)

SQUADRA	RETI FATTE	GIOCATE CAMPIONATO	GIOCATE COPPA ITALIA	GIOCATE "ARMANDO PICCHI"	GIOCATE "DE MARTINO"
Bologna	15	19	0	0	0
Vicenza	13	18	1	0	0
Inter	12	20	1	1	0
Roma	12	20	4	1	0
Milan	11	19	2	0	0
Napoli	11	18	1	0	0
Torino	11	18	3	0	0
Sampdoria	10	18	0	0	0
Varese	10	12	0	0	0
Verona	10	13	0	0	0
Fiorentina	7	20	2	0	0
Brescia	6	8	0	0	0
Juventus	6	18	2	1	0
Lazio	6	9	1	0	1
Atalanta	5	12	1	0	0
Foggia	5	9	3	0	0
Palermo	5	7	1	0	0
Mantova	4	7	0	0	0
Pisa	4	2	1	0	0
Genoa	3	3	0	0	0
Lecco	3	3	0	0	0
Livorno	3	0	4	0	0
Perugia	3	1	2	0	0
Ternana	3	2	1	0	0
Venezia	3	3	0	0	0
Arezzo	2	0	3	0	0
Catania	2	5	2	0	0
Como	2	1	1	0	0
Massese	2	0	1	0	0
Spal	2	5	1	0	0
Bari	2	2	0	0	1
Ascoli	1	2	1	0	0
Catanzaro	1	3	1	0	0
Cesena	1	4	0	0	0
Potenza	1	2	0	0	0
Prato	1	2	0	0	0
Reggina	1	0	1	0	0
Udinese	1	1	0	0	0
Alessandria	0	1	0	0	0
Messina	0	1	0	0	0
Monza	0	1	0	0	0
Novara	0	0	1	0	0
Padova	0	1	0	0	0
Parma	0	2	0	0	0
Pro Patria	0	2	0	0	0
Sambenedettese	0	0	1	0	0
Triestina	0	1	0	0	0
	200	*315*	*43*	*3*	*2*

PARTITE E GOAL NEL CAGLIARI CONTRO ITALIANE (B)

SQUADRA	GIOCATE CAMPIONATO	RETI CAMPIONATO	GIOCATE COPPA ITALIA	RETI COPPA ITALIA	GIOCATE TROFEO PICCHI	RETI TROFEO PICCHI	GIOCATE DE MARTINO	RETI DE MARTINO
Alessandria	1	0	0	0	0	0	0	0
Arezzo	0	0	3	2	0	0	0	0
Ascoli	2	0	1	1	0	0	0	0
Atalanta	12	5	1	0	0	0	0	0
Bari	2	1	0	0	0	0	1	1
Bologna	19	15	0	0	0	0	0	0
Brescia	8	6	0	0	0	0	0	0
Catania	5	1	2	1	0	0	0	0
Catanzaro	3	0	1	1	0	0	0	0
Cesena	4	1	0	0	0	0	0	0
Como	1	1	1	1	0	0	0	0
Fiorentina	20	7	2	0	0	0	0	0
Foggia	9	2	3	3	0	0	0	0
Genoa	3	3	0	0	0	0	0	0
Inter	20	9	1	2	1	1	0	0
Juventus	18	6	2	0	1	0	0	0
Lazio	9	5	1	0	0	0	1	1
Lecco	3	3	0	0	0	0	0	0
Livorno	0	0	4	3	0	0	0	0
Mantova	7	4	0	0	0	0	0	0
Massese	0	0	1	2	0	0	0	0
Messina	1	0	0	0	0	0	0	0
Milan	19	10	2	1	0	0	0	0
Monza	1	0	0	0	0	0	0	0
Napoli	18	10	1	1	0	0	0	0
Novara	0	0	1	0	0	0	0	0
Padova	1	0	0	0	0	0	0	0
Palermo	7	4	1	1	0	0	0	0
Parma	2	0	0	0	0	0	0	0
Perugia	1	0	2	3	0	0	0	0
Pisa	2	1	1	3	0	0	0	0
Potenza	2	1	0	0	0	0	0	0
Prato	2	1	0	0	0	0	0	0
Pro Patria	2	0	0	0	0	0	0	0
Reggina	0	0	1	1	0	0	0	0
Roma	20	9	4	3	1	0	0	0
Sambenedettese	0	0	1	0	0	0	0	0
Sampdoria	18	10	0	0	0	0	0	0
Spal	5	1	1	1	0	0	0	0
Ternana	2	2	1	1	0	0	0	0
Torino	18	9	3	2	0	0	0	0
Triestina	1	0	0	0	0	0	0	0
Udinese	1	1	0	0	0	0	0	0
Varese	12	10	0	0	0	0	0	0
Venezia	3	3	0	0	0	0	0	0
Verona	13	10	0	0	0	0	0	0
Vicenza	18	13	1	0	0	0	0	0
	315	164	43	33	3	1	2	2

PORTIERI BATTUTI DA RIVA NEL PERIODO ROSSOBLÙ

Lido VIERI	8	Ernesto GALLI	2
Dino ZOFF	8	Sergio GIRARDI	2
Alberto GINULFI	7	Pier Luigi GIUNTI	2
Franco SUPERCHI	7	Roberto GORI	2
Pietro CARMIGNANI	6	Leonardo GROSSO	2
Pierluigi PIZZABALLA	6	John JACKSON	2
Giuseppe VAVASSORI	6	Franco LUISON	2
Raymond ZENDER	6	Giuseppe MERAVIGLIA	2
Adriano BARDIN	5	Ferdinando MINIUSSI	2
Massimo CACCIATORI	5	Walter PONTEL	2
Angelo Martino COLOMBO	5	Giuseppe SPALAZZI	2
Fabio CUDICINI	5	Michelangelo SULFARO	2
Antonio RIGAMONTI	5	Antonio ANNIBALE	1
Roberto ANZOLIN	4	Luigi BALZARINI	1
Pierangelo BELLI	4	Renato BELLINELLI	1
Ignacio CALDERÓN	4	Pietro BOTTIGLIERI	1
Rino RADO	4	Pier Luigi BRANDUARDI	1
Giuliano SARTI	4	Luigi BROTTO	1
Raffaele TRENTINI	4	Eugenio BRUSCHINI	1
Amos ADANI	3	Armando BUFFON	1
Giancarlo ALESSANDRELLI	3	Sergio BUSO	1
Claudio BANDONI	3	Nikos CHRISTIDIS	1
Mario BARLUZZI	3	Renato CIPOLLINI	1
Ivano BORDON	3	Romano COLLOVATI	1
Giovanni BUBACCO	3	Rene DECK	1
Luciano CASTELLINI	3	Bruno DUCATI	1
Idilio CEI	3	Marcello GRASSI	1
Jürgen CROY	3	Antonio GRIDELLI	1
Mario DA POZZO	3	José Ángel IRIBAR	1
Giovanni FERRETTI	3	Bruno JACOBONI	1
Ronnie HELLSTRÖM	3	Emerson LEÃO	1
Marcel KUNZ	3	Sepp MAIER	1
Franco LORENZETTI	3	Franco MANCINI	1
Pietro PIANTA	3	Giuseppe MASCHI	1
Gian Nicola PINOTTI	3	Enver MARIĆ	1
Franco SATTOLO	3	Italo MASO	1
František SCHMUCKER	3	Giampietro MICHELINI	1
Gary SPRAKE	3	Tony MILLINGTON	1
"VARNAVAS" HRISTOFI	3	Giuseppe MOSCHIONI	1
William VECCHI	3	William NEGRI	1
Pietro BATTARA	2	Ilija PANTELIĆ	1
Lamberto BORANGA	2	Giorgio PELLIZZARO	1
Georges CARNUS	2	Christian PIOT	1
Santino CICERI	2	Angelo RECCHI	1
Paolo CONTI	2	Adriano REGINATO	1
Vítor DAMAS	2	Roberto RODRÍGUEZ "RODRI"	1
Giovanni DE MIN	2	Ibrahim SIRĆO	1
Rosario DI VINCENZO	2	Giuseppe VALSECCHI	1
Leopoldo FABRIS	2	Marcello VIOLO	1
			245

PORTIERI BATTUTI DA RIVA NEL PERIODO LEGNANO

Oreste LEMMONIER	2		Antonio CUCCHETTI	1
Edward DODOO-ANKRAH	1		Ernest DE-GRAFT	1
Giandomenico BALDISSERI	1		René GALLINA	1
Giuliano BIGGI	1		István GÉCZI	1
Hristo BORISLAVOV	1		José RODRÍGUEZ	1

27/09/1964 – Cagliari-Sampdoria 1-1
Dopo 3 presenze Riva segna il primo goal in
serie A

09/05/1968 – Cagliari-Torino 2-0
Dopo 114 presenze Riva segna il 50° goal in
serie A

23/05/1971 – Cagliari-Verona 4-1
Dopo 186 presenze Riva segna il 100° goal in
serie A

23/052/1975 – Varese-Cagliari 0-1
Dopo 299 presenze Riva segna il 150° goal in
serie A

SEGNATURE MULTIPLE IN ROSSOBLÙ

LE TRIPLETTE			
1966-67	SERIE A	CAGLIARI-BOLOGNA 4-0	(1 RIGORE)
1968/69	SERIE A	VARESE-CAGLIARI 1-6	
1970/71	COPPA ITALIA	PISA-CAGLIARI 2-4	

LE DOPPIETTE			
1963/64	SERIE B	CAGLIARI-NAPOLI 2-2	
1963/64	SERIE B	VERONA-CAGLIARI 0-3	
1964/65	COPPA ITALIA	INTER-CAGLIARI 6-3	
1965-66	SERIE A	VARESE-CAGLIARI 1-3	
1965-66	SERIE A	CAGLIARI-LAZIO 3-0	
1966-67	SERIE A	CAGLIARI-VENEZIA 4-0	
1966-67	SERIE A	VICENZA-CAGLIARI 0-2	
1966-67	SERIE A	CAGLIARI-BRESCIA 2-0	
1966-67	SERIE A	CAGLIARI-LECCO 3-1	
1966-67	SERIE A	CAGLIARI-ROMA 2-1	
1967-68	SERIE A	CAGLIARI-MILAN 2-2	(1 RIGORE)
1967-68	MITROPA CUP	CAGLIARI-BANÍK 6-0	
1967-68	SERIE A	CAGLIARI-BRESCIA 3-0	
1967-68	SERIE A	CAGLIARI-MANTOVA 2-2	
1968/69	SERIE A	ROMA-CAGLIARI 1-4	
1968/69	SERIE A	CAGLIARI-BOLOGNA 3-1	(1 RIGORE)
1968/69	SERIE A	CAGLIARI-VERONA 2-0	
1969/70	SERIE A	NAPOLI-CAGLIARI 0-2	
1969/70	SERIE A	VICENZA-CAGLIARI 1-2	
1969/70	SERIE A	JUVENTUS-CAGLIARI 2-2	(1 RIGORE)
1969/70	SERIE A	TORINO-CAGLIARI 0-4	
1970/71	COPPA ITALIA	MASSESE-CAGLIARI 4-1	
1970/71	COPPA DEI CAMPIONI	CAGLIARI- SAINT-ÉTIENNE 3-0	
1970/71	SERIE A	INTER-CAGLIARI 1-3	
1970/71	COPPA ANGLO-ITALIANA	CAGLIARI-CRYSTAL PALACE 2-0	
1971/72	COPPA ITALIA	CAGLIARI-LIVORNO 3-0	(1 RIGORE)
1971/72	SERIE A	CAGLIARI-BOLOGNA 2-1	
1971/72	SERIE A	CAGLIARI-ATALANTA 2-0	
1972/73	COPPA ITALIA	PERUGIA-CAGLIARI 0-2	
1972/73	COPPA ITALIA	CAGLIARI-AREZZO 3-0	
1972/73	SERIE A	CAGLIARI-VICENZA 3-0	
1973/74	SERIE A	MILAN-CAGLIARI 2-2	
1973/74	SERIE A	CAGLIARI-SAMPDORIA 2-1	

SEGNATURE MULTIPLE IN AZZURRO

LE TRIPLETTE			
DATA	**PARTITA**	**PUNTEGGIO**	**RETI FATTE**
01/11/1967	ITALIA-CIPRO	5-0	3
18/11/1967	SVIZZERA-ITALIA	2-2	2
01/01/1969	MESSICO-ITALIA	2-3	2
29/03/1969	GERMANIA EST-ITALIA	2-2	2
04/11/1969	ITALIA-GALLES	4-1	3
10/05/1970	PORTOGALLO-ITALIA	1-2	2
14/06/1970	MESSICO-ITALIA	1-4	2
09/10/1971	ITALIA-SVEZIA	3-0	2
07/10/1972	LUSSEMBURGO-ITALIA	0-4	2
31/03/1973	ITALIA-LUSSEMBURGO	5-0	4
			24

RIGORI IN CAMPIONATO COL CAGLIARI

STAGIONE	GIORNATA	ESITO	AVVERSARIA	PORTIERE
1966/67	1^	GOAL	LECCO	BALZARINI
1966/67	2^	PARATO	MILAN	MANTOVANI
1966/67	3^	GOAL	BOLOGNA	RADO
1966/67	19^	GOAL	MILAN	BARLUZZI
1966/67	24^	GOAL	VENEZIA	BUBACCO
1967/68	4^	GOAL	NAPOLI	NEGRI
1967/68	7^	GOAL	MILAN	BELLI
1968/69	10^	GOAL	BOLOGNA	VAVASSORI
1968/69	11^	GOAL	PISA	ANNIBALE
1968/69	25^	GOAL	BOLOGNA	VAVASSORI
1968/69	26^	PARATO	PISA	ANNIBALE
1968/69	27^	PARATO	VERONA	COLOMBO
1969/70	5^	GOAL	FIORENTINA	SUPERCHI
1969/70	11^	FUORI (ALTO)	BOLOGNA	ADANI
1969/70	22^	GOAL	NAPOLI	ZOFF
1969/70	24^	GOAL	JUVENTUS	ANZOLIN
1969/70	25^	GOAL	VERONA	DE MIN
1970/71	1^	GOAL	SAMPDORIA	BATTARA
1970/71	26^	PARATO	CATANIA	RADO
1970/71	29^	GOAL	MILAN	BELLI
1971/72	19^	GOAL	TORINO	CASTELLINI
1971/72	21^	GOAL	MILAN	CUDICINI
1971/72	26^	GOAL	VICENZA	BARDIN
1972/73	5^	PARATO	ROMA	GINULFI
1972/73	19^	GOAL	INTER	VIERI
1973/74	3^	GOAL	TORINO	CASTELLINI
1973/74	5^	PARATO	BOLOGNA	BUSO
1973/74	6^	PARATO	VERONA	BELLI
1974/75	12^	GOAL	FIORENTINA	SUPERCHI
1975/76	6^	GOAL	BOLOGNA	MANCINI
1975/76	9^	PALO	CESENA	BORANGA

RIGORI IN COPPA ITALIA COL CAGLIARI

DATA	ESITO	AVVERSARIA	PORTIERE
31/08/1969	GOAL	CATANZARO	MASCHI
08/09/1971	GOAL	LIVORNO	GORI

RIGORI IN NAZIONALE A

DATA	ESITO	AVVERSARIA	PORTIERE
18/11/1967	GOAL	SVIZZERA	KUNZ
22/11/1969	PARATO	GERMANIA EST	CROY
13/05/1972	GOAL	BELGIO	PIOT

RIGORI IN NAZIONALE JUNIORES

DATA	ESITO	AVVERSARIA	PORTIERE
01/07/1963	PARATO (poi ribattuto in goal)	GHANA	DODOO-ANKRAH

RIGORI REALIZZATI – DETTAGLIO STAGIONI

STAGIONE	CAMPIONATO	COPPA ITALIA	NAZIONALE	AVVERSARIA
1966/67	4	0	1	Lecco*, Bologna, Milan*, Venezia*; Svizzera*
1967/68	2	0	0	Napoli, Milan
1968/69	3	0	0	Bologna, Pisa, Bologna*
1969/70	4	1	0	Fiorentina*. Napoli, Juventus*, Verona; Catanzaro*
1970/71	2	0	0	Sampdoria, Milan*
1971/72	3	1	1	Torino*, Milan, Vicenza; Livorno; Belgio*
1972/73	1	0	0	Inter
1973/74	1	0	0	Torino
1974/75	1	0	0	Fiorentina
1975/76	1	0	0	Bologna
	22	2	2	

* = fuori casa

25/09/66   Cagliari-Milan 0-0

20/04/69   Pisa-Cagliari 0-0

27/04/69   Cagliari-Verona 2-0

22/11/69 — Italia-DDR 3-0

07/12/69 — Cagliari-Bologna 1-0

(alto)

18/04/71 — Cagliari-Catania 1-1

05/11/72   Cagliari-Roma 2-2

18/11/73   Cagliari-Bologna 0-0

25/11/73   **Verona-Cagliari 2-0**

14/12/75   **Cagliari-Cesena 1-2**

(palo)

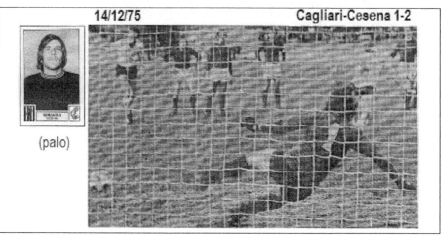

25/09/66
Cagliari-Milan 0-0
Lo Bello

20/04/69
Pisa-Cagliari 0-0
Lo Bello

27/04/69
Cagliari-Verona 2-0
Picasso

22/11/69
Italia-DDR 3-0
Schiller

05/11/72
Cagliari-Roma 2-2
Angonese

(alto) **07/12/69**
Cagliari-Bologna 1-0
Lo Bello

18/04/71
Cagliari-Catania 1-1
Gialluisi

18/11/73
Cagliari-Bologna 0-0
Motta

25/11/73
Verona-Cagliari 2-0
Gussoni

14/12/75
Cagliari-Cesena 1-2
(palo interno)
Lapi

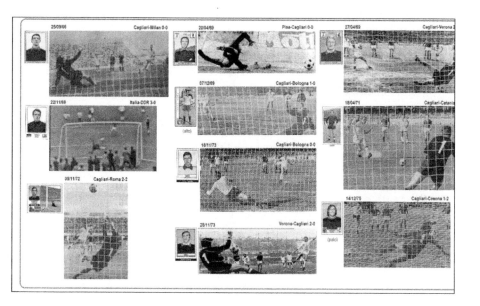

25/09/66   Cagliari-Milan 0-0

20/04/69   Pisa-Cagliari 0-0

27/04/69   Cagliari-Verona 2

07/12/69   Cagliari-Bologna 1-0

22/11/69   Italia-DDR 3-0

18/04/71   Cagliari-Catania

18/11/73   Cagliari-Bologna 0-0

05/11/72   Cagliari-Roma 2-2

14/12/75   Cagliari-Cesena 1-2

25/11/73   Verona-Cagliari 2-0

(alto)

(palo)

CURIOSITÀ

CURIOSITÀ IN ROSSOBLÙ			CURIOSITÀ IN AZZURRO		
Partite ufficiali	380		Partite ufficiali		42
Goal	210		Goal		35
Rigori segnati	24		Rigori segnati		2
Rigori sbagliati	9		Rigori sbagliati		1
Maglie	N°	Partite	Maglie	N°	Partite
	9	1		9	1
	11	378		11	39
	13	1		17	1
				18	1

PARTITE E GOAL INTERNAZIONALI COL CAGLIARI		
	Partite	Goal
Aris Salonicco	2	1
Atlético de Madrid	1	1
Baník Ostrava	2	3
Crystal Palace	2	2
Olympiakos Pireo	1	0
Saint-Étienne	2	2
Sarajevo	1	1
Vardar Skopje	2	0
West Bromwich Albion	2	0
Wiener Sportklub	2	0

PARTITE INTERNAZIONALI COL CAGLIARI

1	Cagliari	09/11/1966	Cagliari-Sarajevo	2-1	Mitropa Cup	1	Sirćo
2	Cagliari	29/11/1967	Cagliari-Baník Ostrava	6-0	Mitropa Cup	2	Schmucker
3	Ostrava	06/12/1967	Baník Ostrava-Cagliari	3-2	Mitropa Cup	1	Schmucker
4	Skopje	13/03/1968	Vardar-Cagliari	1-0	Mitropa Cup	0	Mutibarić
5	Cagliari	27/03/1968	Cagliari-Vardar	0-1	Mitropa Cup	0	Mutibarić
6	Vienna	04/12/1968	Wiener Sport-Club-Cagliari	1-0	Mitropa Cup	0	Kaipel
7	Cagliari	18/12/1968	Cagliari-Wiener Sport-Club	2-1	Mitropa Cup	0	Kaipel
8	Salonnico	17/09/1969	Aris Salonnico-Cagliari	1-1	Coppa delle Fiere	0	Christidis
9	Cagliari	01/10/1969	Cagliari-Aris Salonnico	3-0	Coppa delle Fiere	1	Christidis
10	Cagliari	16/09/1970	Cagliari-Saint-Étienne	3-0	Coppa dei Campioni	2	Carnus
11	Saint-Étienne	30/09/1970	Saint-Étienne-Cagliari	1-0	Coppa dei Campioni	0	Carnus
12	Cagliari	21/10/1970	Cagliari-Atlético Madrid	2-1	Coppa dei Campioni	1	"Rodri"
13	Londra	26/05/1971	Crystal Palace-Cagliari	1-0	Coppa Anglo-Italiana	0	Jackson
14	Birmingham	29/05/1971	West Bromwich Albion-Cagliari	1-2	Coppa Anglo-Italiana	0	Cumbes
15	Cagliari	01/06/1971	Cagliari-Crystal Palace	2-0	Coppa Anglo-Italiana	2	Jackson
16	Cagliari	04/06/1971	Cagliari-West Bromwich Albion	1-0	Coppa Anglo-Italiana	0	Osbourne
17	Atene	14/09/1972	Olympiakos-Cagliari	2-1	Coppa Anglo-Italiana	0	Kelesidis
					TOTALE RETI	10	

1   Cagliari   mercoledì 9 novembre 1966   Cagliari-Sarajevo   2-1   Mitropa Cup

CAGLIARI: Reginato, Martiradonna, Longoni, Cera, Vescovi, Longo, Nené, Visentin, Boninsegna, Greatti, Riva – All. Manlio Scopigno
SARAJEVO: Sirćo, Fazlagić, Bajić, Jesenković, Biogradlić, Muzurović, Prodanović, Šiljkut, Musemić, Prljača, Antić – All. Miroslav Brozović

Arbitro: István Zsolt (Ungheria)

Marcatori: 9' Riva, 18' Greatti, 23' aut. Longo

---

2   Cagliari   mercoledì 29 novembre 1967   Cagliari-Baník Ostrava   6-0   Mitropa Cup

CAGLIARI: Reginato, Martiradonna, Longoni, Cera, Vescovi, Longo, Nené, Rizzo, Boninsegna, Greatti, Riva – All. Héctor Puricelli
BANÍK: Schmucker, Weiss, Kománek, Kniezek, Sládeček, Ondák, Haspra, Michalík, Jünger, Křižák, Mička – All. Oldřich Šubrt

Arbitro: Paul Schiller (Austria)

Marcatori: 37' Riva, 56' Nené, 60' Boninsegna, 67' Boninsegna, 74' Riva, 83' Martiradonna

---

3   Ostrava   mercoledì 6 dicembre 1967   Baník Ostrava-Cagliari   3-2   Mitropa Cup

BANÍK: Schmucker, Weiss, Kniezek, Sládeček, Kománek, Jünger, Ondák, J. Poštulka, Michalík, M. Poštulka, Haspra - All. Oldřich Šubrt
CAGLIARI: Reginato, Martiradonna, Longoni, Niccolai, Vescovi, Longo, Nené, Hitchens, Boninsegna, Rizzo, Riva – All. Héctor Puricelli

Arbitro: István Zsolt (Ungheria)

Marcatori: 1' J. Poštulka, 20' J. Poštulka, 24' Boninsegna, 41' Haspra, 42' Riva

---

4   Skopje   mercoledì 13 marzo 1968   Vardar-Cagliari   1-0   Mitropa Cup

VARDAR: Mutibarić, Drobac, Rac, Georgijev, Mečkarov, Plačkov, Ilievski, S. Mojsov (46' Dončić), Šulinčevski, Velkovski, M. Spasovski – All. Dušan Varagić
CAGLIARI: Reginato, Tiddia, Longoni, Cera, Vescovi, Longo, Badari, Rizzo, Boninsegna, Greatti, Hitchens (46' Riva) - All. Héctor Puricelli

Arbitro: Wottava Tibor (Ungheria)

Marcatori: 90' M. Spasovski

5   Cagliari   mercoledì 27 marzo 1968   Cagliari-Vardar   0-1   Mitropa Cup

CAGLIARI: Pianta, Tiddia, Longoni, Greatti, Vescovi, Longo, Hitchens, Rizzo, Boninsegna, Badari (24'
Moro), Riva - All. Héctor Puricelli
VARDAR: Mutibarić, Drobac, Rac, Georgijev, Mečkarov, Plačkov, Ilievski, S. Mojsov,
Kovačevski, Velkovski, M. Spasovski – All. Dušan Varagić (in panchina Časlav Božinovski)

Arbitro: Eduard Babauczek (Austria)

Marcatori: 81' Velkovski

---

6   Vienna   mercoledì 4 dicembre 1968   Wiener Sport-Club-Cagliari   1-0   Mitropa Cup

WIENER SPORT-CLUB: Kaipel, Linhart, Blankenburg, Haider, Wallner, N. Hof, Laudrup, Gayer, Buzek,
Onger, Hörmayer - All. Hans Pesser
CAGLIARI: Albertosi, Zignoli, Niccolai, Cera, Tomasini, Longoni, Nené, Brugnera, Boninsegna, Greatti,
Riva - All. Manlio Scopigno

Arbitro: Karol Sarka (Cecoslovacchia)

Marcatori: 50' N. Hof (rigore)

---

7   Cagliari   mercoledì 18 dicembre 1968   Cagliari-Wiener Sport-Club   2-1   Mitropa Cup

CAGLIARI: Albertosi, Zignoli, Longoni, Cera, Niccolai, Tomasini, Nené, Brugnera (46' Boninsegna),
Hitchens (60' Ferrero), Greatti, Riva - All. Manlio Scopigno
WIENER SPORT-CLUB: Kaipel, Linhart, Blankenburg, Haider, Reitbauer, N. Hof, Laudrup (65' Onger),
Wallner, Buzek, Gayer, Hörmayer - All. Hans Pesser

Arbitro: Emsberger Gyula (Ungheria)

Marcatori: 14' Brugnera, 16' Brugnera, 82' autorete Tomasini

---

8   Cagliari   mercoledì 17 settembre 1969   Aris Salonnico-Cagliari   1-1   Coppa delle Fiere

ARIS SALONNICO: Christidis, Pallas, Nalbantis, Spyridon, Raptopoulos, Psifidis, Konstantinidis (65'
Petkakis), Keramidas, Alexiadis, Sakellaridis, Papaioannou - All. Milovan Ćirić
CAGLIARI: Albertosi, Martiradonna, Zignoli, Cera, Niccolai, Tomasini, Domenghini, Nené, Gori, Greatti,
Riva - All. Manlio Scopigno

Arbitro: Ratko Čanak (Jugoslavia)

Marcatori: 12' Spyridon, 82' Martiradonna

321

9   Cagliari   mercoledì 1 ottobre 1969   Cagliari-Aris Salonnico   3-0   Coppa delle Fiere

CAGLIARI: Albertosi, Martiradonna, Zignoli, Cera (72' Poli), Niccolai, Tomasini, Domenghini, Brugnera, Gori, Greatti, Riva (28' Nastasio) - All. Manlio Scopigno

ARIS SALONNICO: Christidis, Pallas, Psifidis (64' Gounaris), Spyridon, Raptopoulos, Keramidas (11' Papaioannou), Konstantinidis, Sakellaridis, Alexiadis, Siropoulos, Petkakis - All. Milovan Ćirić

Arbitro: Marcel.Despland (Svizzera)

Marcatori: 10' Domenghini, 13' Riva, 76' Gori (rigore)

---

10   Cagliari   mercoledì 16 settembre 1970   Cagliari-Saint-Étienne   3-0   Coppa dei Campioni

CAGLIARI: Albertosi, Martiradonna, Mancin, Cera, Niccolai, Tomasini, Domenghini, Nené, Gori, Greatti, Riva - All. Manlio Scopigno

SAINT-ÉTIENNE: Carnus, Durković, Polny, Herbin, Bosquier, Camerini, Keita, Broissart (75' Synaeghel), H. Revelli, Larqué, Bereta - All. Albert Batteux

Arbitro: Gheorghe Limona (Romania)

Marcatori: 7' Riva, 19' Nené, 70' Riva

---

11   Saint-Étienne   mercoledì 30 settembre 1970   Saint-Étienne-Cagliari   1-0   Coppa dei Campioni

SAINT-ÉTIENNE: Carnus, Durković, Farison, Camerini, Bosquier, Herbin, Parizon, Larqué, H. Revelli, Keita, Bereta- All. Albert Batteux

CAGLIARI: Albertosi, Martiradonna, Mancin, Cera, Niccolai, Tomasini, Domenghini, Nené, Gori (75' Brugnera), Greatti, Riva - All. Manlio Scopigno

Arbitro: Gerhard Schulenburg (Germania Ovest)

Marcatori: 33' Larqué

---

12   Cagliari   mercoledì 21 ottobre 1970   Cagliari-Atlético Madrid   2-1   Coppa dei Campioni

CAGLIARI: Albertosi, Martiradonna, Mancin, Cera, Niccolai, Tomasini, Domenghini, Nené, Gori, Greatti (77' Brugnera), Riva - All. Manlio Scopigno

ATLÉTICO MADRID: Rodri, Melo, Calleja, Adelardo, Ovejero, Jayo, Ufarte, Luis Aragonés, Gàrate, Irureta, Salcedo - All. Marcel Domingo

Arbitro: Josef Krňávek (Cecoslovacchia)

Marcatori: 41' Riva, 45' Gori, 77' Luis Aragonés

| 13 | Londra | mercoledì 26 maggio 1971 | Crystal Palace-Cagliari | 1-0 | Coppa Anglo-Italiana |

CRYSTAL PALACE: Jackson, Payne, Loughlan, Kember, McCormick, Blyth, Wharton, Tambling (84' Scott), Queen, Birchenall, Taylor - All. Bertram Head
CAGLIARI: Albertosi, Martiradonna (64' Brugnera), Mancin, Poli, Niccolai, Tomasini (46' Greatti), Domenghini, Nené, Gori, Cera, Riva - All. Manlio Scopigno

Arbitro: Francesco Francescon(Italia)

Marcatori: 27' Tambling

| 14 | Birmingham | sabato29 maggio 1971 | West Bromwich Albion-Cagliari | 1-2 | Coppa Anglo-Italiana |

WEST BROMWICH ALBION: Cumbes, Hughes, Wilson, Cantello (34' Lovett), Wile, Kaye, Suggett, Brown, Astle, Hope, Hartford (71' McLean) - All. Alan Ashman
CAGLIARI: Albertosi, Martiradonna, Mancin, De Petri, Niccolai, Tomasini, Domenghini, Nené, Gori, Cera, Riva (3' Menichelli, 70' Poli) - All. Manlio Scopigno

Arbitro: Ettore Carminati (Italia)

Marcatori: 32' Mancin, 81' Astle, 87' Domenghini

| 15 | Cagliari | martedì 1 giugno 1971 | Cagliari-Crystal Palace | 2-0 | Coppa Anglo-Italiana |

CAGLIARI: Albertosi, Martiradonna, Mancin, De Petri, Niccolai, Tomasini (59' Greatti), Domenghini, Nené, Gori, Cera, Riva - All. Manlio Scopigno
CRYSTAL PALACE: Jackson, Payne, Loughlan, Kember, McCormick, Blyth, Wharton, Tambling, Queen, Birchenall, Taylor - All. Bertram Head

Arbitro: Dave Smith (Inghilterra)

Marcatori: 6' Riva, 70' Riva

| 16 | Cagliari | venerdì 04 giugno 1971 | Cagliari-West Bromwich Albion | 1-0 | Coppa Anglo-Italiana |

CAGLIARI: Albertosi, Martiradonna, Mancin, De Petri, Niccolai, Tomasini (33' Brugnera), Domenghini, Poli (46' Nastasio), Gori, Greatti, Riva - All. Manlio Scopigno
WEST BROMWICH ALBION: Osbourne, Hughes, Wilson (78' Glover), Robertson, Wile, Kaye, McLean (75' Astle), Brown, Suggett, Lovett, Merrick - All. Alan Ashman

Arbitro: John Homewood (Inghilterra)

Marcatori: 75' Domenghini

17   Atene   giovedì 14 settembre 1972   Olympiakos-Cagliari   2-1   Coppa UEFA

OLYMPIAKOS: Kelesidis, Gaitatzis, Aggelis, Persidis, Glezos, Gioutsos, Argyroudis (76' Losada), Synetopoulos, Papadimitriou, Delikaris, Triantafilos (80' Viera) - All. Lakis Petropoulos
CAGLIARI: Albertosi, Poletti, Mancin (39' Martiradonna), Nené, Niccolai, Cera, Domenghini, Gori, Maraschi, Brugnera, Riva - All. Edmondo Fabbri

Arbitro: Ferdinand Marschall (Austria)

Marcatori: 2' Gioutsos, 51' Triantafilos, 66' Domenghini

Riva scocca il tiro del primo goal al Saint-Étienne

CALENDARIO DEL TORNEO

GIRONE DI ANDATA: INGHILTERRA

MERCOLEDI' 26 MAGGIO 1971
SWINDON TOWN - BOLOGNA
HUDDERSFIELD - SAMPDORIA
CRYSTAL PALACE - CAGLIARI
WEST BROMWICH - INTER
BLACKPOOL - VERONA
STOKE CITY - ROMA

SABATO 29 MAGGIO 1971
SWINDON TOWN - SAMPDORIA
HUDDERSFIELD - BOLOGNA
CRYSTAL PALACE - INTER
WEST BROMWICH - CAGLIARI
BLACKPOOL - ROMA
STOKE CITY - VERONA

GIRONE DI RITORNO: ITALIA

MARTEDI' 1° GIUGNO 1971
BOLOGNA - SWINDON TOWN
SAMPDORIA - HUDDERSFIELD
CAGLIARI - CRYSTAL PALACE
INTER - WEST BROMWICH
VERONA - BLACKPOOL
ROMA - STOKE CITY

VENERDI' 4 GIUGNO 1971
BOLOGNA - HUDDERSFIELD
SAMPDORIA - SWINDON TOWN
CAGLIARI - WEST BROMWICH
INTER - CRYSTAL PALACE
VERONA - STOKE CITY
ROMA - BLACKPOOL

FINALE IN ITALIA: Sabato 12 giugno 1971

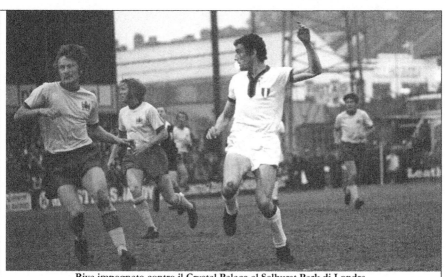

Riva impegnato contro il Crystal Palace al Selhurst Park di Londra

325

Riva preceduto dall'uscita del portiere John Jackson del Crystal Palace

Riva col bomber francese dell'Olympiakos Yves Triantafyllos

	Campionato	Coppa dei Campioni	Coppa Italia	Coppa delle Fiere / Coppa UEFA	Mitropa Cup	Coppa delle Alpi	Anglo-Italiano	Trofeo Nazionale di Lega "Armando Picchi"
1963/64	Congiu 11 Torriglia 1		Congiu 1					
1964/65	Cappellaro 2		Congiu 1 (Riva con la 9) Gallardo 1					
1965/66								
1966/67	Visentin 5 Ciocca 3 Tiberi 2 Brando 1				Visentin 1			
1967/68	Hitchens 4				Hitchens 1	Hitchens 4 Niccolai 1		
1968/69	Tomasini 1		Brugnera 1					
1969/70	Brugnera 1 Nastasio 1		Petta 5 Catuogno 1	Brugnera 1 Nastasio 1				
1970/71	Brugnera 8 Menichelli 8 Poli 1	Brugnera 1						Menichelli 1
1971/72							Roffi 2 Vitali 2	
1972/73	Maraschi 3 Brugnera 1		Maraschi 2 Di Carmine 2	Gori 1				
1973/74	Nobili 3 Quagliozzi 2		Nobili 2					
1974/75	Virdis 13 Nené 4 Novellini 3 Piras 1 Martini 1		Virdis 1 Martini 1					
1975/76	Virdis 15		Virdis 2					

Virdis 31 - Brugnera 13 - Congiu 13 - Hitchens 9 - Menichelli 9 - Visentin 6 - Maraschi 5 - Nobili 5 - Petta 5 - Nené 4 - Ciocca 3 - Novellini 3 - Cappellaro 2 - Di Carmine 2 - Martini 2 - Nastasio 2 - Quagliozzi 2 - Roffi 2 - Tiberi 2 - Vitali 2 - Brando 1 - Catuogno 1 - Gallardo 1 - Gori 1 - Niccolai 1 - Piras 1 - Poli 1 - Tomasini 1 - Torriglia 1

Campionato di Serie C – Girone A – 1962-63

21/10/1963

LEGNANO-IVREA 3-0

LEGNANO: Castellazzi, Rossetti, Mariani, Sassi, Misani, Lamera, Gerosa, Pereni, Broggi, Maltinti, Riva.

IVREA: Biggi, Grazziutti, Maroso, Bertetto, Orlando, Bonicatto, Stocco, Alberti, Duvina, Invernizzi, Santoro.

Arbitro: Raffaele Litteri di Trieste

Marcatori: Gol: 51' Gerosa, 74' Pereni, 85' Riva.

Giuliano Biggi, primo portiere battuto da Riva in carriera

Printed in Great Britain
by Amazon

73677747R00190